36 倪匡珍藏限量紀念版

原振俠傳奇之

奇緣

（含：奇緣．精怪）

倪匡 著

奇緣

原振俠傳奇

CONTENTS

精怪

奇
緣

第一部：四具屍體無故失蹤

有一個相當特別的會，叫「奇事會」，參加者的資格沒有甚麼限制，要由原來的會員介紹，然後，在當晚出席的會員之前，講一件事。

用「講一件事」，而不用「講一個故事」，這是會章明文規定的。講述者必須講述其親身經歷之事實，而不得憑想像編造不可信之故事。當然，所講的事，一定要極其離奇，超乎知識範疇之外，近乎不可思議，而不是平平凡凡的普通事。

在講了這件事之後，再由所有聽了這件事的會員，投票決定這個講述者，是不是有資格參加「奇事會」——奇事會的意思，就是所有的會員，必須經歷過一樁或超過一樁奇事之謂。常常，講述者本身，自以為經歷十分曲折離奇，興沖沖地講述出來，但是卻令得聽的人呵欠連連，一點不感興趣，當然在投票的時候，也被否決了。所以，奇事會的會員不是很多，只維持在二十位左右，每次聚會也不是所有會員都參加。

原振俠成為奇事會的會員，是蘇氏兄弟介紹的。蘇耀西和蘇耀東兩人，在入會的時候，分別講了「血咒」和「海異」的故事——不可思議的黑巫術，和微生物團結起來與高級生物人類爭鬥的經過，這兩樁奇事，得到了全體會員的通過。

而原振俠在入會之時，講的是冷自泉的戀愛故事，撲朔迷離的「寶狐」，也獲得了一致通過。而且據說，奇事會成立以來，從沒有那麼多會員，那麼用心地聽完一個申請入會者講述的。但「寶狐」的經過是這樣迷人，自然可以吸引人的。

奇事會的會員，也沒有甚麼特別的義務和權利，只是定期聚會，聽新申請者講述奇事。由於會員的知識程度都相當高，所以倒也趣味盎然，原振俠幾乎每次都參加，除非他有遠行。

今天晚上的聚會，更使得原振俠有意料不到的驚喜。奇事會會員的聚會地點是不固定的，這一次，是在一個會員的郊外別墅中。約定的時間，大家都遵守（這是會章之一）。

主人用興奮的語氣宣佈：「今天晚上，有一位特別人物——我不稱他為嘉賓，因為他應該是我們奇事會的當然會員。世上不會有人，一生之中遇到過的奇事，比他更多了！」

有一個會員咕噥了一句：「噯，那是誰？據我所知，只有一個人能有這種榮耀！他的名字是——」那個名字被提出來之際，原振俠變換了一下坐著的姿勢，想起和那位先生的幾次短暫的會面。他想到，若是和這位先生經常會面，那倒是一樁十分令人高興的事。

主人眉開眼笑，聲音之中充滿了興奮：「正是他，就是這位先生！」

所有的會員——今晚出席的會員特多，所有人全來了，自然是主人特別通知了，有重大事件宣佈的緣故——都興奮起來，那位先生太富傳奇性了，沒有見過他的人，都想見他；見過他的人，還想再見他。

主人看了壁上的鐘，向門口走去，一面走著，一面道：「他應該來了，他是最守時的，我們可以期待報時鐘聲和門鈴聲同時響——」主人講到這裏，壁上的鐘，響起了第一下聲響，門鈴果然也在這時響了起來。

主人打開門，人人都向門口望去，坐著的人也都自然而然站了起來。

原振俠緩緩吸了一口氣，那位先生帶著笑容，步履輕捷走了進來。主人還沒有介紹，他已經朗聲道：「各位好，真對不起，我有事，立刻就要走！」各人都靜著，主人有點不知所措。

原振俠苦笑：「你就像旋風一樣，能一次和你講十句話，已經是不容易的事情了！」

那位先生攤了攤手，向原振俠望來：「原醫生，我們還是經常見面的。抱歉我不能久留，但是我帶來了一位朋友，他的經歷，一定可以滿足奇事會每一個會員的要求！」

直到這時，各人才注意到另外有一個人，是和這位先生一起走進來的。那位先生的光芒太甚，他一出現，所有人的目光就集中在他的身上，和他一起的人，自然而然地會被忽略。

那另外一個人，事實上，身形比那位先生還要高大，有著一頭金髮，看起來大約四十歲出頭，是一個外表十分漂亮的白種美男子。

主人對於忽略了來客，有點不好意思。

那位先生已經道：「如果各位承認我有資格介紹新會員的話，我介紹這位——」他指向那人：「萊恩上校。」

主人帶頭鼓掌，在掌聲中，那位先生提高聲音：「萊恩上校所經歷的事，一定會引起各位極度的興趣。我們下次有機會再見吧！」

蘇氏兄弟早已聽原振俠說過這位世上最富傳奇性的人，一看見他講完就要走，立時衝過去想阻住他。蘇氏兄弟的動作十分快，可是還是慢了一步。那位先生一面轉身，一面揮手，動作敏捷得出奇，已經一陣風也似地向門外捲去，門也隨即關上。

奇事會所有的會員，都有一種愕然之感，一時之間，又忽略了萊恩上校的存在。這使得這位身形高大、相貌英俊的他有點發窘，要故意咳嗽一下，來引起他人的注意。

主人有點不好意思，一面和他握手，一面道：「萊恩上校？」

萊恩有禮貌地笑著：「是，和歐洲那條著名的河流一樣。我祖先是日耳曼人，我現在是美國人，一個退了役的軍人。剛才……那位先生說，我的經歷，或者會引起各位的興趣——」

會員有的已經坐了下來，有的在淺酌著杯中的酒。

主人道：「請坐，他說你的經歷會引起我們的興趣，那一定會的！」

任何人可以聽得出，主人的語調不是十分熱衷。

萊恩卻並不在意這一點，顯得他對自己奇異的經歷，十分有信心。他坐了下來，先做了一個手勢，來吸引各人的注意，然後才道：「本來，我去找衛先生，是因為我本身的經歷十分奇特——」

會員中有一個性子急的，不禮貌地叫了起來：「別老說自己的經歷奇特，我們這裏每一個人，都有奇特的經歷，快說出來！」

萊恩看來是一個脾氣相當好的人，他並沒有生氣，只是道：「請先聽我作一點解釋，是不是能成為奇事會的會員，我倒不很在意。本來我想請衛先生，幫我解決這件怪事，可是他有別的重要的事在忙，他要到喜馬拉雅山，去會見一些密宗喇嘛……」

萊恩一直未曾講入正題，這使得相當多人都表示不耐煩了，連原振俠也嘰咕了一句：「請把開場白儘量縮短！」

萊恩不好意思地笑了一下：「可是他告訴我，各位都是對奇事有經驗的人，或許可以幫我解決一下。」

那性急的會員又叫了起來：「天！你再不說是甚麼事，我看要用另外一種方法，來解決你了！」

這一次，萊恩皺了皺眉：「我認為一樁奇異的事，必定有它的來龍去脈，在敘述的時候，一定要十分詳細，不能錯過任何細節。一個被忽略了的細節，可能就是整件事的關鍵，性急，是於事無補的。」

雖然一大半人，都認為萊恩說話太囉唆了些，一點也沒有軍人的爽朗作風，但是這一番話，倒說得十分有理，很令人佩服。對待一切奇異而不可思議的事，的確要有這樣認真的態度才行。所以，原振俠首先鼓起掌來，掌聲倒也相當熱烈。

萊恩上校感到十分高興：「我是最近才退役的，在我的軍人生涯中，我參加過越戰——」他講到這裏，略頓了一頓，長長地嘆了一聲：「戰爭，真是人類行為中最醜惡的一環。」

那心急的會員又叫了起來：「老天，我們這個會，快變成和平祈禱會了！」

萊恩只裝沒有聽見。

原振俠恰好坐在那心急的會員旁邊，那是一個身形矮小、枯瘦、膚色黝黑、留著像刺蝟一樣短頭髮的人。原振俠不記得他叫甚麼名字，也不知道他的身分。這小個子有著一臉不耐煩的神情，是那種典型的急性子的人才有的表情。

這是奇事會的一個老會員，原振俠只知道這一點，也不知道他是憑甚麼奇事，才得以入會的。由於他個子小，膚色黑，這個人的年齡，也是十分難以估計的，大約是在三十到五十歲之間。聽他的口音，英語之中，帶有濃重的歐陸音，只有法國人或北歐人講英語，才會有這種口音。所以推測起來，他可能是歐洲大陸長大的亞洲人。

（在這裏，忽然詳細地介紹這個「性急的會員」，是因為這個在這時看來，似乎和萊恩上校的出現毫無關係的人，在後來事情的發展上，卻起了十分重要的作用之故。世事經常這樣奇妙，看來是毫無關聯的人和事，在冥冥之中，會有著千絲萬縷的關聯，只不過一直要等這種關聯由隱而現，才會叫人恍然大悟。）

那人一再打岔，而且出言尖刻，十分沒有禮貌。原振俠恰好坐在他的身邊，忍不住低聲道：「先生，請讓他講下去，別打斷他的話頭！」

那人陡然直了直身子，狠狠地瞪了原振俠一眼。看起來，他不但性急，而且脾氣十分暴躁，悶哼了一聲，故意轉過頭去，不看原振俠。

對於他這種行動，原振俠除了感到愕然加可笑之外，也沒有辦法可想。

萊恩上校並沒有注意這小小的風波，他在繼續著：「在越戰中，我領導一個情報工作組。大家都知道，越戰是世界戰爭史上，最奇特的一場戰爭，簡直在整個過程之中，沒有好好地、正式地打過一場仗！」

主人表示同意：「是，這場戰爭的本身，就是一件怪事，和所有的戰役不同。」

萊恩上校續道：「所以，在越戰中，情報工作就特別重要。本來，軍隊中是沒有情報部隊的編制，是在越戰中才產生的。那件事發生的時候，是七十年代中期，亦正是戰爭最熾烈的時候——夏天。」

萊恩上校的語調沉緩，他的奇事已經開始，大客廳中也自然而然地靜了下來。

他吸了一口氣，取了一支煙在手，卻並不點燃，只是轉動著：

「我們的總部是在森林裏，有著相當完善的設備。可是在那種環境下，這樣捉迷藏式的戰爭之中，所有現代化的設備，幾乎都用不上。參與戰爭的雙方，只需要用最原始的方法，把對方殺死就行了！」

在原振俠的身邊那個人，這時又哼了一聲：「原始方法殺人，和現代化殺人，都是殺人，其間並沒有落後與進步之分！」

萊恩上校向那人望了一眼，他在這以前，可能並沒有對這個人加以特別的注意，直到這時，才直視那人。其餘的人，都唯恐他會和那人爭吵起來，所以視線都集中在他們兩人的身上。所以，兩人當時的神情，大家都看得十分清楚。只見那人，當萊恩上校向他望來之際，偏轉了臉，微昂著頭，一副愛理不理的樣子，顯得相當無禮。

而萊恩上校一向他望過去，反應卻十分令人驚訝，只見他看到了那人之後，身子陡然挺了一挺，似乎像是要不由自主站起來一樣。他終於並沒有站起來，但是若不是他心中感到了極度的驚訝，他是不會有這樣動作的。同時，他也現出了十分驚異的神情來，口唇顫動了幾下，想說甚麼，卻沒有說出聲音來。

這種情形，令得在場很多人都覺得突兀。

連主人也覺察了，說了一句：「萊恩上校，你認識宋維先生？」是不是認識一個人，這是一個最簡單的問題，是或不是，應該一下子就可以回答得出來的。

可是，主人隨口這樣一問，萊恩上校卻不是立即就有回答，他猶豫了一下，才道：「不……應該是不認識。宋維先生？宋維先生是中南半島來的？」

那個人卻並不回答，只是悶哼了一聲。

原振俠向他看了一眼，心中想：原來他是越南人，越南曾是法國殖民地，所以他說起英語來，才會有法國口音。他的名字是宋維，不知道他是幹甚麼的？

由於萊恩上校的神態有異，和宋維的樣子，看起來有一種說不出來的神祕，原振俠在這時，對宋維這個人的興趣，比對萊恩上校要講的奇事更濃。

萊恩上校沒有得到回答，神情又有剎那間的猶豫，但隨即恢復了正常。

他繼續講他的奇事：

「那一天，是七月二十日。從中午開始起，天色就很陰沉，雷聲不斷傳來，有時，甚至分不清是天上的雷聲，還是遠方各處傳來的炮聲。我們總部所在處，是許多激烈戰事的中心，隨時可以遭到敵軍的襲擊。事實上，已有跡象顯示，敵軍正在對我們的總部，進行逐步的包圍。

「我說的跡象，是我的部下，連日來，都曾在離開總部不到一公里的範圍內，遭到伏擊。越共殺人的方法是十分多樣化的，那天早上，巡邏隊就又發現了四具屍體，是屬於夜晚的一個巡邏小組的，這四個人看來都是中毒死的，身體上一點傷痕也沒有。敵人擅長下毒，他們在樹上的果子中下毒，一不小心，就會中毒。這四個人，是在甚麼樣情形下中毒的，由於沒有生還者，所以也無法知道其中的經過。」

他已經講得十分詳細了，可是講到這裏，還嫌不夠詳細似地，頓了一頓，才又道：

「我說是中毒死的，只是我們當時的判斷，可能他們另外有死因，也或許可能是被毒蛇咬了之後死去的。毒蛇咬嚙的傷口，往往十分小，在戰場中久了，尤其在叢林中生活久了，誰身上都有點小傷口，不是很容易判斷哪一個小傷口是致命的。總之，這四個人是死了！

「巡邏隊把四具屍體帶回來。長期處在這種暗殺式的戰爭之中，會使人的脾氣變得十分壞。那天，當我知道又有四名部下死亡時，作為指揮官，感到十分憤怒。而尤其令我在憤怒之中感到悲痛的是，四人之中，有一個是我最好的朋友，是一個極優秀的軍官，他的名字是傑西，官銜是少校，一個十分漂亮的小夥子。

「請各位注意，後來發生的事，和這位傑西少校有關。」一個會員道：「這不對了，他已經死了，還會有甚麼事發生？」

萊恩上校沒有回答，宋維忽然冷笑一聲：「或許他後來復活了呢？」人人都感到宋維是在諷刺，可是萊恩陡然震動了一下，口又掀動著，但又沒有講甚麼。

大廳之中，維持了短暫時間相當難堪的沉默，萊恩才道：

「越南森林中，在雷雨快來之時，夏天的氣溫高，濕度也高，十分悶熱。天還沒有黑，成群的毒蚊，就已經發出可怕的嗡嗡聲，在等著吸血。所以雖然熱，也沒有人敢不穿衣服，汗水把衣服全都濕透了，以致人人身上都發出難聞的氣味。

「在這種環境中，連活人都難免發臭，死人自然更容易腐爛。所以，軍中的習慣是，一有陣亡者，在身分弄明白之後，立時下葬，因為屍體實在無法作超過二十四小時的保存。

「這四個陣亡者，包括傑西少校在內，自然也不例外。我作為長官，主持了葬禮，雷聲一直不斷，閃電連連，即使在白天，看來也極其驚人。一道一道的閃電，從天空直劃下來。

「當我主持葬禮的時候，在我的身後，是一個老兵。我在唸著『塵歸塵，土歸土』的時候，聽到他在我身後，喃喃地說：『天，這樣的雷電，要是擊中了屍體，是會引起屍變的！』

「我當時回頭瞪了他一眼。戰爭膠著無進展，卻每天看到同胞死亡，令人的脾氣十分壞，我瞪那個老兵的眼光，自然不會友善，那老兵嚇得不敢再說甚麼，我也就繼續主持葬禮。」

萊恩上校講到這裏，先向原振俠望了一眼，然後，又望向蘇氏兄弟，道：「雷電擊中屍體，會引起屍變，這種說法在中國十分盛行，是不是？」

原振俠先答：「是的，也據說黑貓走過屍體，或是另一些和電有關的因素的刺激，就會引起屍變，好像連靜電的刺激也有作用。」

主人插了一句：「雷電和生命之間，好像有著十分奇妙的聯繫，西方傳說中的『科學怪人』，不是也在雷電之夜產生的嗎？」

萊恩上校又問：「請問，在中國傳說中，屍變之後的情形是怎樣的？」

原振俠本來想問：是不是包括了傑西少校在內的四具屍體，後來發生了屍變？但是萊恩比他先問了出來，他只好回答：「不一定，通常的情形是，屍體僵直地跳起來。只會跳，不會走，甚至只會向前跳——」

原振俠一面說，一面做手勢。就在這時，在他旁邊的宋維，陡然發出了一下十分怪異的聲音，跳了起來，身子挺直，雙手伸向前，十指作鉤狀，臉上現出極詭異的神情，一跳一跳，跳向萊恩上校。

宋維的行動，可以說是突兀之極。他的那種跳動的動作，倒並不如何恐怖，他是在模仿中國傳說中，屍變了的殭屍跳動的動作。可是在那一剎那間，人人都感到了悚然，那是由於宋維的臉上，現出了一種十分怪異的神情來，那種難以形容的怪神情，再加上他直勾勾的眼光（看起來真像是死人一樣），和喉際所發出來的那種嗚咽低沉的怪聲，卻足以使任何人感到震慄。

當他跳到萊恩上校的面前之際，萊恩上校不由自主地，身子向後仰了一仰。像是怕他突然撲了過來，用他彎成鉤狀的手指，把自己掐死一樣。

宋維一跳，跳到了萊恩的面前之後，又跳了一下，然後在雙足不點地的情形之下，來了一個一百八十度的轉身，又維持著同樣的姿勢，跳回了原振俠旁邊的座位。他一來一去，只花了半分鐘不到的時間。而在這半分鐘之內，幾乎人人目瞪口呆，看著他這種怪異突兀的動作。

宋維又坐了下來，看起來若無其事，道：「傳說中，屍變後的屍體行動起來，就是我剛才示範的那樣！」

很多人都吁了一口氣——原來宋維是惡作劇！

原振俠卻感到宋維的怪動作，不止是惡作劇那樣簡單，他立時又向萊恩看去。萊恩的面色煞白，甚至連面上的肌肉，都在不斷抽動。可見他心中，一定由於宋維剛才的動作，而感到極度的震撼和不安。

原振俠咳嗽了一聲，打破了僵硬的沉默，用說笑的口吻，希望調和一下氣氛：

「大抵是這樣，很多鬼電影中出現的殭屍，全是這樣行動的！」

萊恩上校沉默著，看來是正在想甚麼。

主人提醒他：「上校，你的事，才敘述了一個開始！」

萊恩上校忙道：

「是……是……軍中的葬禮，實在是十分簡單的。我們甚至沒有棺木，只是替死者穿上整齊的軍裝，再把他們的私人物品，放在他們的身邊，然後用軍毯把屍體裹起來，就埋進土裏去了。

「至於死者的私人物品，是經過選擇的。凡是輕便的、易於攜帶的，或是估計有紀念性的物品，都不會陪葬。由部隊保存，在適當的時候會繳上去，好讓國防部在通知死者的家屬時，把死者的物品，交給死者的家屬。

「那天，在包裹死者的遺體之前，我曾想把傑西少校所戴的一隻戒指除下來。我知道他十分喜愛那隻戒指，那是他一次轟轟烈烈戀愛中的紀念品。」

萊恩上校又頓了一頓，強調了一句：

「那並不是一隻質地很名貴的戒指，只不過是普通的銀質戒指。

「可是，可能是由於屍體已開始在鬱悶的夏天中，開始發脹的緣故，我無論如何，也沒有法子把這隻戒指除下來，只好放棄了。

「當時，我想，或許他願意讓這隻戒指陪著他。那戒指，是他有一次到西貢去度假之後，帶回來的。」

宋維似乎不肯放過譏諷萊恩的機會，這時，他又喃喃地道：「哼哼，美國軍官，迷上了風情萬種的越南少女，一個現代的蝴蝶夫人故事！」

萊恩上校的語調相當低沉：「美國軍官和越南少女之間，也可以發生真正愛情的！」

這一次，宋維居然沒有反駁，只是做了一個不屑的、無可無不可的手勢。

萊恩上校等了一會兒，看宋維不準備再說甚麼了，他才繼續下去：

「那隻戒指上面，刻有一種十分奇特的圖案，好像是一男一女，再加上一條蛇，有可能刻的是亞當與夏娃在伊甸園中的故事。刻工相當粗糙，但可以肯定，那是手工製造——我把那枚戒指的一切，說得如此詳細，只是為了說明一點——這隻戒指，是獨一無二的，就算再照樣做一隻，也不可能做得一模一樣。

「傑西十分喜歡這隻戒指，每當他撫摸這隻戒指之際，他就會現出極其甜蜜的笑容來。我是他的朋友，所以對這隻戒指，我再也熟悉不過，熟悉到了我自信，在任何場合之下，一看到它，就可以認出來的地步。」

所有人都靜靜聽著，只要宋維不出聲打岔，別人都不會打斷萊恩的敘述。原振俠聽到這裏，已經隱約地感到事情有點蹊蹺了，萊恩一再敘述那枚戒指的形狀，而那枚戒指，又無法自傑西的手指上除下來，那一定是隨著傑西埋在地下了，他為甚麼還這樣強調呢？

萊恩略停了一下，又嘆了一聲：

「傑西本來，不多久又可以有假期……他犧牲了，自然再也沒有機會。對了，那個越南少女，傑西有她的照片，我見過，真是一位美女，有著一半中國人的血統。照片上的她，看起來簡直如同東方的仙女一樣叫人著迷，長髮、苗條，有著蜜色的柔軟肌膚，一雙黑眼睛之中，透露著極度的憂鬱……」

萊恩的用詞相當美，他的話，令人悠然神往。

這時，忽然有一陣啜泣聲傳了出來。原振俠是首先聽到啜泣聲的人，因為那聲音就在他的身邊傳來。

當他轉過頭去看時，看到那個行為怪誕的宋維先生，正在抹拭著眼淚。

原振俠心中的疑惑到了極點，他還沒有開口，已聽得萊恩先發問：「宋維先生，你為甚麼哭泣？」

宋維轉過頭去，聲音還有點哽咽，可是他卻道：「哭泣？我為甚麼要哭泣？我是……鼻子有點不舒服！」

他這樣說著，又故意用力吸了兩下氣，來掩飾他剛才的啜泣。

萊恩緊盯著他，又問：「宋維先生，你認識阮秀珍？」

宋維陡然震動了一下，這時，看他的情形，和剛才他和萊恩搗蛋時全然不同。看起來，他像是一個弱到不能再弱的弱者一樣。他在一震之後，卻又立即恢復了鎮定，冷冷地道：「阮秀珍？我從來也沒有聽說過這個名字！」

這時候，在大廳中的所有人，都可以感覺出來，事情有點不對頭了。

人人都感到，在萊恩和宋維之間，一定有著某種牽連。可是，那究竟是一種甚麼樣的牽連呢？卻又沒有人說出來。

本來，對於萊恩的敘述，還有人認為太過囉唆，沒有甚麼趣味。這時，也不禁被引起了興趣。

萊恩在聽了宋維的回答之後，「哦」了一聲：「原來你不認識她。各位，阮秀珍，就是傑西所愛的那個越南少女的名字。」

這時，原振俠已不住地，在觀察他身邊的宋維的神情和反應。

宋維剛才顯得十分激動，可是這時，他卻神色惘然，像是一切和他全然沒有關係一樣。

那種情形，又令得原振俠感到了迷惑。

萊恩吸了一口氣道：

「從傑西的口中，我知道，他和阮小姐之間的戀情，絕不是一個普通的美國軍官，和越南女人之間的性交易。阮小姐不是吧女，不是舞女，不是妓女，阮小姐有一個相當不錯的家庭，她的教育程度也相當高。她家開設一家雜貨店，她準備出國深造，目的地是法國。阮秀珍……這個可愛的女孩子，有著相當程度的藝術天才，她和傑西少校，在偶然的情形之下相遇、相識……就算不是戰亂時期，他們之間也必然會發生戀愛的。

「所以，當傑西犧牲了，我首先想到的，倒不是他遠在田納西州的父母會如何傷心。我想到，在西貢的阮秀珍，一定傷心欲絕，我已經準備，下個月我有假期，到西貢，先去找她，通知她這個不幸的消息。」

萊恩上校的語調，越來越是傷感。他並沒有說得太多，可是已經具有極強的說服力，叫人相信美國情報軍官傑西少校，和西貢雜貨店老闆的女兒阮秀珍，是真正相愛著的。

萊恩沉默了片刻，又把話題扯回到葬禮上：

「雷電一直不斷，可是卻又不下雨，天氣悶熱得不堪，每個人都全身是汗。當他們下葬時，一排士兵向天放鎗，向死者致敬。然後，包裹好了的屍體，被放進挖好的土坑中，土坑掘得相當深，足有一公尺，就在總部不遠處。已有超過二十個犧牲者，葬在那裏。

「我第一個用鏟子，把泥土鏟起來，拋進坑中，泥土漸漸蓋過了屍體。等到填平之後，我們再把刻有死者軍銜、姓名的一塊牌子，平放在填平的土坑上。葬禮到這裏，算是結束了，只有一個號兵，還在不斷吹奏著哀曲。沒有人說話，每個人的心頭，都像是壓了一塊大石一樣，所以，才回到了總部之後，我就開始喝酒。

「到天色漸黑時，就開始下雨，雨勢極大，而且雷聲更響，閃電也更駭人。這樣的天氣，正是越共展開攻擊的好時機，所以我們更要小心戒備。果然，不到午夜時分，猛烈的炮火，就開始攻向我們。

「炮聲和雷聲不是很容易分辨得出，在那種情形下，我們完全沒有法子反攻，只好守著陣地。我把所有的人都派出去，在總部附近的壕溝中據守，有小股敵人，企圖藉著惡劣的天氣掩護過來，全被擊退。有幾次，若不是閃電突然亮起，敵人的行蹤因之暴露，他們幾乎可以越過壕溝了。這真正生死一線的惡戰，一直到天亮，雨勢小了，敵人的進攻才停止。

「我們鬆了一口氣，檢查了一下，有五、六個人受了傷，沒有死亡，這真是上上大吉了。我肯定敵人已暫時退卻，就上了瞭望台——在總部四角，都有大約八公尺高的瞭望台，我登上其中一個，用望遠鏡觀察，要弄清敵人是不是還在附近。

「在瞭望台上看出去，可以看得相當遠。當我用心在留意，是不是有敵人行動的蹤跡之際，我陡然呆住了！

「我看到，在我們的墳地上，有著四個看來像是才被掘出來的土坑，土坑中積著不少水。隨即，我發現……發現那四個土坑，就是……昨天葬了那四個死者的……其中有傑西少校在內。可是這時蓋上去的土……全都翻在旁邊，而且土坑之中，顯而易見，昨天埋下去的屍體，已經……不在了！」

萊恩上校一路說著，聲音一路發顫。顯然當時，他看到了明明埋下了死者的土坑，忽然又被翻了開來，屍體不見了之際，心中是如何地震駭。

他不由自主喘著氣：「當時，看到這種情形，我一開始是極度的震驚。但是接著，我卻又感到了無比的憤怒，我陡然叫了起來。我的叫聲一定十分駭人，以致在瞭望台下面的人也聽到了，紛紛向瞭望台奔了過來。那時在我身後的，是一個中尉，我轉過身來時，他不知發生了甚麼事，一臉驚駭地望著我。我向他大叫：快召集全體出擊，把屍體弄回來！」

萊恩說到這裏，氣息更急促：「當時我想到的是，昨晚，敵人藉著大雷雨掩飾，進攻了一個晚上，且曾攻到離我們的陣地極近處。那麼，當然也到達過那個墳地，一定是他們把四具屍體弄走了！」

一個會員插了一句話：「是，這個推測，是最合理的了！」

萊恩苦笑了一下：

「越共是甚麼事都做得出來的……當然，他們盜走屍體，不至於把他們吃掉，可是他們卻會把屍體掛在竹竿上，豎在我們的陣地處，使我們軍心渙散。這是十分可怕的行動，要是一個部隊中，有一小部分人，忽然對死亡發生了恐懼，這種恐懼就會迅速傳染，這個部隊就會喪失鬥志，一下子就會被消滅了。

「所以，我當時發出了命令，要把四具屍體搶回來，還是十分正確的，並不是由於對傑西少校的私人感情。中尉在接到了我的命令之後，呆了一呆。『全體出擊』他是聽得懂的，甚麼叫『把屍體弄回來』，我想他不明白。

「就在他一呆之間，我也冷靜了下來，我更換了命令：『召集軍官開會！』他接了命令，奔下了瞭望台去。我再度拿起望遠鏡，去觀察那墳地上的情形。那四個空了的土坑，看起來，像是被炸藥炸開來一樣，散開來的泥土，大部分已被雨沖走。所以可以料定，那是大雷雨開始不久之後發生的事。

「沒有多久，十來個軍官，一起上了瞭望台。我要他們觀察墳地，好幾個人一起叫了起來：天！他們盜走了屍體！有的問：屍體對他們有甚麼用？我把我自己的想法告訴了他們，人人面面相覷。若是真發生了這種事，那自然可怕之極，可是要把屍體弄回來，那又談何容易！根本沒法子知道，敵人躲在密林的甚麼地方，我們若是全力出擊，敵人可以分股消滅我們，而且還可以趁機襲擊總部，我們實在不能輕舉妄動的！」

從萊恩上校的敘述中，有一點倒是可以肯定的，那就是，他是一個相當出色的軍事指揮官，儘管發生的事，令他感到了巨大的震驚，但是他迅即冷靜了下來，理智地分析著對自己這方面有利或有害的形勢，而不是衝動到去魯莽行事。

他苦澀地牽動了一下口角：

「其餘軍官都覺得不應該貿然出擊，都主張把屍體被敵人盜走的事，告訴全體人員。那麼，不論敵人用甚麼卑鄙的手段，我們這方面先有了心理準備，總好得多了。儘管我心中十分悲痛，可是也只好這樣子。第二天天雖晴了，可是天氣更熱，當這個變故傳達下去時，到處響起了咒罵聲。可是咒罵也沒有用，敵人躲起來，找也找不到。

「我先下令，把這四個空了的土坑，用泥土填滿，我親自主持。由於下了一夜的大雨，土坑附近也沒有甚麼腳印等可供追尋。填平了土坑之後，心裏好像好過了一些。這時候，例行巡邏的巡邏隊來報告，他們在巡邏時，遇上了敵人，在一陣接觸之後，打死了三個敵人，俘虜了一個，被俘的一個，看來是敵方的一個軍官。」

萊恩上校講到這裏，突然停了下來，向宋維望了過去。

他的這種行動，令得在場所有的人心中全是一怔。為甚麼萊恩向宋維望去？難道宋維就是那個被俘的越共軍官？

那真是太湊巧了！

各人一起循著萊恩的目光，向宋維望去，宋維卻恍若無覺，根本未曾注意到有人在看他，仍然是一片惘然之色。看他的神情，像是萊恩在說些甚麼，他根本沒有聽進去，而他只自顧自在沉思。

萊恩收回了他的目光，繼續道：

「我一聽說有俘虜，自然十分高興，立時回到了總部。部下把俘虜押了來，那是一個典型的越南人。雖然在越南作戰了那麼多年，可是對於東方人的臉譜，尤其是典型越南人，我還是不容易辨認，看起來，每個人幾乎都是一樣的。當時我就開始審問，這個俘虜的態度十分倔強，一句話也不肯說。我的越南話相當流利，我可以肯定，他是一定聽得懂我的話的。他甚麼話也不肯說，自然……也吃了點苦頭。

「戰場上，能記得日內瓦有關戰俘的公約的軍人，不是很多。而且敵人對待我們的戰俘，更是無所不用其極，也難怪我們給他一點苦頭吃。可是他真是十分倔強，仍然是一言不發。直到後來，我問到他們卑鄙地盜走了屍體時，這個俘虜才現出了極度訝異的神情來，一臉不屑的神色，發出冷笑聲。」

萊恩說到這裏，伸手在自己的臉上撫摸了一下：

「他聽得我一再逼問那四具屍體的下落，才開了口。他說：『我們為解放祖國而進行神聖的戰爭，只想到如何把活著的敵人消滅，誰會去浪費時間對付已死的敵人？』

「我當時，相信了他的話，我還懷疑可能是其他部隊幹的事，他不知情，於是再審問下去。他卻只是一味冷笑，像是昨晚進攻的事，他全都知道一樣，看起來他的地位不算低。

「他的地位究竟有多高，我沒有機會知道，因為前哨接到了敵人喊話通知，願意將四名我方的俘虜來交換他。四名我方的俘虜全是軍官，我見在他身上，也問不出甚麼來，就答應了交換。

「四具屍體，如果不是被越共的士兵盜走的，又到哪裏去了呢？」

萊恩用這個問題，把他的敘述告一段落。

老實說，如果不是在萊恩的敘述中，有宋維在當場作怪地搗亂了幾次的話，萊恩所說的事，實在不算是甚麼奇事。

他提出了這個問題，一個會員立時道：「就算不是越共盜走了屍體，當晚的戰鬥十分激烈，雙方都動用了重武器，是不是？」

萊恩點頭：「是！」

那會員道：「這就是了，炮彈飛來飛去，恰好有一些落在墳地上，把墳炸了開來，屍體被炸成了粉碎，又被大雨沖走了，那算是甚麼奇事？」

另一個會員道：「只根據一個戰俘的話，也靠不住，也有可能，根本是被越共盜走了的。」

有一個年輕的會員道：「萊恩先生，恐怕你講的事，不合本會的入會標準！」這個會員的話，顯然得到了大多數人的支持，所以一時之間，都靜了下來。通常，在這樣的情形下，就表示申請入會者的申請被否決了。主人會講幾句委婉拒絕的話，好使申請者不至於太難堪。

主人已經準備講話了，但或許是由於萊恩是那鼎鼎大名的先生帶來的，所以他覺得措詞方面比較困難些。一時之間，還未曾說出話來。

而就在這時候，宋維忽然道：「不必那麼快下決定，他講的事，還只是上半部。聽他把下半部講了之後，再說不遲。」

宋維的話，令得人人都覺得極度愕然。幾乎從萊恩上校一開始講話之際，宋維的話、怪異的行動，大家都十分明顯地對他表示不滿了。而且，他講的話如此奇特，他怎麼知道萊恩的故事只講了一半？

萊恩講了一個在戰場上，四具被葬下去的屍體，在一個大雷雨之夜，經過一場攻防戰之後，失蹤的奇事。當他問了那個問題之後，應該是告一段落了，何以宋維知道還有下半部？一時之間，所有人都靜了下來。

看宋維的神情，像是只說了一句無關緊要的話一樣。

而萊恩上校卻深深地吸了一口氣，人人都可以清楚地聽到他的吸氣聲，接著，他直視著宋維，問：「宋維先生，你肯定我們以前沒有見過面？」

宋維連想也不想：「沒有見過！」
萊恩問了一個人人都想問的問題：「那你怎麼知道我的事還有下一半？」
宋維仍是連想也不想：「要是你要講的事，就是那樣平凡簡單，那位大名鼎鼎的先生，怎麼會特地介紹你來？你以為能見到這位先生是那麼容易的嗎？我心中有一樁奇事，想請他幫助，可是他根本沒時間見我！」
宋維的解釋，聽來勉強可以算是合理，萊恩也想不到甚麼來反駁。大家的興緻更濃了，幾乎沒有人相信宋維的解釋，但是也沒有甚麼人可以說得出所以然來，是以大家都望向萊恩，希望他再講下去。
萊恩望著宋維，神情仍是十分疑惑。
過了好一會兒，他才道：
「屍體不見的事，由於連日來都有戰鬥，大家都忘記了。而且也沒有預料中的，敵人把屍體拿出來示眾的情形發生。在戰場上，活著的人，尚且隨時可以失蹤，死人失蹤的事，當然更不會有甚麼人再追查下去。只有我，因為傑西是我的好朋友，總覺得這件事有點怪。
「一個多月之後，我有了假期，離開了陣地，到西貢去度假。那時候的西貢，有著畸形的繁華，那種畸形的繁華，是世紀末式的。當時，我就有一種感覺，這種情形是不可能永遠維持下去的。

「到了西貢的第二天，我就根據傑西所講的地址，去找他愛的那位越南少女。一路上，我盤算著，見到那位少女之後，該如何開口才好？我是自己駕駛著吉普車前去的，停車問了兩次路，才找到那家雜貨店。我一走進去，就有一個中年人，怒容滿面向我迎上來。

「當時的西貢，所有的商人，對於美軍，都大表歡迎，繁榮的市面，可以說全是由美軍的消費而來的。那中年人一眼就可以看出來的敵意使我愕然，他用十分粗暴的聲音道：『滾！我們這裏，不接待美國人，滾，越快越好！』

「我真是又好氣又好笑。他一面呼喝著，一面還做出趕人的動作。我不想和他打架，只好隨著他的動作後退，一直退到了店門口。

「到了店門口，我再向這家雜貨店的招牌看了一眼，肯定就是我要找的那一家。我站定，那中年人仍然聲勢洶洶，雙手叉著腰。我耐著性子道：『對不起，我來找一個人，一位小姐，阮秀珍小姐。』那中年人一聽，雙眼瞪得極大，青筋暴綻，樣子更兇狠了，他大叫一聲：『滾！』

「這時，已有不少看熱鬧的人聚攏過來。我又好氣又吃驚，忙又道：『我有一個重要的消息要告訴她，阮秀珍小姐在不在？』我說的是標準的越南話，對方一定聽得懂的，可是他的反應，奇特之極，竟然一個轉身，就雙手捧起一個大瓦罐，向我直摔過來！

「我一躍避開，瓦罐落在地上，摔成了粉碎。這時，我也不禁生氣，那中年人卻一點也不覺得自己有甚麼不對，又捧了一隻瓦罐在手，一面大聲罵著，罵的話粗俗不堪，一面又叫著：『別以為我不會殺你們，滾，滾得越遠越好！』

「越南人有反美的情緒，這一點我很清楚，可是看那中年人的情形，又不像是甚麼激烈的反美份子。我正準備向他理論之際，忽然有人在我身後，拉我的衣袖，同時，有一個十分動聽的聲音在我身後響起：『先生，秀珍的爸爸生起氣來，根本不講理的，你快走吧！』我回頭看去，看到一個圓臉大眼，很淘氣靈活的少女，就是她在對我說話。

「我忙問她：『你認識秀珍？我有一件重要的事要告訴她！』那少女咬了咬下唇：『我們找一個地方說話好不好？你看，秀珍的爸爸要衝出來了，我在下條街街口等你！』

「這時我才知道，那中年人是阮秀珍的父親，他已拿著一條十分粗大的木棍，兇神惡煞般衝了出來。我知道事情一定有曲折，連忙跳上了車子。雖然立即發動了車子逃走，車頭燈還是給那瘋子的木棍打碎了！

「我駕著車，到了下一條街，那少女已經在那裏等我。我伸手拉她上了車，她道：『我叫彩雲，是秀珍的好朋友。』

「我有點驚魂甫定之感，只好道：『彩雲，你好，我叫萊恩。』出乎我意料之外，彩雲抿著嘴，笑了一下，她笑起來……極其動人，我不由自主有點發怔地望著她。她道：『是，我知道一定是你，傑西向秀珍說起過你，秀珍告訴了我。』

「我聽得她提起了傑西，不禁長嘆一聲，一時之間說不出話來。彩雲顯然是個很活潑爽朗的女孩子，她在不斷說著話，她的話，令我呆住了，一句話也講不出來！

「彩雲在說著：『秀珍和傑西私奔了，所以秀珍的爸爸惱怒到了極點，一見到美國人，尤其是美國軍官，就要罵要打！』

「我真正呆住了，甚麼話？秀珍和傑西私奔了？這……這是甚麼時候的事？好傢伙，傑西只告訴我，他瘋狂地愛上了一個越南女孩子，並沒有說，他原來已經和那女孩私奔了！

「我是他最好的朋友，他居然連我都瞞著，這未免太不夠意思了。所以，我顯得十分氣憤：『有這樣的事？哼，我竟然不知道！』在講了之後，我想起傑西已經陣亡了，心中又不禁一陣難過。

「彩雲靈活的眼光一直在留意我，我難過的神情一定十分顯著，她一下子就看出來了。她笑嘻嘻地道：『他們互相愛著對方，私奔是必然的事，你應替你的好朋友高興才是，就像我替秀珍高興一樣！』

「我聽了之後，更加難過，找了一個地方，停了車，握住她的雙手，真是不知道如何開口才好。她被我握住了雙手，雙頰現出一片紅暈來，更加嬌秀動人。我當時只是哀傷傑西的去世，並沒有注意到自己的舉動，對一個陌生少女來說，實在是太唐突了一些！」

萊恩講到這裏，停了一會兒，現出十分嚮往的神情來。聽他敘述的人，也都設想當時的情景——一個英俊高大的美國軍官，一個美麗動人的越南少女，這情形，充滿了異國情調。再加上是在戰爭的動亂時期，自然更增強浪漫的氣息，分明又是傑西和阮秀珍相戀的翻版了。

萊恩向各人看了一眼，神情有點靦腆：「在動亂中，男女之間的感情，特別容易發展……和一般人想像不同，美軍在越南，有很多值得記述的愛情故事，不只是酒吧舞廳中相遇，就開始性交易那麼簡單！」

各人都點頭，有的還發出長長喟嘆聲。萊恩沉聲道：「當時……是在後來……我知道自己……已經不可能忘記彩雲，我變得和傑西一樣，東方女孩子，有莫名的吸引力……」

萊恩的聲音中充滿了回憶，沒有人知道他和彩雲之間，後來發展成甚麼樣，也沒有人問他。萊恩又停了一會兒，才道：「我當時握住了她的雙手，她柔順地任我握著，過了好一會兒，一定是相當久，她才道：『你……想說甚麼？』

「我又嘆了一聲，才道：『彩雲，你別難過……或許，我們都應該替秀珍難過……』彩雲睜大了眼，用一種十分奇訝的神情望著我。我終於鼓起了勇氣：『彩雲，傑西陣亡了，我們怎樣告訴秀珍才好？』

「彩雲聽得我這樣說，先是怔了一怔。接著，突然咯咯笑了起來……雖然我對她聽到了傑西的死訊之後這種反應，感到十分驚愕，但是，我還是覺得她的笑聲動聽之極。這……小女孩……這少女她十分大膽，一面笑，一面竟然伸手出來，在我的額上，重重敲了一下。然後，仍然笑著，跳下了車，向著附近的一片草地，奔了開去。

「我真是不知所措，那時……我穿著整齊的軍官制服，草地上又有不少人，當然我想立即去追她，可是總覺得不怎麼好。我也下了車，追了幾步，大聲叫著她……」

萊恩講到這裏，神情又甜蜜又忸怩，聽他敘述的人，都現出會心微笑來。設想當時的情形，他的確是很尷尬的，他是一個服裝整齊的軍官，而彩雲是一個俏皮活潑的少女，如果公然在大庭廣眾之間追逐，的確會招來非議的。

可是彩雲在聽到了傑西的死訊之後，反應如此奇特，萊恩實在又非得追上去問個明白不可！

各人都望向萊恩，等他講下去。

原振俠向身邊的宋維望了一下，宋維的神情十分迷惘，原振俠壓低了聲音，道：

「怎麼一回事？他的下半部故事是愛情故事，不是奇事？」

宋維翻了翻眼，並沒有回答。

萊恩在眾人的注視下，神情更有點不好意思，他點了一支煙：

「我看著她，她奔到了一棵樹下，停了下來，向我望來。我儘量放慢腳步，走到了她的面前，還沒有開口，她就道：『其實你可以有很多話對我說，例如稱讚我美麗，每一個男孩子，都是這樣稱讚我的。』

「我一時之間，不知她這樣說是甚麼意思，我只好道：『你的確十分美麗……我從來未曾見過，像你那麼動人美麗的女孩子。』

「她又咯咯笑了起來：『是啊，那你何必胡說八道，說甚麼傑西陣亡了？』

「我又呆了一呆，嘆了一聲，心想她不願意接受這個悲慘的事實，以為我在胡說八道，我十分難過，可是又不能不說，我又道：『是真的，傑西陣亡了，我親手葬了他……』

「當我講到這裏的時候，我的聲音自然很悲戚，而且，悲傷的神情也是無法掩飾的。彩雲的神情更怪，她顯然仍是不相信我的話，可是卻又驚訝於我的悲傷。她呆了片刻，才道：『別開玩笑了！』接著，她又調皮地眨了眨眼睛：『是不是傑西做了逃兵，你是他的好朋友，所以才說他陣亡了，好免他受罰？如果是這樣的話，你也不必瞞我，我是秀珍和傑西的好朋友。』

「我聽得她這樣說，真是驚訝之極，忙道：『逃兵？甚麼逃兵？』

「她嘆了一聲，搖著頭，長髮隨著她搖頭的動作而晃來晃去，那樣子真是可愛極了，我忍不住伸手去撫摸她的長髮。這一次，她卻閃身避了開去，帶著嗔意問：『我懷疑你是不是傑西的好朋友？』

「我仍然不知道她這樣說是甚麼意思，面對著這樣的一個少女，我真是一點辦法也沒有。只有攤開手，道：『好了，你不相信我的話，不相信傑西已經死了，為甚麼？』

「她咯咯笑著：『傑西死了麼？甚麼時候死的？是不是今天早上？』

「我道：『當然不是，他……死了有……』我心中計算了一下：『四十七天，四十七天之前，他在一次巡邏任務中……沒有回來。找到他的時候，他和三個隊員已經死了……』我在講到這裏的時候，又十分的難過。

「可是彩雲在聽了我的話之後，卻大笑了起來，她笑得如此之甚，身子甚至因大笑而前仰後合。她……有著十分纖細的腰肢，當她笑得身子亂顫時……那情景真是十分動人的，而且，是充滿了誘惑的。

「我一則生氣，一方面也實在經不起她這種誘人的姿態，所以我一伸手，摟住了她的細腰，把她拉了過來，準備狠狠地責問她，為甚麼如此好笑？她一被我摟住，仍然在笑著，她的腰肢不但纖細，而且那麼柔軟，又在不斷顫動，那真令得我……有點不克自持，我真想把她摟得更緊一點。

「可是她的話，卻令我怔呆，她道：『你這個人真可愛，我已告訴過你，我是他們的好朋友。那天晚上傑西和秀珍私奔，是我到阮家去，把秀珍帶出來，交到傑西手裏的！』

「我已經感到事情有點不對頭了，聲音也開始發顫，我問：『那……是甚麼時候的事情？你……好好記一記！』

「她舉起手來，數著手指，她的手指修長而美麗，當她數手指的時候，我忍不住在她的指尖上，輕吻了一下。在那一剎那間，她停止了動作，抬起眼來望向我，她的眼珠漆黑而明亮，當我和她目光相接觸之際，我知道……我這一生，再也離不開這對眼睛了。」

萊恩的敘述，夾雜著越來越多彩雲這個越南少女是如何美麗動人，他自己又如何逐漸對這個越南少女，逐步迷戀——絕不是甚麼「奇事」，可是聽他這個當事人娓娓道來，倒也聽得人趣味盎然。

萊恩的神情，看來十分沉醉於他和彩雲的初遇。

過了一會兒，他神情一變，現出駭然之情來，而且用力揮著手，像是想把甚麼東西揮去一樣。

「彩雲和我互相凝視著對方，過了片刻，她才繼續去數手指，然後道：『對了，是四十四天之前。我記起來了，是秀珍生日後的第三天。』

「各位，你們可以想像得到，我聽了彩雲的話，是如何吃驚。四十四天！傑西在四十四天之前，在西貢和阮秀珍私奔！而他……是在四十七天之前死去，我親自將他埋葬的！

「當時，我甚至由於過度的驚駭而站不穩，我在草地上坐了下來。彩雲自然一直以為我在說謊，所以並不如何驚駭，她在我身邊也坐了下來。她的坐姿十分優美，一雙修長的大腿併在一起，看起來，十足像丹麥的哥本哈根港口，那個美人魚塑像一樣。可是我卻由於驚駭和心亂如麻，沒有心情去恣意欣賞，我只是不斷問自己：怎麼會？怎麼會？

「過了很久，我才能問得出來：『你能不能把當時的情形，詳細對我說一下？』彩雲眨著雙眼，猶豫了一下，然後就道：『可以。』」

第二部：追查活死人的下落

以下，是彩雲敘述她遇到萊恩上校之前四十四天所發生的事。

當然，「奇事會」的會員，聽到的，還是萊恩的覆述。

萊恩一直在敘述他的事，敘述之中，再加上他覆述彩雲的話。在當時講的時候，是沒有甚麼問題的，但是轉化為文字的敘述，很容易引起混亂。

所以，把彩雲的那一段敘述，不採取口述的方式，而直接記載下來。

這一段經過，在整個故事之中，佔相當重要的地位，請各位留意。

彩雲和阮秀珍是鄰居，阮家開雜貨鋪，彩雲家裏開的是一家規模不十分大的布店。彩雲父母早亡，店務由她的兄嫂主理。彩雲和秀珍不但是鄰居，而且是同學，兩人感情好得不能一刻分開，而互相心中有甚麼祕密，也一定找對方來傾訴。

所以，當傑西和秀珍由偶遇而相愛，彩雲是世上第一個知道有這段戀情的人。

那天晚上，秀珍約了彩雲在河邊散步。作為好朋友，彩雲一下子就在秀珍異常的神情中，看出了她心中，有著說不出的快樂的事情在。

兩個少女年齡相若，各有各的美麗。

秀珍的身形比較高，可是彩雲的身形卻比秀珍來得豐滿玲瓏。兩人沿著河邊，一面走一面講話，秀珍是用一句「我認識了一個美軍軍官」作為開始的。

接下來，秀珍就向彩雲詳細講述了她和傑西認識的經過，而以一句發著顫的「我……讓他吻了我」作為結束。

（這一段秀珍和傑西相識，一個越南少女和一位異國軍官一見鍾情，少女獻出了她的初吻的經過，要詳細寫來，倒是一個十分動人的愛情詩篇。但這是一個奇幻故事，細膩的情愛細節，只好割愛。）

秀珍在敘述之際，神情充滿了甜蜜。彩雲一聽到她認識了一個美國軍官，先是嚇了一跳，已經準備了一肚子的話，要規勸秀珍。

因為在連續幾年的戰爭中，美軍和越南女性之間的糾纏實在太多了，幾乎成為越南女性，尤其是大城市如西貢的女性生活的一部分。而且，其中悲劇之多，也數不勝數。

可是，等到秀珍講完了之後，彩雲從秀珍的神態和言語之中，已經可以肯定她整個人，都沉浸在愛河之中了。

在這樣的情形下，彩雲甚麼也沒有說，只是說了一句：「真代你高興，祝你幸福。」

秀珍甜甜地笑了起來，燈光映在她俏麗的臉龐上，像是塗了蜜一樣甜。彩雲心中十分羨慕：「愛情真的那麼奇妙？不知道究竟是甚麼樣的？」

秀珍掠著長髮：「說不出來，我們看過那麼多有關愛情的小說和電影，可是現在我才知道，那些形容，一點用處也沒有！」

好朋友之間，不能不問一些細節，彩雲問：「他吻了你？親吻又是甚麼滋味？」

秀珍俏臉飛紅，呆了半晌才道：「說不上來。」

彩雲知道，秀珍愛上的那個軍官叫傑西，是來西貢度假的，假期是一個月。他們認識，是在假期的第十六天，所以，他們只能有兩個星期在一起。

接下來的兩個星期之中，彩雲和秀珍很少見面，只是每當深夜，總聽到阮伯罵秀珍夜歸的聲音。

阮伯就是秀珍的爸爸，嗓門很大，罵起人來也很兇，彩雲在替秀珍擔心，要是阮伯知道，秀珍和一個美國人在談戀愛，一定會發瘋。彩雲可以肯定的是，秀珍和傑西之間的戀愛，越來越是灼熱。

一直到那天晚上，彩雲已經睡了，可是窗子上發出聲響，彩雲打開窗子，秀珍在窗外，彩雲忙伸手把她拉了進來。

秀珍一進來，就在彩雲的床上，仰躺了下來，胸脯起伏著，不斷喘著氣，滿面都是淚痕，可是神情卻又快樂甜蜜無比。

彩雲已經可以知道是怎麼一回事了，秀珍一直不出聲，也一直在流著淚。

彩雲緊握著她的手，過了好一會兒，秀珍才道：「我給他了！」

彩雲沒有說甚麼，秀珍雖然在流淚，可是那是快樂和激動的眼淚。

秀珍的口角，孕育著的笑容，可以證明這一點。她頓了一頓，又道：「你絕不能相信，他也是第一次，我們……我們……」

當她講到這裏的時候，她的俏臉，紅的像是要滴出血來一樣。她的心跳，甚至隔著衣服，也可以看得出來。

彩雲只是緊握著她的手，秀珍幽幽地嘆了一聲：「他已經回陣地去了，下次假期，才會來看我。彩雲，身邊沒有了他，我像是自己少了一半一樣！」

彩雲並沒有問「你肯定他會來」這類的話，因為她倒也很明白，就算這個叫傑西的美國人，從此之後不再出現，秀珍也不會後悔。

至少，她在這短暫的十四天中，得到了一生之中，從來未有過的快樂。秀珍深深地吸了一口氣，閉上眼睛。從那天起，秀珍就一直在數著日子，把她和傑西之間的一切講給彩雲聽，給彩雲看她和傑西一起拍的照片。他們互相交換了一隻戒指，那只是普通的一隻銀質戒指，可是在秀珍的眼中，卻比甚麼都要名貴。

算起來，傑西一直到半年之後，才會有假期，而戰事進行得這樣劇烈，美軍陣亡的人數越來越多。彩雲當然忍住了不會問出來，要是傑西陣亡了怎麼辦？可是她心中也很為這件事擔心。反倒是秀珍，像是充滿了信心一樣，一點也沒有想到這一個問題。

過了三個多月，那天傍晚，彩雲才從外面回來，在巷口，忽然有人叫著她的名字。彩雲回頭一看，她一眼就認出叫住她的人是傑西。

彩雲又是驚訝，又是高興，指著巷子：「秀珍沒有一秒鐘不在想你，你怎麼不去找她？」

傑西苦著臉，神情多少有點怪異：「去過了，被一個人趕了出來，秀珍又不在！」

彩雲笑了起來：「一定是阮伯了，他對西方人很有偏見，要是知道你和秀珍……」她講到這裏，吐了吐舌頭。

傑西苦澀地笑了一下：「請告訴秀珍，我在老地方等她！」

彩雲略有疑惑：「秀珍說你在半年之後才有假期，現在好像……只有幾個月？」

傑西低下了頭，一副有難言之隱的樣子。遲疑了片刻，才道：「我實在太想念她了，所以……所以我……等不到假期，我是擅自離開的！」

彩雲吃了一驚，一個軍官，擅離職守，這種事是十分嚴重的罪行，這一點她是知道的。當時天氣十分悶熱，她不由自主冒著汗，說不出話來。

傑西反倒安慰她：「不要緊，軍隊暫時不會找到我。等到他們找到我的時候，我早已走遠了，我準備和秀珍私奔。」

彩雲更吃了一驚：「私奔？到哪裏去？回美國？」

傑西昂起了頭，就在這時，一陣驟雨，伴著雷聲，灑了下來。

彩雲躲進了屋簷之下，傑西卻只是昂著頭在淋雨。

過了一會兒，他才道：「美國是不能去的了，總有地方去的。只要我能和她在一起，哪裏都是一樣的！」

彩雲十分感動：「這句話，秀珍不止說過一次了！」

傑西現出十分欣慰的笑容來：「我們是真正相愛的！」

彩雲立時道：「沒有人懷疑這一點。」

傑西沒有再說甚麼，大踏步走了開去。彩雲又在巷口等了半小時左右，秀珍騎著腳踏車回來，彩雲攔住了她，告訴她傑西來了。

秀珍在聽了之後，興奮得全身發顫，立時又跳上車子走了。

秀珍在兩小時之後，才又從窗中跳進了彩雲的房間，第一句話就說：「他要和我私奔，彩雲，你要幫我！我去收拾一下東西，先拿到你這裏來。今天晚上，他在碼頭等我，我要你陪我去！」

彩雲又是興奮，又是刺激，兩個女孩子相擁著發抖。

到了晚上，秀珍只提著一隻簡單的行李袋，和彩雲一起出發。她們還沒有到碼頭，就雷電交加，雨勢大得驚人。當她們到達的時候，全身都濕了，雨花和河水在閃著黝暗的光芒。

傑西早在岸邊等著，秀珍奔向前去，彩雲跟著來到河邊，眼看著傑西扶著秀珍。兩人下了一艘看來十分破舊的小木船。好朋友離去，使彩雲感到十分傷感，儘管雨勢大得使人眼睛睜不開，可是她還是在河邊佇立著。藉著一下又一下閃電的光芒，她可以看到那小木船，在迅速地遠去。

彩雲的敘述到此為止，以下是彩雲跟萊恩上校之間的一段對話，那是在彩雲對萊恩說出了經過之後發生的。

彩雲仍然用那種優美的姿勢，坐在草地上：「這是四十四天之前的事！」她說著，用帶有嗔意的眼神，瞪了萊恩一眼：「而你竟然告訴我，傑西在四十七天之前，作戰陣亡了！」

在聽了彩雲的敘述之後，萊恩整個人都呆住了！

彩雲的敘述，不可能是說謊，那麼，這是怎麼一回事呢？

也直到此時，萊恩才意識到，傑西的屍體，在大雷雨中失蹤，這件事絕不簡單。

可是如果說傑西在死了之後，被葬在地下，在大雷雨之夜又復活了，來到西貢，和他所愛的女人私奔，這也未免太荒誕，太不可思議了！

一時之間，他實在不知如何才好。把屍首在大雷雨夜失蹤的事講出來？講了出來之後，又如何解釋？彩雲會相信，和秀珍私奔的那一個傑西，實際上是已經死了三天的嗎？

在他不知如何是好之際，彩雲伸手指向他的鼻尖：「看你，像是撒謊被揭穿了的小孩子一樣！」

萊恩喃喃地分辯：「我……我沒有撒謊。」

彩雲雙手叉著腰，挺起胸來，裝出一副兇惡的樣子，但是看來還是那樣可愛。她道：「哼，還不承認？」

萊恩在那一剎那之間，有了決定，他道：「是，是，我是在撒謊……我不知道他和秀珍私奔了……軍人擅離職守的罪名是很嚴重的！」

彩雲笑了起來，萊恩控制著心中的驚懼：「傑西……他們到哪裏去了，你究竟知道不知道？」

彩雲皺了皺眉：「他們走後十天，我收到一張明信片，他們那時，在接近寮國的一個小鎮上。明信片上說，他們會逃到泰國去，到了泰國之後，再和我聯絡，可是一直到現在，還音訊全無。秀珍可能也寫信告訴了阮伯和傑西之間的事，阮伯暴跳如雷了不知多少次，也只有你這個傻瓜，還會上門去找秀珍！」

萊恩苦笑了一下，突然想起：「那張明信片，只有秀珍一個人署名？」

彩雲道：「不，他們一起簽了名。」

萊恩一聽，心跳加劇，口氣發顫：「你說……那張明信片上，有著……傑西的親筆簽名？」

彩雲答道：「是啊，或許不是，總之是兩個人的名字。秀珍的簽名我是認識的，另一個很潦草，我想那自然是傑西的簽名。」

萊恩又有點失態了，他一伸手，握住了彩雲的手背。彩雲的手背豐腴滑膩，他一下子握住了之後，立時有一種異樣的感覺，那令得他又鬆開了手。

彩雲用一種十分驚訝的神情，打量著她眼前這個高大英俊，但是卻顯得有點手足無措的美國軍官。

她不明白何以自己面對他，反倒一點不緊張，只覺得十分自然舒暢，而這個軍官，反倒緊張得講話的聲音都發顫。

這時，萊恩就用緊張發顫的聲調問：「那明信片還在不在？能不能給我看看？」

彩雲道：「當然可以！」

她說著，一躍而起，「啊呀」一聲：「我該回家了，你……最好別跟我來，我拿來給你看。你……晚上七時，在河邊等我……在那幢有紅屋頂房子的河邊。」

她說著，連跑帶跳地奔了開去。萊恩呆呆地望著她誘人的背影，心中亂成了一片。他不相信彩雲的話。雖然理智告訴他，彩雲不會在說謊，雖然他知道，傑西的屍體不見了，他還是無法想像，傑西會在陣亡三日之後，在西貢出現。

可是……如果那明信片上，真的有傑西的簽名呢？一想到這一點，他實在禁不住，劇烈地著發抖！

到晚上七點，似乎像無限期那麼長。他一早就在河邊等著，當夕陽映得河水一片艷紅之際，他看到彩雲穿著傳統的越南服裝，輕盈地走了過來。他沒有迎上去，只是站著，欣賞著彩雲走過來時的娉婷步姿，傳統的越南服裝，把彩雲細腰的柔軟展現無遺。

彩雲來到了他的面前，一伸手，把一張明信片交到了他的手中。

萊恩才向明信片看了一眼，就險險乎昏了過去！

只要看一眼就夠了，他絕對可以肯定，那是傑西的簽名，不會是別人！

在他定下神來之後，他看了看明信片上的日期，那應該是傑西死後——或者說，是傑西的屍體失蹤後的第十天。

傑西沒有死，還活著！

萊恩首先想到的是這一點。可是，傑西真正是死了的，是他為他進行葬禮的！這究竟是怎麼一回事呢？當時，萊恩的思緒紊亂到了極點，彩雲只是好奇地望著他。

當萊恩的目光，再度和彩雲的目光接觸之際，他倒下了一個決定。他有一個月的假期，有幸在第一天就遇到了彩雲，那就好好地利用這一個月的假期。把傑西的事拋諸腦後吧，這世上有著太多不可解釋的奇事了！

萊恩在那一個月中，一點也不為自己的決定後悔。這一個月，是他有生以來最愉快的一個月，他和彩雲之間的戀情，甚至使他考慮是不是也要做一個逃兵，去和彩雲私奔！

萊恩講到這裏，又告了一個段落。

這時，萊恩的敘述，引起了奇事會會員很大的興趣，紛紛討論。

有的道：「死了的人，在大雷雨之後復活了！這真是奇！」

有的道：「這種情形，不能說是屍變，從來也未曾聽說過，殭屍是可以和自己所愛的人去私奔的！」

也有的人提出了異議：「整件事中，死後的傑西再出現，只是那位叫彩雲的越南女子的敘述，萊恩上校並沒有見過他。當然，有一個簽名，但是簽名是可以模仿的！」

這種異議，立即遭到了駁斥：「事實是秀珍離開了家庭，而且，彩雲捏造這樣的一個故事，有甚麼目的呢？」

在眾議紛紜之中，原振俠並沒有發言，只是注意著身邊的宋維。

宋維雙手抱著頭，一動不動，也不出聲。

原振俠聽到有人叫自己的名字，他抬起頭來，叫他的是蘇耀西：「振俠，你是醫生，就你專業知識來判斷，那是怎麼一回事？」

原振俠想了一想：「理論上來說，死人是不會復活的。可是實際上，也有不少死人復活的確切記載，那只是這個人事實上並沒有死，卻被當作了死人！」

萊恩上校現出了一種急欲辯護的神情來，原振俠不等他開口，就道：「當時，你判斷他死了，和他一起死的，還有三個隊員，是不是？但是如果那是一種『假死』的情形呢？當時是不是有專業人員在？」

萊恩道：「當然有，軍醫證明他們已經死亡！」

原振俠沉吟了一下：「事情發生在越南，東方有一些事，相當神祕，通常西方人是不容易接受的。古老的東方，就有幾種土藥，可以使人的心臟處於麻痺狀態，草率地檢查，就像死了一樣！」

萊恩大力搖著頭：「我分得出死人和活人，敵人也不會只把我們麻醉過去，而不殺害我們！」

原振俠吸了一口氣：「關鍵就在這裏，如果那四個人的『死亡』，根本不是敵人造成的呢？」

萊恩陡然怔了一怔：「甚麼意思？我不明白。」

原振俠舉了一下手：「當然，這只是我的假設。傑西思念著他的愛人，想離開軍隊，男女之間刻骨的相思，有時是可以驅使人去做任何事情的！」他講到這裏，略頓了一頓，低低嘆了一口氣：「所以傑西弄來了一種神祕的藥物，使他自己看來像死了一樣，可以藉此脫離軍隊。」

萊恩悶哼了一聲：「醫生，寫《基度山恩仇記》的大仲馬，想像力也不如你。」

原振俠道：「我只不過提供一個可以解釋得通的解釋而已！」

萊恩又問：「那麼，某餘三個人呢？」

原振俠道：「或許，是也想脫離軍隊的志同道合者？他們造成了『假死』的狀況，然後，趁著一個大雷雨之夜，逃走，完成了目標！」

原振俠講到這裏，在他的身邊，突然響起了一陣掌聲。

鼓掌的是宋維，可是卻一臉諷刺的神情，一望而知，他並不是同意原振俠的話。

原振俠做了一個請他發言的手勢，宋維冷冷地道：「你忘記了一件事！這四個人，曾被緊緊綑紮起來，埋到了土中，至少有好幾個小時！」

萊恩忙道：「中午下葬，就算天一黑他們就失蹤，也超過了七小時！」

原振俠微微抬起了頭，這種情形，令他想起了以前的一項經歷，「天人」的故事。但這件事當然大不相同，「天人」已經不再存在了。

他相當謹慎地道：「我剛才提到的那一類神祕的藥物，有一些，可以使人處於動物的冬眠狀態之中。那就可以解釋，為甚麼他們可在藥性過去之後復甦。」

原振俠的話，並沒有引起會員間的甚麼反應。

大廳中先是一陣難堪的沉默，然後，蘇耀西先叫了起來：「振俠，算了吧，連你自己也不相信自己的解釋！」

原振俠苦笑了一下：「可是事實上，傑西並沒有死，還能和他心愛的女子私奔，那還能有甚麼解釋？」

蘇耀西沉吟了一下道：「在中國的筆記小說中，有很多離魂的記載，一個人死了，可是在另一個地方，為了某種目的而出現。大多數是為了愛情，連他自己也不知道自己死了，直到被人揭穿。」蘇耀西講到這裏，頓了一頓：「大多數的情形是，一被人揭穿之後，這個人就立刻會消失。」

所有的會員你望我，我望你，終於有幾個忍不住而大笑了起來。

其中有一個一面笑，一面道：「這更說不通了，靈魂應該是沒有形體的。而且，傑西的屍體，也確實地失蹤了！」

蘇耀西的解釋，立刻遭到了否定，他只好舉起手來道：「我提議，萊恩先生告訴我們的事，已經夠奇特了，他可以成為我們的會員。」

蘇耀西的提議，立刻得到了大多數人的附議。

主人向萊恩做了一個手勢，示意他站起來，因為他的入會申請已經獲准了，他要進行一個簡單的入會儀式。

而就在這時，那個行為舉止怪異的宋維，忽然舉高了手，道：「等一等！」

人人都向他望去，從各人的眼光中看來，他們對這位宋維先生究竟是甚麼來路，不甚瞭解。因而各人的神情，都帶著詢問的神色。

宋維在眾人的注視下，若無其事地道：「我們應該聽萊恩先生把他的故事講完，才作決定！」

他這句話，令得各人又是一呆。剛才，他曾說，萊恩的故事有下半部，果然是這樣。而今，萊恩已經十分詳盡地把「下半部」的事也講出來了，宋維又說該讓他把故事講完，這又是甚麼意思？

就算萊恩的故事，真的沒有講完，宋維又怎麼知道？

一時之間，每個人心中所想的疑問，全是相同的，各人望向宋維，又望向萊恩。只見萊恩的神情，充滿了疑惑，他也盯著宋維。

過了好一會兒，萊恩才道：「宋維先生，在整件事中，你扮演的是甚麼角色？何以你好像對整件事的來龍去脈，都知道得十分詳細？」

本來，還有一些人，認為萊恩和宋維之間，是原來就認識的。可是現在萊恩這樣問，那又證明他是根本不認識宋維的了，所以各人的好奇心更甚。

宋維冷冷地道：「我有甚麼角色可以扮演的？整齣戲，已經有兩個男主角，兩個女主角了，我還能扮演甚麼角色？」

他的話，乍聽不是很容易明白，但略想一想，就可以知道，他是在說傑西和秀珍、萊恩和彩雲這兩對相戀的異國男女而言。

他稱之為「戲」，自然是針對萊恩問他「扮演甚麼角色」來說的。

在宋維做出了這樣的回答之後，萊恩深深地吸了一口氣：「宋維先生，如果你知道這件事情還有下文，那麼，請你說下去吧！」

宋維冷笑著，攤開手，在他的神情上，有一股看來相當無賴的樣子：「那又不是我經歷的事，我怎麼知道經過？我只是根據你的敘述，判斷還有下文。上校，那在邏輯上，全然是兩回事！」

別看他身材矮小，貌不驚人，可是說起話來，詞鋒卻十分銳利，令得相貌堂堂的美男子萊恩無法反駁。

宋維又冷冷地說了一句：「快往下說吧，上校，大家都等著！」

萊恩上校仍然用十分疑惑的眼光，望了宋維好一會兒，才點了點頭：「是的，應該再向下說下去。」

他講了這一句之後，又停了片刻，神情變化不定，才又開口：

「越戰以後的情形如何，各位是知道的了，不必我再說甚麼。我和彩雲之間的事，也不必再說……」

原振俠陡然插一句口說：「我想，很多人想知道，你們是不是……」

萊恩的言行，一直十分溫文有禮，甚至宋維好幾次對他不禮貌，他都沒有失態。可是這時，原振俠由於天生情感豐富，又有點感懷於自己愛情上的失意，全無惡意地想知道，他和彩雲之間後來的發展如何，卻惹得萊恩上校生了氣。

不等原振俠講完，他就粗聲道：「那是另外一樁事，和我要加入奇事會無關的，是不是？」

原振俠只不過普普通通地問了一句，卻招來了這樣的搶白，那令得他為之愕然。

萊恩陡然又提高了聲音：「其實，能不能加入奇事會，對我來說，一點關係也沒有。我把整個事實的經過講出來，只不過是介紹我來的那位先生說，各位全都有奇異的經過，或許可以使我的故事，有一個合理的解釋！」

原振俠沒有說甚麼，只是聳了聳肩，表示並不在乎。

萊恩的激動，很快就過去，他向原振俠望了一眼，低聲道：「對不起！」

原振俠仍然做了一個手勢，表示不在意。

萊恩苦笑了一下：「越南戰爭，由於美軍撤退，而迅速改變了形勢，北越揮軍南下。在美軍撤退之後，北越軍還沒有進攻之前，我已經退役了。這場仗打下來，我實在不想再留在軍隊中。

「我在退役之後，回到了家鄉，仍然一直在探聽著傑西和秀珍的下落。可是自從寄出了那張明信片之後，這兩個人，就像是從世界上消失了一樣！」

萊恩上校講到了這裏，向原振俠望了一眼：「彩雲，我在第二次假期的時候，就和她結婚了。在美軍撤離越南之前一個月，她已經到了美國。」

他算是回答了原振俠剛才的那個問題。令原振俠不明白的是，何以那麼普通的一個問題，而且又是有很好的結果的，會令得一直表現得風度極好的萊恩上校，忽然之間發起脾氣來。原振俠客氣地點了點頭，表示感謝。

萊恩停了一下，才又道：

「大家也都知道，在北越佔領了南越之後，大量難民從中南半島逃出來。聯合國方面，加強了專門處理中南半島難民的機構，我申請加入。由於我曾在越南許多年，又精通越南話，所以很快就得到了錄用，又派到亞洲來。

「我現在的身分，是聯合國駐亞洲的難民專員，專責處理中南半島的難民問題。

「從越南、寮國和柬埔寨這三個國家，循各種管路逃出來的難民，數以十萬計，處理起來極其困難。聯合國方面，懇請泰國政府在邊區設立難民營，暫時安置難民。那幾個難民營……真是人類歷史上的悲劇和恥辱……」

萊恩講到這裏，嘆了一聲，現出很難過的神情來。越南難民的情形，人人都知道，也都覺得萊恩稱之為「人類的恥辱和悲劇」，是十分恰當的形容。

萊恩又道：

「我經常需要巡視難民營，各地的都要去，尤其是泰寮邊境的那幾個。有一次，我在巡視一個大規模的難民營之際，忽然有人在一旁叫『萊恩上校！萊恩上校！』聽到有人叫我，我自然要去看一下。圍在我身邊的難民很多，都是蓬頭垢面，憔悴不堪的可憐人，我想儘量給他們溫暖，可是實在又無法一一照顧那麼多人。我想，我的名字，難民全是知道的，叫我一下，或許是想受到一些甚麼特別的照顧，所以我望了一下之後，沒有看到叫我的是甚麼人，又轉回頭來。

「而就在我轉回頭來之後，那女人的聲音又叫了起來：『上校，還記得傑西嗎？』一聽到了傑西的名字，我整個人都為之震動！

「我加入處理難民的工作，有很大一部分原因，是為了傑西。傑西當年，是逃到寮國去的，我在工作中，也不斷在打聽他的下落。因為他的生、死之謎，始終盤縈在我心中，一直令我心中不安。在一直沒有結果，幾乎絕望了之後，忽然有人叫了傑西的名字，我如何不震動，我忙轉過身去。

「難民營中的情形，各位或許不是如何熟悉。每當有專員、官員來巡視的時候，難民會大批擁過來，各自提出各自的問題，要勞煩營中人員維持秩序，不讓他們太接近巡視的官員。那時的情況也是這樣，我回頭看去，看到一個女人，抱著一個孩子，正待越眾而出，可是卻被人粗暴地推回去。

「我連忙大聲問：『誰提到了傑西？』

「那個女人叫道：『我，上校，萊恩上校，我！』我急急走了過去，推開了那管理人員。那女人向我伸出手來，我一握住了她的手，就知道她是誰了！

「雖然她一樣衣衫襤褸，神容憔悴，眉宇之間充滿了痛苦，可是仍然掩不住她的清秀和俏麗。儘管她蓬頭垢面，但是那種典型的瓜子臉，還是那麼動人。我脫口叫她：『秀珍？』她一定是很久沒聽到有人這樣叫她了，也或許是由於難民的生涯太淒苦，所以淚水立時湧了出來，連連點著頭，哽咽得無法出聲回答。

「在難民營裏見到了阮秀珍，這實在是意料之外的事！當時，我心中也亂到了極點。見到了秀珍，我心中的許多疑問，都可以有答案了。當時我就吩咐管理人員，把秀珍請到我的辦公室裏去。

「秀珍仍然不斷流著淚，當她跟著管理人員走開去的時候，她突然把手中的孩子轉向我，激動地道：『上校，看看傑西的孩子！』她抱著的那個孩子，大約兩歲多一點，一副營養不良的樣子，可是我在一看之下，也不禁呆住了。一般來說，西方人和越南人的混血兒，外型上像亞洲人的多，可是這個孩子，卻有七分像西方人，不但有著淺黃色的頭髮，而且有著和傑西一樣灰碧色的眼珠，而且看來，活脫是傑西的影子！

「這時，我心緒更亂，忙道：『秀珍，你在辦公室等我，我儘快來見你！』同時我又吩咐了管理人員，好好照顧她。

「雖然，對待難民，應該一視同仁，我知道我的做法是偏私。可是，她卻是秀珍，是我最好的朋友傑西的妻子！這時，我已經有了一個想法，傑西就算是逃兵，但是他美國公民的身分是無可置疑的，秀珍是他的妻子，輕而易舉可以取得美國籍，可以脫離難民生涯，到美國去定居。我思緒真是亂，當時，我竟沒有立即問傑西怎樣了，或許，在我心中，一直認為傑西早已經死了的緣故。」

萊恩上校講到這裏，停了下來，現出了一種十分為難的神情來。

原振俠壓低了聲音，道：「上校，你遇到一個大難題了。你要證明秀珍是傑西的妻子，可不是容易的事，因為傑西陣亡，是早已報告在案的！」

萊恩點了點頭：「是的，國防部有傑西陣亡的記錄，也早已通知了他的父母，我當時也想到了這一點。可是，只要傑西還活著，又出現了，那就容易解決了。我能以當時長官的身分，改寫報告，說傑西只是失蹤，誤當陣亡，那就沒有問題了！」

主人「嗯」地一聲：「關鍵在於傑西那時還是不是活著？在甚麼地方？」

萊恩上校道：「是，那天我的巡視工作自然草草結束。回到了辦公室，秀珍的神情，仍然極其激動，那孩子，正在大口喝著牛奶。我一進去，就問：『傑西現在在甚麼地方？』

「秀珍一面抹著淚，一面道：『我不知道！』

「我聽得她這樣回答，發起急來：『甚麼你不知道？你一定要告訴我！』「秀珍啜泣著：『我真是不知道，有人說，他……他在柬埔寨的叢林中，和一批柬埔寨人一起，在對抗越南軍隊。』」

在這裏，要加插一段題外話，用極簡單的方式，介紹一下發生在柬埔寨這個國家中的事情。柬埔寨在越南的鄰近，柬、越兩國，歷史上不知曾發生過多少次戰爭。在越戰時期，赤柬軍控制了柬埔寨，實施十分殘酷的統治，殺害了許多柬埔寨人。可是在北越軍南下之後，越南軍隊進入，在異族統治的情形下，赤柬軍又和被推翻了的西哈努克親王聯合起來，組成了抗越聯軍。

所謂抗越聯軍，其實力量十分薄弱，只是幾股零星的部隊，裝備不良。在叢林地區和越南軍隊周旋，打游擊。阮秀珍這時所說，傑西可能在柬埔寨，和越南人作戰，指的就是這種部隊。

萊恩上校繼續道：

「我一聽得秀珍這樣說，吃了一驚：『他怎麼會拋下你，去打游擊的？』這一句話，可能觸及了秀珍的傷心處，她又淚如泉湧。我只好一面安慰她，一面道：『告訴你一個好消息，你的朋友彩雲，現在是我的妻子，她在曼谷。』

「秀珍怔了一怔，喃喃地道：『彩雲……彩雲……我好像是第二輩子做人了，她……是你的妻子？』我道：『是啊，我來找你，給你爸爸趕出來，就是那次認識了彩雲的。』

「當我向秀珍講，我如何認識彩雲的開始之際，只講了幾句，我就講不下去了。因為，我那時去找秀珍，是要向她報告傑西的死訊的。可是傑西卻……又出現，不但和秀珍私奔，而且，還有了孩子。可知這幾年，他們一直生活在一起，這……叫我如何說下去？

「我沒有再向下說，只是問：『我需要知道傑西的下落，找到他，你們可以一起回美國去！』秀珍嘆息了好久，才向我約略地說了她和傑西私奔之後的情形。

「原來他們在私奔之後，到了泰柬邊境的一個小地方，住了下來。在開始的一年之中，兩人過著和外界完全隔絕的生活，生活雖然原始和清苦，可是一對深切相愛的男女在一起，不知道可以有多麼快樂，那真是一段神仙一樣的日子。

「秀珍在敘述這段日子的生活之際，她帶著淚痕的臉上，所現出的那種甜蜜回憶的神情，真叫人一見難忘。一年之後，他們有了小傑西。

「由於他們所住的地方，可以說是窮鄉僻壤，他們過的生活，是最簡單的生活，可是也其樂融融，對外界的事，幾乎一點接觸也沒有。但是生活在今天的世界上，畢竟是沒有世外桃源這回事的。好景不常，在一次赤柬軍的進攻之中，他們居住的地方，遭到騷擾。本來，問題也不大，可是當一小隊赤柬軍，發現在這樣的地方，居然有一個美國人的時候，驚訝不已，就把他們一家人全都扣了起來。

「就在他們被扣留的當天晚上，傑西知道自己命運不妙。他估計，只要能逃脫看守，向泰國方向逃出幾里，就可以沒有危險了，所以他就決定逃亡。當晚，月黑風高，他們並沒有經過甚麼困難，就逃脫了那一小隊赤柬軍的看守，開始逃亡。

「可是，黑夜之中，在叢林地區逃亡，他們輪流抱著孩子，在輪到秀珍抱孩子的時候，她一不小心，失足滾下了一個斜坡，她聽到傑西在斜坡上大聲叫她，可是她卻陷入了半昏迷狀態，無法應聲。

「等到她完全清醒過來時，掙扎著再上斜坡去，傑西已經不在了。秀珍當時的愁急，真是可想而知，她發狂一樣奔回原來居住的地方去，那一小隊赤柬軍已經離開，居住在當地的一個老人告訴她，傑西被追上來的軍隊抓了回來，五花大綁，用繩子牽著帶走了。秀珍一聽，不顧一切地追上去，可是自此之後，她和傑西就失散了，再也未能找到傑西。」

萊恩在講述秀珍的遭遇時，語聲越來越低沉。他講得雖然簡單，可是在戰亂時期，一對熱戀著的男女的悲慘遭遇，卻自他的敘述之中，十分生動地表達了出來，聽得人人心頭，像是壓了一塊大石一樣。

「傑西被赤柬軍擄走，秀珍心中的傷痛焦急，真是難以形容，快樂的日子結束了！」

萊恩停了片刻，續道：

「從那天起，秀珍就帶著孩子，在柬埔寨境內流浪。在那段時間內，她所身受的苦楚，隨便講上一兩件，都會聽得人流淚。她為了要有傑西的消息，甚麼都肯做……她根本不當自己存在，一切都只是為了要再見傑西一面……而赤柬軍又是著名的殘暴，所以她的遭遇……唉……她的遭遇，我真是不忍心說。我只能說，她做的一切，全是為了愛傑西，為了想再和傑西在一起，不論她做過甚麼，傑西若是能和她再見，一定會感激得痛哭！」

萊恩上校並沒有詳細講述那一段時間內，阮秀珍為了尋找丈夫而發生的遭遇。原振俠也早已決定，如果萊恩要詳細敘述的話，他一定要打斷他的話頭。

一個美麗的少婦，在這樣的環境中，會遭到甚麼樣的屈辱，會有甚麼樣慘痛的遭遇，實在是隨便想想，也可以想得出來的。那可以說，是超過人類所能忍受的痛苦的極限了，也唯有仗著內心對丈夫的深切愛意，她才能在這樣的環境中支撐下來。

萊恩上校的話，實在是很簡潔有力的，她根本不當自己存在，一切只為了要再見到傑西！大廳中維持著沉默，想起了可憐的阮秀珍的遭遇，人人心中都十分同情。

蘇耀西首先打破沉默：「若是阮女士有需要任何幫助，我一定盡全力！」

蘇耀西財力雄厚，這是人人都知道的，他這樣應允，對阮秀珍的前途而言，自然大有助益，所以立時有人鼓起掌來。

在這時候，宋維又插了一句：「她需要的，不是金錢上的幫助！」

萊恩陡然問：「你認識秀珍？」

可是宋維對這個問題，卻緊抿著嘴，一言不發。他的這種神態，又使得人人心中疑惑：這個宋維，在整件事中，究竟是扮演著甚麼角色呢？何以他像是甚麼都知道一樣？他一定和整個事件有著關聯，可是到目前為止，在已知的事實中，卻又彷彿沒有他的存在，這個人真可以說是怪異莫名！

萊恩又把這個問題問了一遍，宋維仍然一聲不出，而且用雙手掩住了臉。

萊恩沒有再問下去，他繼續道：

「秀珍的努力，可以說沒有白費，她探聽到，傑西在被俘之後，並沒有被赤柬軍殺害，他豐富的軍事才能救了他。當赤柬軍發現了他有這方面的才能之後，對他還十分客氣。可是雖然有了消息，卻並沒有用處，赤柬軍本來就是烏合之眾，連正式的編制也沒有，形同大股的流寇，秀珍全然無法知道傑西究竟在哪裏。

「過了不久，局勢劇變，越南軍隊開了進來，大批難民湧向泰柬邊境地區。秀珍隨著難民群，還在不斷打聽傑西的消息。後來，在柬埔寨境內，實在待不下去了，就進入了難民營。

「當她看見我的時候，由於傑西給她看過我的照片，所以她認得出我來。當她叫了我的名字，我有了反應時，她簡直是遇到了救星一樣！

「在辦公室中，她向我約略說了經過，我就和泰國官員商量，泰國官員也十分合作……我看多半是由於我的身分，允許我把她帶到曼谷去。當天晚上，我和秀珍以及小傑西……一起搭車到曼谷去，搭的是我專員的車子。在車中，我可以問她更多的問題。

「我問的問題，全是有關傑西的。

「因為傑西……是我親手埋葬的。他在被埋葬之後，如何又失蹤，可以繼續活下去，這一點，我是非要弄清楚不可的！

「自然，我沒有把傑西陣亡的這件事說出來，我問得十分有技巧。我問：『秀珍，你好好想一想，你在私奔之前，見到了傑西，他有甚麼異樣？』秀珍連想也沒有想，顯然，那時的情景，在她的腦海中，不知道已回憶過幾千百遍了。她道：『和上次他來度假不同……他一見我，就把我緊緊擁在懷裏，我也緊擁著他。我愛他愛得那麼深，我們兩人緊擁著，我在發抖，他也在發抖……』

「我在這時，問了一句：『你……有感到他的心跳？』秀珍並沒有懷疑我為甚麼要這樣問，立時回答：『當然有，他心跳得厲害，他告訴我，他是逃出來的，他很害怕，怕得不得了，但一切為了我，只要見到我，他就快樂了。他要我和他一起逃走，我立即就答應，告訴他，天涯海角，我跟定了他。我們真希望就一直這樣相擁著，不要分開……足足過了兩小時……以後的事，彩雲一定已經向你說過了。』

「我點頭：『是，彩雲說你們一起上了一艘船，後來她還收到過你們寄來的明信片。告訴我，他……傑西……和普通人沒有甚麼兩樣？我的意思是說，他完全沒有甚麼異樣之處？』我這樣問，是想知道一個明明是死了被埋葬的人，怎麼可能又活過來的。

「秀珍想了一想，奇怪我為甚麼會這樣問，我只要她回答，秀珍才道：『我不覺得他有甚麼異樣，只是……他十分怕雷電。每當雷雨或是行雷閃電的時候，他會怕得發抖，一定要緊緊抱著我。我笑他，他說從小就是這樣的，對行雷閃電，十分敏感。』各位，我認識了傑西很多年，他沒有對雷電的恐懼，這一點我絕對可以肯定！

「他不怕雷電，在越南，雷雨是很普通的事，要是怕打雷的話，我應該早就知道。可是秀珍卻說他怕打雷，那，我當時就想，是不是和他在一個大雷雨之夜……發生了變化……有關呢？

「各位請原諒我，儘管傑西在失蹤之後，證明他還活著，可是他是我親手葬下去的，我始終認為，這其中有不可解釋的謎團在！

「到曼谷的路程相當遠，行車要好幾小時，在那段時間內，我不斷和秀珍談著話。我發現那一段可怕的生活經歷，對她有極嚴重的影響，形成她在心理上一種悲慘的麻木。有很多慘事，聽到的人都會不由自主發冷顫，可是她在說起這些事的時候，冷漠得像不是發生在她自己身上一樣，最多在口角，泛起一種令人感到淒然欲絕的笑容……

「各位請不要笑我，秀珍是一個極其美麗的女人，當一個這樣美麗的女人，口角帶著這種笑容時，會使看到的人心碎。尤其作為一個男人，就自然而然會想到，我要幫助她，我要保護她，我要令她快樂，我要使她儘量忘卻那一段悲慘的日子！

「唉！當時我也這樣想，而且真心誠意地這樣想，我心中一點別的意思也沒有，只是想幫助她。所以，當她的口角屢屢出現這種笑容之際，我自然而然地伸出手去，輕輕碰著她的口角，好使她的笑容看來不那麼淒楚。

「秀珍幾乎沒有甚麼反應，只是用她那種焦慮、惶急的眼神望著我。我一直在問傑西的事，看起來，傑西除了怕雷電之外，別無異樣，而且，孩子也很正常。

「對了，我很少提及孩子，孩子很正常，我只能這樣說。很小，不懂事，在整個行車途程中，他大半時間睡著，只有一次醒了，吵著要吃奶……

「當孩子吵著要吃奶的時候，秀珍現出了一點不好意思的神色來，道：『孩子可憐得很，沒有食物，我只好一直餵他奶。』她的話聽來雖然平淡，但是我自然聽得出，其中不知包含了多少辛酸在內。我忙安慰她：『不要緊，到了曼谷，要甚麼有甚麼！』她坐在我的身邊，猶豫了一下，就解開衫鈕……天，我連忙轉過頭去，可是已經有了那極短暫時間的一瞥，看到了她豐滿挺秀得叫人難以相信，像是象牙雕成一樣的胸脯！

「當我轉過臉去時，我只覺得全身都僵硬，心跳得幾乎連司機都聽到了。我從來也沒有這樣緊張過，我耳際甚至發生轟鳴聲——」

萊恩上校講到這裏，陡然停了下來。宋維在這時候，用極低的聲音，嘰咕了一句話。他說得十分低，連在他身邊的原振俠都沒有聽清楚。萊恩上校的聲調相當動人，措詞也恰到好處。所以他的敘述很能引人入勝，把當時的情景形容得十分細膩。

原振俠沉聲道：「上校，對好朋友的妻子，你也會這樣子？」

一個年紀較大的會員，發出了責備：「上校，我不能不說，你的心靈不是很乾淨！」

萊恩苦澀地笑了一下：「何不乾脆說卑鄙？」

那年老的會員道：「我正有此意。」

萊恩有點激動：「你錯了，先生，我絕不承認自己卑鄙，甚至不承認自己的心靈上有甚麼不乾淨之處。任何男人，看到了如此美妙動人的女性胸脯，都會和我一樣，有同樣的反應，這是人的本能、天性！我又沒有盯著她再看，當然更不會動手去觸摸一下那看起來已是如此誘人的肌膚。先生，要克制自己做到這一點，不是容易的事！」

宋維在這時，又嘰咕了一句。

這一次，原振俠聽到他在說甚麼了，他在說：「是的，是的！」

一聽得他這樣說，原振俠就不禁怔了一怔。即使是沒有甚麼推理能力的人，也能從這句話中，可以推斷出，宋維一定是認識阮秀珍的！

萊恩正在敘述，他自己是如何被秀珍的美麗所吸引，萊恩的這種反應，甚至是接近不道德的，因為秀珍是他好朋友的妻子，可是宋維卻由心底表示同意。如果他不是認識秀珍，至少一定曾見過秀珍，否則何以會這樣？

原振俠立時想到，萊恩在「奇事會」出現，難道只是偶然，但是這次偶然的事情，卻已和他敘述的事，發生了某種聯繫，事情一定還會擴大發展下去！

原振俠感到蘇氏兄弟正向他望來，當他們視線接觸之際，原振俠知道，他們這時心中所想的，和自己所想的一樣——那個阮秀珍，究竟美麗到了甚麼程度？那實在很引人遐思。當時，她在經過了一段如此悲慘的日子後，才從難民營中出來，單是解開了衣衫哺乳，已足以令得萊恩上校如此失魂落魄！而且，萊恩的妻子彩雲，照他自己所說，也是一個標準的東方美人。

在同一時間內，想起這個問題的人，縱使不是全體，也是大多數。所以一時之間，大廳之中靜了下來。

過了好一會兒，還是萊恩先打破沉默。他先嘆了一聲，用模糊不清的語調，自言自語似地道：「越南女性肌膚的柔膩，在西方男人的眼中，本來已是奇蹟。可是在那一剎那間，我看到了奇蹟中的奇蹟！」

他還是在讚揚阮秀珍的美麗，但是接下來，他又恢復了敘事：

「等到到了曼谷我的住所，僕人開了門，我帶著秀珍進去，彩雲從樓上下來，還未曾走完樓梯，她就看到了秀珍。她驚訝得尖叫起來，真的像是一團彩雲一樣，自樓梯上飛揚而下，和秀珍緊緊地相擁。

「彩雲在和我結婚之後，日子甜蜜而幸福，那令得她變得略為豐滿，和秀珍的苗條相比，更加顯著。彩雲和秀珍一起流著淚，彩雲的淚，是為了舊友重逢的高興而流的，秀珍的淚是為甚麼而流？怕只有她自己才知道。

「彩雲拉著秀珍，又叫又跳，一面不斷地問我：『怎麼一回事？怎麼一回事？』我只答了一句：『在巡視難民營的時候，秀珍認出了我。』我是不必多說甚麼的，彩雲和秀珍既然是好朋友，秀珍自然會把自己一切經歷說給彩雲聽。

「在這時候，我真想暗中告訴秀珍一下，有關她那段悲痛的日子中的一些事，特別是她為了要得到傑西的消息，怎樣去供赤柬軍蹂躪糟蹋的事，最好作一個保留，別講給彩雲聽。

「當時我為甚麼會有這種念頭呢？因為我想到，彩雲的生活一直很幸福，一個生活在幸福中的女人，即使是秀珍的好朋友，對於秀珍這種悲慘的遭遇，也是不容易理解的。非但不能理解，而且可能起反感！

「可是我卻找不到機會，對秀珍講那幾句話。彩雲表現得極熱情，一刻也不離開秀珍，她把她拉進浴室，吩咐僕人照顧小孩，又向我作了一個鬼臉：『今晚我和秀珍睡，你自己設法吧！』當晚，我一個人，在一家小酒吧中，泡到了天亮。

「第二天早上，我帶著醉意回家，在那一晚上，我不只是喝酒，也在好好地想。傑西的生死謎團，我無法解得開，這可以暫且放過一邊。現在最重要的是有兩件事要做，一是肯定秀珍和孩子的身分，二是盡一切可能，尋找傑西。

「當我走進花園時，我看到了秀珍。她站在一大簇鮮花中間，穿著一件看來並不是很稱身的長睡衣，赤著腳，凝視著花朵在發怔。一看到她，我也怔住了，各位一定知道，我是為甚麼而怔呆的。我先是呆立著，然後，身不由主地向她走了過去，一直來到了她的身邊，怔怔地望著她。她的一頭長髮，鬆鬆地挽了一個髻，看起來很蒼白，但已經和在難民營時完全不同。她是那麼的清麗，我首先想到的是，一個女人，在經歷過如此可怕的長時期折磨和摧殘之後，怎麼可以在體態和容顏上，還保持這樣絕俗的清麗？

「她向我望來，現出美妙動人的微笑：『彩雲還在睡，我先下來走走。』我有點手足無措，我自覺一身都是小酒吧中染來的煙酒味，根本不配和她站得太近。本來，這種感覺是毋須說出來的，可是連我自己也不知道為了甚麼，我結結巴巴地，把我的感覺說了出來。

「她聽了之後，淒然道：『你在說甚麼？我是世上最髒的女人，你……可知道我是帶了多少種病進難民營的？難民營的駐營醫生說，從來也未曾見過一個女人……可以同時有那麼多種可怕的疾病的。我一直在想……要是傑西知道了我的經歷，他是不是肯原諒我？』我當時不可遏抑地吼叫了起來：『傑西要是對你稍有異言，那麼他就是畜生，不是人！』

「秀珍激動地流著淚，靠在我的肩頭上抽搐，我一動也不敢動地站著，直到她自己抬起頭來。我問：『你把一切都對彩雲說了？』她默默地點著頭，我心中暗嘆了一聲，希望自己擔心的事不會出現，我緩慢地倒退著進了屋子。

「進了臥室，彩雲還在酣睡，昨天晚上她和秀珍一定談了整晚。我洗了澡，在她身邊躺了下來，一直到中午，我們才一起醒來。彩雲坐了起來，望著我，道：『秀珍有一段極可怕的經歷，你知道不知道？』我含糊地應著。

「彩雲皺著眉：『你得幫她找最好的醫生，她那……些病……未必全治癒了……還有……你得找人來……把我們的屋子，進行徹底的消毒……我事先並不知道……』她又繼續講了一些，我根本沒有聽下去，只是那一剎那間，我覺得彩雲忽然變成了陌生人了！

「自然，一切全照彩雲的意思辦。醫生證明難民營的營醫很負責之後，我看彩雲才鬆了一口氣。秀珍和孩子住在我們家的客房，很快地，我就看出彩雲和秀珍間，有了無形的隔膜，再好的朋友，由於身處環境的不同，友情也會漸漸生疏的。這個道理我很懂，也不能太責怪彩雲。

「我在那一段時間中，儘量避免和秀珍相見，因為在不到半個月中，由於營養的正常，秀珍更是容光煥發，全身沒有一處不散發出極度成熟女性的魅力。這種魅力，簡直是無法抵擋的。有一次，連彩雲也由衷地道：『秀珍真是美麗極了，我帶她去參加一些敘會，她風采奪目，吸引了每一個人的眼光。這樣的一個美女，要不是她是傑西的妻子，我真無法把她留在家裏！』

「對彩雲的話，我不作任何反應。而另一方面，我的工作本來就很忙，再加上為了確定秀珍和孩子的身分，我還要各方面奔走。

「奔走的結果很令人沮喪。傑西的陣亡是早有記錄的，如果沒有孩子，事情還好辦一點，可以說秀珍和傑西的婚姻，是陣亡之前的事。可是孩子只有兩歲多，傑西陣亡已超過四年，這是無論如何說不過去的事！

「我又向有關方面解釋，傑西的陣亡，只不過是一個誤會。為了這件事，我上了六次華盛頓，直接和國防部高層接觸。好不容易，我的解釋被接納了，國防部肯註銷傑西的記錄，只要我做到一件事——把傑西帶來。

「國防部的這個要求，是合情合理的，要證明傑西沒有死，自然要令活著的傑西現身才是。可是，傑西如今在甚麼地方呢？我照實說，傑西可能在柬國境內，對抗越南軍隊，他不是以美國軍人身分在這樣做，只是以私人的身分在活動。

「國防部一聽有這樣的情形，倒大感興趣。尤其是情報部門，我的一些老上級和同事一再向我詢問詳情，我實在無可奉告。一直到最近，有關人員介紹了在巴黎、北京和平壤之間輪流居住的，柬埔寨以前的國家元首，現在的該國抗越聯盟首領，西哈努克親王和我見面，我才有了進一步的消息。

「西哈努克親王是一個相當平易近人的人，雖然在他當政時期，給人以花花公子的感覺，實際上，他是一個藝術家性格的人，有著太多的幻想。在殘酷的鬥爭中，自然打不過赤柬軍，由於越軍的侵入，赤柬軍才和他勉強又結了聯盟的。」

萊恩上校講到這裏，又停了下來。

聽他講述的人，都自然而然吁了一口氣。上校的敘述真可以算是多姿多采的了，從死屍的失蹤，到兩段異國之戀。在他的敘述之中，人人都可以聽出，他對秀珍的迷戀已極深，不管他如何能克制自己，看來如果發展下去，自我克制的堤防必然會崩潰。

這種戀情，本身已經是驚心動魄的。而忽然之間，他又講起和一個流亡在外的

「國家元首」見面的經過來，真正是變幻莫測！不知道他下一步，又會講些甚麼？

萊恩喝了幾口水，才又道：

「西哈努克名義上是抗越聯軍的領導人，而且，正有安排，要使他進入赤柬軍的一個游擊基地，去鼓勵士氣。所以有關方面才安排我和他見面，希望能在他口中，得知一些有關傑西的消息。那次見面的，除了他之外，還有兩個他以前政治上的死對頭，赤柬軍的頭目在。

「那兩個赤柬軍的頭目，十分陰險，一提及是不是有外國人在軍中，立時矢口否認。西哈努克卻說，據他知道，的確有外國人在，至少有兩個是西方人，還有……甚至有一小隊，是非洲一個國家精選的有經驗的軍官。西哈努克提到這個北非洲國家時，並沒有說出這個國家的國名，只說主動和他會晤，提議幫助他的軍隊的，是一位十分美麗的女將軍。」

萊恩上校講到這裏時，輪到原振俠失態了！他不由自主地發出了「啊」的一下低呼聲來。

第三部：事情節外生枝

黃絹！

北非洲一個國家的女將軍，那除了黃絹之外，不會有別人！

宋維是最早向原振俠投以奇訝眼光的人，萊恩被原振俠的驚呼打斷了話頭，呆了一呆，才道：「我真沒有想到，我在這裏敘述一件奇事，不但把我自己心中的戀情透露了出來，而且還引起了兩位先生的反響。我只好說，世界實在太小了！」

原振俠分辯了一下：「我……和你的故事，一點關係也沒有。」

萊恩「哦」地一聲，不置可否。

原振俠想進一步解釋，但不知道如何說才好，只好點著了一支煙，深深地吸著。

萊恩停了半刻，道：

「這個國家的目的，據親王說，是想把他們的勢力擴展到亞洲來，他們是從事一種並無把握的投資——投入一定數量的軍火和人員，要是聯合抗越行動成功了，他們自然可以得利。這是國際政治上的把戲，我隨便提一提就算了。

「當我聽到，在聯合抗越部隊中，真有可能有西方人時，我興奮莫名。又回到了泰國，我對彩雲說，我要去找傑西。

「當時，秀珍也在，秀珍用感激莫名的神情望著我。唉，任何男人，在她這種目光之下，是可以為她做任何事情的。而彩雲聽了之後，卻大力反對。彩雲的反對是有道理的，越南軍隊在柬埔寨實行殘酷的軍事統治，用精良的裝備和超過十倍的兵力，在掃蕩抗越聯合部隊。到柬埔寨去找傑西，是極其危險的事，彩雲當然不希望我去冒這種險。

「在彩雲激烈的反對之中，秀珍默然無言。當時，鬧得很不開心，彩雲賭氣獨自先睡了，我在花園中坐著。到凌晨，秀珍忽然走了過來，站在我的身邊，幽幽地嘆著氣，道：『只要能找到傑西，我可以付出任何代價。萊恩先生，你的眼光，女性的敏感，可以知道你心中在想甚麼，如果你真是要，我可以給你！』

「我真的震動了，我一點不怪秀珍，只怪我自己，竟然在自己的眼光之中，流露出了自己對秀珍的慾望！我雙手抱住了頭，道：『走開！走開！你遲一步走，我就……無法克制自己了！』秀珍默默無語，走了開去。我望著她誘人之極的背影，真想撲上去，把她按在草地上！我身子發抖，在她身後啞著聲音道：『你放心，不論甚麼人反對，我一定要去！』

「秀珍轉過頭來，用極感激的神情望著我，我則痛苦地閉上了眼睛。

「不論彩雲如何反對，我還是決定了要去找傑西。一則，傑西是我的好朋友，二則，我……也可以藉此離開秀珍，第三，把傑西找回來，秀珍是他的妻子，我就可以克制自己對秀珍的愛戀。雖然明知危險，可是我還是要去！」

萊恩急速地喘息著，閉上眼睛，身子靠向沙發的背。他的敘述，又告一段落了。

主人在隔了一會兒之後，道：「雖然危險，可是你還是度過去了。傑西——」

萊恩搖頭：「不，我還沒有去。我想在出發之前，聽聽有見識的人的意見，幾經艱難，才見到了衛先生，衛先生又把我介紹給各位！」

主人十分感興趣：「衛先生的意見怎樣？」

萊恩苦笑了一下：「他說，死人是不會復活的，傑西當時，一定誤被當作死亡。整件事，如果作簡單的解釋，就一無神祕之處，他說我的故事，反而在感情上很動人！」

主人「嗯」地一聲：「確然在感情上極動人，原來你還沒有去……當然，你認定傑西是死而復生的，這可以說是一件奇事。但是我們除了接納你入會之外，我看沒有甚麼人可以給你幫助。」

原振俠先向宋維望了一眼，宋維一點反應也沒有，原振俠嘆了一聲：「上校，你提起過的那位女將軍，和我很熟。如果她有部下在柬埔寨，是不是我和她先聯絡一下？你到那裏去，也可以有點照顧。」

萊恩還未置可否，一個會員道：「等一等，上校的故事之中，照說，死了之後，經過埋葬，屍首又失蹤的人應該是四個。除了傑西之外，還有三個……這三個人，是不是也復活了？如果他們也復活了，他們的下落又如何？」

這個會員的問題，立時引起了一陣附和的聲音來，顯然大家心中都有同樣的疑問。

萊恩上校搖著頭：「我不知道，其餘那三個人，我不知道他們的情形，不知道他們是不是和傑西一樣復活了。因為再也沒有人見過他們，我看……只怕沒有人可以知道他們的下落了！」

萊恩上校的話才一住口，在原振俠身邊的宋維，又發出了一下古怪的聲音來。由於當時，大家都留心想聽這個問題的答案，所以整個廳堂之中十分靜。宋維發出的那一下古怪的聲響，聽來也十分刺耳。

萊恩看來已到了無可忍受的極限，他陡然站了起來，指著宋維，以極嚴厲和極不客氣的語氣道：「我可以肯定，你在我敘述的事情中，擔任了一個相當地位的角色。這種偷摸掩遮的行為是十分卑劣的，你知道些甚麼，不妨坦然講出來！」

宋維本來是雙手抱住了頭的，在萊恩的指責下，他先是緩緩地放下手，然後，又慢慢抬起頭來。當他抬起頭來之際，他是面對著萊恩的，可是他的目光卻又十分散亂，並不是望向萊恩。

他所發出的聲音也十分低微，聽來像是在喃喃自語：「是的，偷偷摸摸和掩掩遮遮的行徑是最卑劣的，不是男子漢大丈夫的行徑——」他講到這裏，才陡然提高了聲音，目光也直直盯注在萊恩的身上：「上校先生，那麼，是不是可以問一問你，你那樣急迫，想找到傑西的真正目的是甚麼？」

各人聽得宋維這樣責問萊恩，都不禁怔了一怔，覺得他這樣問是多餘的。傑西是萊恩的好朋友，又有著死後「復活」的奇事在他的身上發生，萊恩無論是為了幫助傑西、秀珍和傑西的孩子，或是為了要追究傑西死後復活的謎團，他都應該把傑西找出來。宋維這一問，豈不是十分多餘？

可是，出乎各人意料之外的是，在宋維看來陰森和銳利的目光注視之下，這樣一個極其普通的問題，卻令得萊恩陡然震動了一下。

接著，他竟不敢和宋維的目光相接觸，偏過了頭去，發出的聲音也極不自然：「他是我的好朋友，我自然要把他找出來！」

宋維的聲音變得十分尖利：「別掩飾，上校先生，還有真正的目的！真正的目的是甚麼，說！」

萊恩又陡然震動了一下，剎那之間，他顯然是由於心情的激動，而變得不可控制。他發出了一下吼叫聲，陡然向宋維衝了過去！他這種動作，任何人都可以看得出，他衝向宋維的目的是甚麼。所以有兩個人企圖拉住他，可是他卻將那兩個會員用力推了開去，仍然疾衝向前。

宋維自然也知道萊恩來意不善，所以一下子站了起來。

宋維的身形十分矮小，人又瘦，和高大挺拔的萊恩相比較，差了老大一截。人人都可以看得出，宋維雖然在口舌詞鋒上，佔了很大的便宜，但是真要憑氣力打架，萊恩可以毫不費力地把他提起來，摔在地上！

所以，坐在宋維旁邊的原振俠，也立時站了起來，一橫身，恰好在萊恩衝到宋維身前的時候，阻在兩個人的中間。

原振俠是學過空手道和柔道的，在西洋拳擊方面，也有一定的造詣，他一橫身阻在兩人之間，立時伸手，想阻住萊恩。

可是萊恩向前衝過來的勢子實在太猛烈了，原振俠用力一推，非但未能把萊恩推開去，他自己反倒被萊恩撞得向後跌出了一步。而宋維就在他的身後，他一退，撞在宋維的身上。那一撞，令得宋維又撞到了他身後的椅子，連人帶椅一起跌在地上。

萊恩還不肯甘休，反手一撥，想將原振俠推開去，再去對付宋維。原振俠一伸手，抓住了他的手腕。

這時，宋維一面站起身來，一面道：「上校，我們在戰場上已經打得夠多了，為甚麼還要在這裏打？」

這一句話，令得萊恩陡然靜了下來。不但是萊恩靜了下來，所有的人，也都有一種愕然之感。宋維這個人，究竟是甚麼來歷，沒有人知道。只是他自萊恩開始敘述他的奇事之後，就不斷地用怪異的言語，甚至怪異的行動來作穿插，使人隱約感到，他和萊恩所講的那件事，是有著極大關聯的，可是萊恩卻又偏偏不認識他！

這已經使他看來極其神祕了。

而如今，當萊恩聲勢洶洶衝過來，要和他打架之際，他又說了這樣一句話，那更是令人詫異！

（萊恩為甚麼因為一個聽來十分普通的問題，而大動肝火，各人心中也有懷疑。但這時不可理解的事接踵而來，各人也沒有閒暇去想這個問題了。）

宋維這一句話，是說他和萊恩上校在戰場上打過仗的！那是在甚麼時候的事？當然不會是第二次世界大戰，甚至也不會是韓戰，那麼，就是越戰了！而萊恩上校所講的奇事，就是在越戰期間發生的！

在眾人的錯愕之中，宋維已經站了起來。

每個人的目光都停在他的身上，連在他身前的原振俠，也轉過頭去望著他。

宋維的神情十分鎮定，帶著幾分造作出來的冷漠：「各位一定從我的話中想到了，我曾是一個軍官，越南軍隊中的軍官。」

萊恩上校指著他：「你曾和我在戰場上交過鋒？」

宋維勉強笑了一下：「不止一次了，上校。我們曾蒐集到你的詳盡資料，所以，你剛才一進來的時候，我已經認出了你，也知道你將要和我們講些甚麼！」

萊恩深深地吸了一口氣：「奇怪，我怎麼對你一點印象也沒有？」

宋維笑了一下，他的笑容，始終帶著一種難以形容的陰森：

「我看，一來是由於你們的情報工作欠佳，二來是由於這場仗，自始至終是你們在明，我們在暗的緣故。我領導部隊，專門對付你的情報單位基地，前後一年多，你連對方的指揮官是甚麼樣子都不知道，可知帝國主義的侵略戰爭，早已注定是要失敗的！」

萊恩給宋維的話，講得臉上有點掛不住，冷笑了一聲：「軍官先生，我看你現在，也不見得在為你軍事上取得了勝利的國家效力！」

宋維苦澀地笑了一下，主人揚聲道：「兩位請別在政治的歧見上多發表意見，說話的時候，也請注意一下修辭。」

主人的話，當然是針對了宋維剛才所說，甚麼「帝國主義侵略戰爭」之類的話而說的。若是事情陷入了政治歧見的紛爭之中，那是十分乏味的事，所以立時有不少會員大聲附和。

萊恩吸了一口氣，直盯著宋維：「軍官先生，你想告訴我們甚麼？」

宋維緩緩地搖著頭：「別再這樣叫我，我現在已經不是軍官，只是一個……一個……可以說，只是一個流浪漢。為了……為了……」

從他講話的前後語氣聽來，他接下去應該講的，自然是為了甚麼才會變成一個流浪漢的。可是他講了兩次「為了」之後，現出十分傷感的神情來，卻沒有再講下去。

萊恩對他的敵意，是十分明顯的：「宋維先生，對於你為甚麼脫離了軍籍，而成為一個流浪漢，我們沒有興趣……」

卻不料，宋維陡然發出了一下十分尖銳的笑聲來，道：「別人沒有興趣聽，你會很有興趣的。上校先生，不過我不會告訴你！」

萊恩顯然不明白他這樣說是甚麼意思，只是不屑地聳了聳肩：「說些大家都有興趣的事吧！」

這一次，宋維居然十分爽快，立時道：「好，這件事，大家一定感到有興趣的。剛才萊恩上校提到的，在他陣地上，那個大雷雨之夜發生的進攻，是由我指揮作戰的！」

宋維這句話一出口，人人都不由自主地，發出了「啊」的一聲。而且，真的感到了極度的興趣。

大雷雨之夜，越軍進攻，美軍堅守，其中的經過，大家都聽萊恩說過了。

在整個越戰而言，這場進攻，可以說是微不足道的一場小戰役。可是，也就是在這場小戰役之後，萊恩登上了瞭望台，發現日間被埋下去的四具屍體不見了。其中還包括了後來又出現了，和阮秀珍私奔的傑西在內。

所以，人人意識到，宋維必然會從另一個角度，來講述這件奇事。在驚詫聲之後，所有的人都靜了下來。

萊恩的聲音有點發顫：「你……是進攻的指揮官？」

宋維像是根本沒有聽到萊恩的話，在停了一會兒之後，他自顧自道：「當天日間，天氣是悶熱異常，我就知道晚間一定會有一場大雷雨。雷雨可以令敵人的戒備鬆懈，有利於我軍進攻。」

萊恩在這時，咕噥了一句：「趁黑夜、趁大雨進攻的伎倆，一點也不新鮮！」

宋維仍然不睬萊恩，繼續講著：「日間，我們聽到敵軍陣地上傳來軍號聲——對不起，我習慣稱美軍為敵軍，當時，事實上確然如此！」

他作了一下聲明之後，沒有人有甚麼異議。事實的確如此，從來也沒有一場戰爭，像越戰那樣，交戰的雙方，充滿了如此深刻怨毒的仇恨。那幾乎是人類歷史上最瘋狂的一場戰爭！

宋維吸了一口氣：「我們曾經在敵軍的陣地附近，佈置了許多陷阱，這是我們進行這場民族戰爭的特色。由於敵軍有著壓倒性的武器優勢，我們雖然得到世界上許多國家的支持，但是在武器裝備上，還是不能和敵軍相比。」

萊恩用極不耐煩的口氣，打斷了他的話頭：「別分析越戰中雙方武器的優劣了，說實在的事情吧！」

宋維冷冷地白了萊恩一眼：「事實證明，戰爭的勝敗，決定在人，不是決定在武器。我們使用了一切可以殺傷敵人的辦法，有一些，是十分原始的。」

萊恩又插言道：「十分野蠻的！」

宋維冷笑：「我看不出用削尖的竹子來致人於死，和用機鎗把人射死之間，有甚麼文明和野蠻的分別！」

原振俠攤著手：「兩位，請別再以過去的敵對立場，來作這一類辯論，這是永遠沒有結果的事。我們是奇事會的會員，我們要聽的，是奇異和不可思議的事！」

原振俠在這樣說的時候，望定了萊恩。萊恩悶哼了一聲，退開了幾步，坐了下來，揚著頭，看來他不準備再打斷宋維的話了。

宋維在停了片刻之後才開口：

「這些陷阱，我們自己都可以識別，但敵人一不小心就會中伏。陷阱之中，有一種，是把一種有著十分尖銳硬刺的野果子，浸在一種毒液之中，使得尖刺之上，染滿了毒，這種尖刺，當一個人不小心踏上去時，可以刺穿普通的鞋底。而在叢林之中，地上有一些帶刺的野果，那是最不引人注意的事。這種陷阱，對於殺傷敵人的巡邏隊，特別有效，因為敵軍的巡邏隊，只是注意有沒有人伏擊，絕想不到使他們進入死亡的陷阱，就在他們的腳下！

「這種陷阱，還有一個好處，就是中伏者在中毒之後，通常都是在一小時左右，毒才發作。一發作就死，身上一點傷痕也沒有——當然腳底會有幾個被尖刺刺出的小孔，但是誰會去留意一個死者的腳底呢？」

萊恩上校聽到這裏，忍不住又喃喃地道：「卑鄙，真卑鄙！」

宋維只是略向萊恩望了一眼，並不理睬他，自顧自道：

「當日，聽到敵軍陣地中吹起了哀號，我知道敵軍中有人死亡，可是我又確知，我們未曾和敵人有過正面的接觸，所以我知道敵軍的死者，是中了埋伏的陷阱而死的。由於我們所設陷阱的種類十分多，所以我一直不知道，死者是中了哪一類的陷阱而死。直到今天，聽了萊恩上校的敘述，我才肯定，死者是踏中了有毒的刺果而死的，因為上校說他們身上一點傷痕也沒有。而其他的埋伏，可以令中伏的死者，死得十分可怖。」

宋維把一切說得十分詳細，所有聽的人，都屏住了氣息。宋維的敘述，彷彿把聽的人，都帶進了當日越南戰爭的發生地點。悶熱、泥濘、充滿陷阱的叢林，敵對的雙方，用盡了一切殺人的方法，要把對方殺死。從使用最先進的武器，到最原始的陷阱，血肉模糊，慘不忍睹。

宋維又道：「那種毒藥，是我家鄉的一種偏方，用將近十種劇毒的動物和植物配製成功。我是越南北部人，我的家鄉，接近寮國和中國的邊境。正如各位剛才所說，在東方，有許多神祕的藥物，可以致人於死，而現代醫學卻無法查出死因。這一類神祕藥物，在我家鄉都有祕密的配製合成的方法，絕不外傳。那一帶山區，一直十分神祕，有關蠱毒的事，在那裏也特別多。

「各位，我之所以說得這樣詳細，只想說明一點，根據神祕配方配出來的毒藥，根本是沒有解藥的。一旦毒藥混進了血液之中，中毒的人非死不可，沒有任何生存的機會。

「我既然肯定了傑西少校四個人，是中了那種我們家鄉的，山地土語稱為『歸歸因根』的毒藥而死的，他們真的是死了！」

各人聽到這裏，已經覺得十分聳動。

蘇耀西更不由自主地，發出了一下低呼聲：「是，我知道這種毒藥『歸歸因根』的土語，解釋出來是必死無疑的意思。」

宋維聽得蘇耀西這樣說，用一種十分奇訝的眼光望定了他，不斷地眨著眼。

蘇耀西解釋了一下：「家父和一件相當怪異的事有過關聯，這件事和巫術有關。所以我們兄弟，曾對各種神祕的咒語和藥物都下過研究，知道這種劇毒的名稱，也知道這種毒藥的成分之一，是一種很小的壁虎。」

宋維凝視了蘇耀西半晌，點了點頭。原振俠緩緩地吸了一口氣，蘇耀西所講的怪異的事，他是曾經親身經歷過的。這件事，已被記載在名為《血咒》的故事中。

宋維在點了點頭之後，悶哼了一聲：「毒藥的配製，不是很容易的事。我和家鄉保持聯絡，不斷有毒藥的供應，這使我在民族解放戰爭中，立了不少功勞。」

宋維在這樣講的時候，掩不住他心中感到勝利的神態。可是聽到的人，卻個個不寒而慄。他說的「立了不少功勞」，自然換句話說，是他用這種毒藥殺了不少人。

一個會員道：「宋先生，你講到現在，不過是肯定傑西少校和另外三個人死了。這上校早已說過了，似乎和奇事無關？」

宋維沉默了片刻，才道：「聽到敵軍的陣地中奏起了哀號，我當然高興，曾派出了三個士兵，去偵察一下敵軍死亡人數。三個人偵察回來，報告說死的敵人一共是四個。我當時聽了，也沒有在意，因為我已決定，天色一黑必有雷雨，我要佈署趁機進攻。

「果然，到了晚上，雷聲隆隆。我的部隊，藉著雷聲和漆黑的天色掩護，從四面八方，接近敵軍陣地。等到大雨開始時，我們已來到敵軍陣地極近之處，萊恩上校，你說是不是？」

萊恩上校面頰抽搐了幾下，點著頭：「是，敵人離我們極近，近到了……幾乎可以聽到敵人的呼吸聲。真是……」

他想起了當日激烈的戰事，聲音不禁有點異樣。

宋維繼續說：「我是總指揮，我把指揮所設在離敵軍陣地極近處，這樣才能鼓勵部下奮勇進攻。我的指揮所，就在日間敵軍埋下了四具屍體之處。」

宋維講到這裏，萊恩上校陡然震動了一下，眼睛睜得極大，盯著宋維。

宋維在那一剎那間，臉色變得極其難看，甚至身子不住發起抖來。抖了好一會兒，他才吞了一口口水：「由於要發揮每一個人的戰鬥力，在我的身邊，只有一個通訊兵。我伏在地上，大雨濺起來的泥漿，使我和那個通訊兵的全身，都成了一個泥人。我通過無線電對講機，知道進攻的情形，雖然攻勢很強，但是敵軍也守得十分嚴密。我下令要在東翼打開一個缺口，就可以令敵軍陣地瓦解，因為根據情報，東翼的守軍比較弱。」

正在用心聽著的萊恩上校，不由自主地發出了「啊」的一聲。

宋維向萊恩望去：「我的判斷是不是正確？」

萊恩想了一想：「是，如果你集中力量攻東翼，那裏的防守較弱，如果突破了東面……我的陣地可能守不住。」他遲疑了一下：「可是當時，並沒有對東翼特別地加大壓力，為甚麼？是你的部下不聽命令？」

宋維搖頭：「不是，是我沒有機會下這個命令！」

萊恩現出十分疑惑的神色來，因為宋維的話不是十分容易理解。

在激烈的戰鬥之中，看到了敵人的弱點，有了進攻的方法，可以說沒有甚麼比這個更重要的了，何以宋維會「沒有機會下這個命令」呢？

一時之間，所有的人都靜了下來，等著宋維作進一步的解釋。

這時，也人人都可以注意到，宋維的臉色難看到了極點，他甚至用雙手掩住了臉片刻，才能夠繼續講下去：「當時，我才轉過臉去，要對在我身邊的通訊兵下達命令，好通過他把命令傳給我的部下。可是，我一轉過頭去，我就看到，我就看到……」

當他講到這裏時，或許是由於精神的過度緊張，他把每一句話都重複了兩遍，而且在急速地喘著氣。

喘了好一會兒，他才道：「我看到在大雷雨的沖刷下，地上有四處地方，出現了凹形。我知道就在下午，這裏曾埋葬了四個死人，新掘過的土地，泥土雖然又鋪了上去，總比原來的鬆軟，給大雨一淋，凹陷下去，是十分正常的現象。可是……可是那四處凹陷下去的地方，卻在裂開來，天！我看到了泥土裂開來，在大雷雨之下，我看到了四個人，自泥土之中，掙扎著，慢慢地，天！像是甚麼昆蟲的蛹，在繭中要掙扎出來一樣，硬是從泥土中掙扎了出來！」

宋維的語音越來越是尖利，當他講到後來的時候，簡直已是在尖叫一樣。再加上他講述的事情是如此之詭異，所以聽得人人都起了一股寒意！萊恩上校更不由自主地發出了一下呻吟聲來。

宋維轉過身去，抓了一瓶酒在手，大口喝了幾口，才吁了一口氣：

「當時，我心中是恐懼極了。在最初的一剎那，我想到的是死人復活，殭屍！但是多年和敵人鬥爭的經驗，卻又立即告訴我：我中計了，敵軍在這裏設下了埋伏，我中計了！

「正當我這樣想的時候，恰好又是連續的幾下閃電。那四個人，這時已經站了起來，在閃電之中，可以清楚地看到他們的動作。」

宋維又大口喝了兩口酒：「我看到他們正在用力向臉上抓著。他們的頭臉上，都包紮著布，他們雙手用力抓著，想把包紮在頭上的布抓開來！」

萊恩上校又發出了一下呻吟聲，身子也把不住在發著顫，喃喃地道：「……傑西頭上的布，是我親手……包上去的！」

宋維繼續道：「其中兩個，已將布拋了開來。在閃電之中，看到他們的臉，毫無疑問，他們是死人……活人不可能有那麼難看的臉色，也不會有那樣的眼神。當他們四個人，全都把臉上的布扯開了之後，他們根本沒有看到我。我也留意到了，他們的手中並沒有武器，我真正不明白這是怎麼一回事，我感到了極度的恐懼！」

他講到這裏，略頓了一頓：「作為一個革命軍人，本來是絕不應該恐懼。我……不是怕死，我在戰爭之中，不知有多少次面臨死亡，我一點也沒有恐懼過。可是那時發生的事，卻是超越了死亡的，根本是全然不可思議的可怖。我……可以不怕死，但是一想到死了之後，被埋在地下，卻在大雷雨之夜，自泥土中掙扎出來，還要扯去包在頭上的布……這卻令人不寒而慄……」

所有的人都十分靜，過了好一會兒，原振俠才道：「從傑西在三天後，還能在西貢出現，和他所愛的女孩子私奔這一點看來，死而復生，似乎並不可怕！」

宋維望了原振俠一眼：「當時我怎麼知道？他們的身上……本來全是泥，可是由於雨實在大，一下子就把他們身上的泥，全都沖成了泥水，順著他們的身子流下來。他們也開始蹣跚地向前走出來，就在這時，我突然感到，有人在我的身後抓住了我。

「在這樣的情形下，我震驚本已如此之甚，再忽然感到有人抓住了我，我根本連想都來不及想，唯一能做的事，就是在腿旁拔出刀子來，反手就是一刀！

「等到我一刀刺出之後，我才想起，我身邊有通訊兵在！我轉過頭去看，那一刀，正好插進了那通訊兵的心口，是他！多半是他看到了四個死人從地下冒了起來，驚駭過度，所以抓住了我。我誤殺了他，但這當然不能怪我的，是不是？」

沒有人回答他這個問題，宋維苦澀地牽動了一下口角：

「我也來不及拔出刀來，搖搖晃晃站了起來。那時，那四個人越走越快，如果不是有閃電，大雨之中，我已經幾乎看不到他們了。當閃電亮起來，我看到他們的背影，我大聲呼叫著，喝令他們停下來。

「可是那時，雷聲、鎗炮聲、雨聲交雜在一起，我的呼叫聲，連我自己也聽不見，那四個人還在向前走著。

「我在那時，忘記了自己還有指揮戰鬥的任務，我不應忘記的，可是在那種情形下，我簡直已無法作主。我拔腳追了上去，我只記得，我每踏下一腳，濺起來的水花和泥漿，就打在我的臉上，我要不斷昂起臉來，讓大雨把我臉上的泥漿沖掉，才能勉力地向前看。雨越來越大，好幾次，我都不知道那四個人到甚麼地方去了，我奔得已經夠快的了，可是他們卻像是比我更快。

「我一直向前追著，整個人像是瘋了一樣，我非要弄明白我看到的是不是真實發生過的事不可！不然，我一定會真的瘋掉！

「一直追了好遠，來到了一條河邊，當地的地形我十分熟稔，那正是我們要把敵人徹底消滅的地方。那條河的河水本來很淺，水流也不急，可是這時，由於雨實在太大，雨水匯集了起來，河水滾滾，水勢極急，在閃電中看來，簡直是洶湧之極。

「到了河邊，我才發現那四個人，竟然毫不考慮地在涉水過河，河水浸到了他們的胸際，濺起老高的水花。我再大聲叫喚，那時，我和他們相距不過十多公尺，他們仍然艱難地向前走著。

我一面也踏進了水中，一面已拔鎗在手，向前射擊。

「我是軍隊中著名的神鎗手，連射了三鎗，我相信已射中了其中的三個人。因為我看到有三個人身子一側，立時被洶湧的河水捲走了。」

他一口氣講到這裏，才停了一停。

萊恩的雙手緊緊地握著拳。

宋維喘了幾口氣：「那三個人……我相信他們在中鎗之後，順著河水，一直被沖到了大河中，自然連屍體也找不到了！」

萊恩語音艱澀：「你為甚麼不開第四鎗？」

宋維用力搖了一下頭，說道：

「我……當時想，如果令得四個人全消失的話，那麼，就再也沒有人來向我解釋那是怎麼一回事了，這會令我一輩子生活在一個謎團之中，會使我成為瘋子！所以我一定留下一個活口，要他告訴我，究竟是怎麼一回事。而且，那剩下的一個人，已經來到了河的中央，開始向前游出去，我也不容易瞄準他。我也跳進水中，他向前游得十分快，我追不上他，可是他游到了對岸之後，上了岸，卻只是呆呆地站著不動。等我上了岸，我直接來到了他的面前。

「當時的情形，真是詭異極了。一個我眼看他從泥土中掙扎出來的人，這時卻活生生地站在我的面前。這個人的身上，穿著敵軍的軍官服裝，我當然不能沒有戒備。我握鎗在手，來到了他面前，可是他卻像是不知道我是他的敵人一樣，只是站著，雙眼發直望著我。我向他大聲呼喚，他也不回答，在有閃電的時候，可以看到他的臉色蒼白得可怕，事實上，那時我自己的臉色，只怕也不會比他好多少！

「我們這樣對立著，過了幾分鐘，他才突然道：『我應該到甚麼地方去？』我大聲道：『你被俘了！你已經是我的俘虜！』他像是對『俘虜』這個詞十分陌生，一點反應也沒有。直到我手中的鎗，指住了他的臉，他揚起手來，要把他面前的鎗撥開去之際，他才陡然震動了一下，視線停留在他手上所戴的一隻銀戒指上。

「同時，他像是歡欣莫名地叫了起來：『我要到西貢去，秀珍在等著見我，我要到西貢去！』他叫著，竟然當我全然不存在一樣，又向前疾奔了起來。我大叫著，在後面追，一面追，一面叫：『告訴我，你究竟是死人還是活人？你在玩甚麼把戲？你不說，我有辦法使你說出來的！』」

宋維在說到這裏的時候，真是在聲嘶力竭地叫著，就像當時，他在追傑西時大叫著一樣。雖然人人都知道，傑西在三天之後就到了西貢，並沒有成為宋維的俘虜，可是這時聽得他那樣叫嚷，還是怵然。

因為越共對待敵軍俘虜所用的酷刑，是舉世著名的，誰都可以想得出，如果傑西真的成了俘虜，宋維會用甚麼方法對付他！

宋維又喝了兩口酒：「我追上去時，至少有十個以上的機會可以殺死他，但是我的問題未有答案之前，我是不會向他射擊的。他奔得十分快，我離他越來越遠，當我想到反正我追不上他，不如把他殺死算了時，他已經在我的射程之外。而沒有多久，我已經失去了他的蹤跡，一直到天明，大雨停止，我雖然擅於追蹤，但由於豪雨把一切留下的痕跡全沖走了，所以我一直沒有再找到他過，一直……沒有。」

宋維講到這裏，停了下來。

萊恩喃喃地道：「各位，傑西和另外三個人，的確是復活了的。」

宋維苦笑了一下：「我一直在思索這個問題，我不相信死人會復活，只是不知道他在玩甚麼花樣。直到今天，我才可以肯定他是死人，因為中了那種毒藥的毒，必死無疑！」

宋維講得這樣肯定，更使眾人感到詫異。四個死人，一起復活，其中三人又死於鎗下，只有一個離去，照宋維的敘述，離去的傑西少校，在開始的時候，根本像是不知道要做甚麼，直到看見了自己手上所戴的戒指，才想起了西貢和秀珍來！

那麼，他自己是不是知道曾經死過，被埋在地下？何以他在幾天之後，就完全和常人一樣？他怕打雷，是不是由於他是在大雷雨之夜復活的？

千百個疑問，歸納起來，其實只有一個：他如何會復活的？

眾人交頭接耳，自然無人有甚麼答案。就在這時，大家忽然聽到萊恩提高了聲音叫：「宋維先生，你準備到哪裏去？」

給萊恩這樣一叫，大家才注意到，原來宋維已趁大家不注意他的時候，走到了門口。這時，他已經把門推開了一些，看來是準備離去了。

他停止了動作，可是卻並不轉過身來：「我的敘述已經完畢了，我要走了！」

萊恩向他走了過去，道：「不，我覺得你的故事，還沒有完結。」

宋維陡地震動了一下，縮回了放在門柄上的手，便又垂了下來。他維持著這個姿勢，過了好一會兒，才道：「不，已經講完了！」

萊恩卻固執地道：「還沒有，像你剛才指出我的故事還有下半部一樣，你的故事，一定也有下半部！」

宋維仍然不轉過身來，萊恩的聲音聽來更堅決：「何必隱瞞？有，就講出來！」

宋維動作有點僵硬地轉過身來，望了萊恩一下，長長地嘆了一口氣，又往回走來，回到他原來的座位上，坐了下來。

這時候，奇事會的會員，互相望著，心中都訝異莫名。當萊恩責問宋維的時候，還有不少人以為他是無理取鬧，可是宋維居然走了回來。由此可知，他的故事，真的是還有下半部的！

當宋維坐下來之後，所有人的目光，都集中在他身上。

宋維像是對「下半部」故事，十分難以啟齒一樣，口唇掀動了好幾次，都沒有發出聲來，大家只好耐心等著。

只有萊恩冷冷地道：「或許，是從秀珍講起？」

宋維一聽，身子又震動了一下，用極低的聲音唸著：「秀珍，秀珍！」當宋維這樣低唸著秀珍的名字之際，人人都可以聽得出，他的心情十分複雜。

萊恩上校面上的肌肉不住地在抽搐，看來，有另一個人用這種充滿了感情的聲音，唸著秀珍的名字，也會使他有說不出來的惱怒。

剛才，在他自己的敘述之中，誰都可以聽得出來，他和阮秀珍之間，已經有了十分不尋常的感情，至少是他單方面，對秀珍有了不尋常的感情。但直到這時，幾個觀察力比較敏銳的人，才看出萊恩其實已經深愛上了阮秀珍，再也不是普通的不尋常感情了！

有幾個看出了這一點的人，都不禁在心中這樣問：阮秀珍究竟美麗到了甚麼程度？何以會令得萊恩上校不顧朋友之義，陷進了愛情的泥淖之中。

宋維在唸了幾遍之後，喉際又發出了一陣怪異的聲音來。不過他一開口，聲音倒相當平靜：「那次進攻，因為我忽然去追趕那……四個人，而失去了指揮，結果進攻並沒有成功。那個通訊兵死了，在戰場上死一個人，自然不會有人追究，我也未曾對任何人提起過這件事。只是自己不斷設想著各種答案，但是卻沒有一個答案，是符合實際情形的。

「戰爭一直在繼續著，我們很快就取得了勝利。在統一了祖國之後，我們又去援助鄰國的革命事業……」

當他講到這裏的時候，由於越南軍隊「援助鄰國革命事業」，實際上是殘酷之極的軍事侵略，所以有不少人，都以小動作來表示對他這種說法的抗議，有的人挪動著身子，有的輕聲咳嗽。

宋維也覺察了這一點，他解嘲似地道：「我已經是一個逃兵，我那樣說，只不過是習慣而已，請各位原諒。」

表示抗議的人，都接受了他的解釋，他才又道：「我被派到了柬埔寨，在那裏，軍事行動每天都有發生。雖然那件事仍然一直盤踞在我的腦海之中，但是既然沒有答案也就只好不了了之。直到有一天，我巡視營房發現一小隊士兵，正在輪流……侮辱一個女人……」

他的聲音有點顫啞，萊恩此時沉聲道：「不必說得太詳細了吧！」

宋維點了點頭：「這種事本來是十分常見的，作為指揮官也眼開眼閉就算了。可是，那個女人……當時幾乎是全裸的……我只看了她一眼……就再也無法不看她……那些士兵一看到我一哄而散。那女人坐了起來，她掠著散亂的頭髮，用水汪汪的眼睛望著我，並沒有要掩遮她自己的意思。」

宋維的聲音越來越是低啞，所有的人都要屏住了氣息，才能聽到他的話。他頓了一頓：「這個女人就是秀珍。的確，是應該講得簡單一些，因為一切全是那麼卑鄙和悽慘……當時，我伸手拉了她起來，她顫聲求我：『長官，是不是可以幫我忙？

我丈夫是一個美國人，他被軍隊捉去了，是不是可以幫我找到他？』她一面說著，一面彎腰在地上，拾起她的衣服來。唉！她在那時身形誘人，我……我……」

宋維講到這裏，又停了很久。萊恩盯著他，眼中像是要冒出火來一樣。

宋維最後嘆了一聲：「她……取出了一張照片來給我看，說：『這就是我丈夫，長官，你有沒有見過他？』我才向照片看了一眼，就整個人都怔住了！照片上的那個人，那個美國人，我是絕不會忘記的，在那個大雷雨之夜，從泥土中掙扎出來，我一直追著他，一直追到河邊，和他面對面站著。當時每一下閃電，都可以使我清清楚楚看到他的臉。除非世界上有完全相同的兩個人，不然，這個女人的丈夫，一定就是使我不斷地做噩夢的那個人！

「當時，我呆了許久，才問她：『這是你的丈夫？他叫甚麼名字？』她道：『他叫傑西，以前是美軍的少校，不過他早已脫離軍隊了！』

「一聽到傑西少校的名字，我更可以肯定了。因為當日，我們探聽到，敵軍陣地上葬下去的四個人之中，就有一個高級情報軍官叫傑西的，就是他！

「這時，我真是驚訝之極，反倒問她：『他被軍隊抓走了？甚麼軍隊？』那女人哭著道：『不知道，反正是軍隊。』我再問了她幾句，發現她和她丈夫在一起，是我追不到傑西之後的事。我當然也極想把傑西找出來，以我的地位，如果他是被我們的軍隊捉走的，尋找起來，自然容易得多。所以我就把那女人……秀珍留了下來，那時，她還有一個不到一周歲的孩子……」

萊恩上校一直用充滿著敵意的眼光盯著宋維，宋維在一抬頭，和他的目光接觸之際，冷笑了一聲：「是的，我承認，我把她留下來的目的，是因為她的美麗。我從來也未曾想到過，一個女人可以動人到這種程度。我並沒有強迫她，她極其順從，為了要知道她丈夫的下落……」

「我想她早已沒有了自己的存在，所以甚麼……都不在乎了。」

原振俠感嘆了一句：「女人偉大起來，可以令所有男人都愧煞。」

萊恩上校雙手抱住了頭，不再望向宋維。宋維道：「遇上了秀珍這樣的女人，只要有可能，誰都想把她……據為己有的，我又怎能例外？」

當宋維這樣講的時候，他反向萊恩望去，萊恩仍然雙手抱著頭。

宋維嘆了一聲：「我是高級軍官，秀珍有求於我，我要她在我的身邊，她當然不敢違抗。而且，我說甚麼，她沒有不依從的，照說，我應該滿足了，可是……可是不多久，我就發現，從她眼中看出來，我根本不是甚麼，可能我是甚麼樣子的，她都未曾留意過。她順從我的唯一目的，就是想通過我，找到她的丈夫！她的整副心神，都放在尋找丈夫這件事上，而在她的心目之中，除了她丈夫之外，也根本沒有第二個男人！」

一個年紀老邁的會員讚嘆著：「一個遭遇如此悲慘的聖潔女人！」

這個會員的語聲並不是很高，可是萊恩和宋維兩人，卻異口同聲地，不由自主地道：「謝謝你稱讚她！」

其餘的人都默不作聲，人人都同情秀珍的遭遇。而且每個人都可以看得出，萊恩和宋維的敘述，雖然在提到對秀珍的感情之際，還有點掩掩飾飾，但是兩人實際上，都深愛著秀珍！這真是十分奇異的愛情，男女之間的情愛，本來就沒有甚麼道理可循，但是像他們那樣，也真的太奇特了一些。

宋維深深吸了一口氣：「當我發覺了這一點之後，我更加努力去尋找傑西少校的下落。我不管他是死還是活，或是死而復活的奇人，過往神明原諒我，我不是安著好心，我不是為了秀珍去找他的，我是為了自己，要把傑西少校找出來！」

他這樣說法，有不少人不明白是甚麼意思，但是明白了他意思的人，都不由自主地吸了一口涼氣——宋維的意願太可怕，實在也太卑鄙了！

原振俠用嚴厲的眼光望向他，可是宋維卻十分坦然：「人總是自私的，我尋找傑西的目的，是要把他找出來，殺死！好讓秀珍死了這條心，她就會注意到有我這個人存在……你們幹甚麼用這樣的眼光望著我？我敢說，萊恩上校要去找傑西，目的和我一樣！」

萊恩陡然叫了起來：「你放屁！」

宋維連聲冷笑：「你喜歡掩飾，我也不反對。我卻是赤裸裸的，我要得到秀珍，就必須殺死傑西！」

宋維把自己的卑鄙意願，如此毫無保留地暴露了出來，令得眾人不知該如何反應才好。

他自己卻像是豁了出去一樣，全然不理會人家對他的看法如何，昂著臉，道：

「一個多月後，我打聽出來了，原來傑西不是被越南軍隊抓走，而是被赤柬軍弄走的，而赤柬軍如今正和我們處於敵對的地位。又聽說傑西已經加入柬國的抗越聯盟，很得到重用，正在指揮抗越聯盟的部隊，和越南軍隊作戰！

「為了要把傑西找出來，我主動地請上級批准，把我指揮的部隊，調到和抗越聯盟軍隊活動最頻繁的地區去。秀珍很樂意跟我去，她帶著孩子，希望可以見到傑西。在大大小小多次戰役之中，我們俘虜了不少抗越聯盟的士兵，向他們盤問傑西的下落。有幾個十分肯定地說，見過這個美國人，可是究竟他屬於哪一個單位，卻說不上來。

「各位自然都知道，柬國的所謂抗越聯盟，實際上分成三派。有『民主柬埔寨』，領導人是西哈努克親王；有『民族解放陣線』，領導人是宋雙；有赤柬的波爾波特集團。兵力以赤柬為最多，可是在俘虜的口中得到的情報，傑西更可能是在宋雙的部隊中。所有的抗越軍隊都在叢林、山區採取游擊戰，令人難以捉摸……那情形，就像美軍在越南和我們作戰時，我們所採取的戰略一樣。

「我為了要把傑西找出來，佈置了許多場進攻，甚至不顧危險，深入叢林追蹤。傑西沒有找到，倒受了上級不少嘉獎，真叫我啼笑皆非。秀珍本來認為，可以通過我找到她的丈夫，但是幾個月下來，仍然只有一點模模糊糊的消息，我猜想她多半是等不及了，不耐煩了，所以有一天早上我醒來，她已不在我的身邊，她帶著孩子走了。」

宋維講到這裏，聲音傷感到了極點，停了片刻：「我下令整個部隊去找她，可是她一定是一早就走的，有人看到她進入了山區。我甚至下令部隊進山區去找她，可是我的副司令卻趁機提出了強烈的反對，並且把我為了尋找一個女人，而把部隊置於敵人攻擊的危險範圍內的決定，報告了上級。在我們的軍隊中，這種決定所犯的錯誤，是極其嚴重的。」

萊恩悶哼了一聲：「在全世界任何軍隊之中，這種行動都是嚴重的錯誤！」

宋維苦笑了一下：「上級立即派了人來，解除了我的職務，並且要把我押解回金邊，去受軍法審判。就在押解到金邊的途中，我逃走了。」

宋維揚起手來，雙手有點發抖：「我在軍隊中，本來有極好的前途，可是為了秀珍，我卻變成了逃兵，不過我一點也不後悔。」

對於宋維對他自己的前途所作的抉擇，各人都沒有甚麼表示，那全然是他自己的事，他有權為自己的將來，作任何選擇的。自然，越南軍方會感到十分痛心，一個畢生從事戰鬥的職業軍人，竟會為了一個女人而瘋狂，做了逃兵，而且絕不後悔。

宋維發出了幾下自嘲似的冷笑聲：「我逃脫了之後，仍然要去找秀珍。軍方自然通緝我，可是我卻有辦法，不斷地逃避追緝，尋找秀珍……但是我卻再也沒有找到她。一直到今天，我才知道秀珍在難民營中遇到了萊恩上校，已經到了曼谷！」

萊恩怒視著宋維，尖聲道：「你不可以再去騷擾她！」

沒想到宋維這種職業軍人，在這時，居然講出了幾句十分優雅的話來：「上校，你有甚麼力量，可以阻止一個充滿愛情的人的行動？」

萊恩上校緊緊握著拳：「我不會允許你去接近她，絕對不允許！先生，你現在是甚麼身分？你出身於越南共產黨，你身分神祕，怎麼能在世界各地自由來去？」

萊恩聲勢洶洶地責問著，宋維卻神態自若：「我可以告訴你，我有著正式的泰國護照。憑這，我可以到任何我喜歡的地方去，你阻止不了我的，上校先生！」

萊恩上校有點氣急敗壞：「就算你到了曼谷，秀珍也絕不會見你！」

宋維卻肯定地道：「會的！」

萊恩大叫了起來：「絕不會！你是甚麼東西？你是越南軍官，你佔有她的時候，她正處在最悲慘的境地之中，你只不過是欺躪過她的許多男人中的一個！她連你是甚麼樣子的都不記得，根本不會見你！」

宋維仍然道：「會的，因為我可以告訴她，傑西少校的最近狀況！」

這句話一出口，萊恩張大了口，合不攏來，其餘的人也全都詫異莫名。

本來，對於萊恩和宋維的爭執，很多人都已經覺得不耐煩了。兩個人為了秀珍而爭執，雖然他們的內心之中，或者都充滿了無可比擬的戀情，但是對其他人來說，卻是一點關係也沒有的！可是，宋維卻突然之間，冒出了這樣一句話來，那是甚麼意思？他終於找到傑西了？那是甚麼時候的事？

廳堂之中，一時之間又靜了下來。

萊恩的呼吸聲十分急促：「你……這樣說是甚麼意思？你見到了傑西？你見到了他？」

宋維的笑容看來十分陰森，他卻並不回答萊恩的問題。

萊恩大聲道：「說！」

宋維冷笑一聲：「好神氣！我是你的部下，你可以向我下命令？我根本甚麼都不必聽你的，不必聽任何人的！我之所以把經過講出來，全然是因為這種種，在我心中壓得實在太久了，我需要有聽眾，聽我傾訴壓抑在心頭的感情。我知道了秀珍的下落，你以為我還會在這裏再待下去嗎？對不起，我要走了！」

他說著，站起身，向外走去，萊恩立時攔住了他的去路。

宋維冷冷地道：「上校，在這裏，你如果想動武，那是犯法的！」

好幾個人一起叫了起來：「請你至少再說說，和傑西少校見面的經過！」

宋維想了一想：「好，我只能簡單地說一說。我是在尋找秀珍的過程中，在一個游擊隊的臨時基地之中見到他的！」

萊恩疾聲道：「你說謊！」

宋維一攤雙手：「好，是，我說謊！」

他看來一副胸有成竹的樣子，根本不想和萊恩多辯。萊恩雙手緊握著拳，一時之間，不知如何是好。

宋維已冷笑著，繞過了他高大的身子，向外走去，萊恩一聲大叫，轉過身來，抓住了宋維的背心。

宋維發出了一下極憤怒的叫聲，主人忙道：「上校，別動粗！宋維先生至少補充了你敘述中的不足之處，你們之間的爭執，請不要在這裏持續下去！」

萊恩咬緊牙關，慢慢鬆開了手指。當他鬆開抓住了宋維的手指之際，指節骨甚至發出一陣「格格」的聲響來，可知他心中是如何不願意！

他一鬆開手，宋維頭也不回地向外走去。萊恩有點雙眼發直，盯著他的背影，直到宋維走了出去。

一個會員安慰他道：「那位女士……秀珍，不會見他的！」

萊恩像是遭了雷擊一樣，震動了起來：「會的，只要他說有傑西的消息，秀珍就會見他，不但會見他，而且還會受他的要脅，做任何事——」他講到這裏，陡然叫了起來：「天！我還在這裏幹甚麼？」

他叫了一句拔腳向外便奔，「砰」地一下，撞倒了一張椅子，已經奔出門去了。

萊恩這種舉動，倒也不算是出乎意料之外。他既然知道宋維要到曼谷去見秀珍，自然要趕在前面去阻止宋維！

萊恩和宋維兩人相繼離去之後，各人議論紛紛。

主人揚了揚手：「真沒來由，這兩個人……那麼巧，會在這裏相遇，世界真是太小了！」

有的感嘆道：「說世界小，也很難說。要到柬埔寨的叢林之中去找傑西時，又會覺得世界實在太大了！」

主人道：「宋維先生曾遇到過傑西？這個人的死而復生，才是最神祕的事，可惜他未曾把見到傑西之後的事，詳細說出來。」

在眾人的議論之中，原振俠提出了一點：「各位，我們首先需要肯定一點：萊恩和宋維的敘述，是不是真實，有沒有說謊的成分在內？」

在靜了片刻之後，蘇耀西首先道：「我認為他們兩個人的話都是可信的，他們沒有理由說謊。在今天之前，他們兩人甚至沒有見過面，而他們各自的敘述卻又如此合拍！」

原振俠做了一個手勢：「那種被稱為『歸歸因根』的毒藥——」他望向蘇耀西：

「你有多少資料？」

蘇耀西皺了皺眉：「不多，這種毒藥的配製過程相當複雜，而且配方是嚴守祕密的——宋維顯然知道這種毒藥的成分，但是我想他絕不會告訴人。」

原振俠沉吟著：「問題也在這裏，宋維說，中了毒的人，絕沒有生還的可能，如果肯定了他的話，整件事簡直是不可解釋的！死人復活？死人如果可以復活，而且復活之後，還可以繼續生活下去的話，那麼，人類可以解除死亡的威脅。想想看，人類如果可以免除死亡，那將是甚麼樣的情形？」

大家都靜了下來。人類若是可以解除死亡的威脅，所有的人，死了都可以復活，那將會是一種甚麼樣的情景？

實在是無法想像的一件事！

過了好一會兒，一個會員才開玩笑似地道：「那……麼，地球上的人就會越來越多，很快，地球上就會擠不下。或許，這樣反倒能激發人類到別的星球上去開拓新領域的決心！」

好些人無可奈何地笑了起來，原振俠深深吸了一口氣：「要明白整件事，究竟有甚麼奇特的因素在內，把傑西找出來，實在是十分重要的。」

蘇耀西笑問：「你去找？我看還是讓萊恩去找算了！」

原振俠搖著頭：「你沒有注意到，當宋維指責萊恩的時候，萊恩的神態多麼怪異？萊恩未必像宋維那樣，想把傑西殺死，可是他為了秀珍，已經有私心。我對他去找傑西的事，不是很樂觀！」

主人問：「你有甚麼更好的提議？」

原振俠呆了半晌。他之所以發起呆來，並不是他想到，自己要到柬埔寨的叢林山區之中，去尋找傑西，而是他想到，「北非洲的那個女將軍」，既然在印支地區作政治上的投資，那麼，是不是可以通過她，找到傑西，使傑西離開柬埔寨呢？

原振俠甚至在想到這一點的時候，也故意自欺地逃避著，只想到「北非洲國家的一個女將軍」，而不去想她的名字。可是，一想到要和她聯絡，原振俠便不由自主地發起呆來。

他的這種心情，別人自然不知道。主人催了幾次，他才帶著惘然的神情道：「不知道，現在我不知道有甚麼提議，但是我會去設法。」

原振俠的回答，自然是令人失望的。

主人攤了攤手：「那麼，只好希望在下次的聚會上，你能有奇異的發現，提供給我們好了！」

原振俠仍是惘然地點著頭。

主人既然這樣說，那就表示，「奇事會」的這次聚會，已經結束了。

各人紛紛站了起來，準備離去。

第四部：究竟是人是鬼

原振俠和蘇耀西一起離開，蘇耀西感嘆地道：「今晚聽到的兩個故事，其實只是一個，這件事，離奇之處，反倒不及它包括的男女之情曲折。那位阮秀珍女士，一定是罕見的女人！」

原振俠不置可否，在他的心目之中，天地之間的美人，只有一個，沒有第二個，只有單獨的一個。

蘇耀西在上了車之後，仍然和坐在他身邊的原振俠，在討論著這件奇事：

「中美洲海地的巫都教，我曾下過功夫研究。傳說他們有驅使死人下田耕作的能力，可是根據我研究的結果，巫都是通過了一種強烈的麻醉藥，使得人處在半冬眠的狀態之中，只能聽從簡單的號令，從事機械性的勞作。那些人縱使不是死人，但是也是半死不活的了！」

原振俠「嗯」了一聲：「是啊，那位先生，早年也曾經揭發過巫都教利用『巫術』，驅使死人勞作的祕密，傑西顯然與之大不相同。」

蘇耀西一面駕著車，一面又道：「在中國，死人而能活動的例子——」

原振俠一揮手，打斷了他的話頭：

「別提出『趕屍』的例子來，那更是大不相同。傑西在自泥土中掙扎出來之後，是一個真正的活人，能戀愛，能生活，能生孩子，一切和常人一樣。而『趕屍』中的死人，只不過是殭屍！」

蘇耀西望了原振俠一眼：「甚麼事，都要從最簡單的原理和現象追究起，才會有解釋複雜現象的可能，你說是不是？」

聽得蘇耀西這樣講，原振俠把自己的思緒，從纖腰長髮上收了回來，問：「你的意思是……」

蘇耀西道：「如今我們接觸到的問題，是人死了之後又復活。如果你連人死了之後，為甚麼還能在某種專業人員的帶領之下走動，可以翻山越嶺、千里迢迢不斷走動，這種簡單的現象都不能解釋，自然無法進一步解釋人死了之後，如何還可以再活轉來，過著與常人無異的生活，這種複雜的現象！」

原振俠搖著頭：「我認為兩者之間是不同的！」

蘇耀西卻堅持著道：「怎麼不同？都是人死了之後，又有活動！」

原振俠想了一想：「那只不過是現象上的相同。實際上，在『趕屍』過程中，在行動的，始終是一個死人。而傑西少校，卻是一個活人！」

蘇耀西表示同意，他搖著頭：「一個活人！一個明明應該是死人的人，但卻是活人！」

原振俠嘆了一聲，這是極其奇特神祕的一件事。人一直在恐懼死亡，對抗死亡，從尋求長生不老之藥，到希望通過種種行動，追求神仙式的長生，人類一直在作和死亡對抗的努力，傑西這個人，在他身上有那麼奇異的經歷，原振俠感到，真是非得把他找出來，好好地研究不可。

蘇耀西把車子停在原振俠住所的門口，原振俠下了車，揮了揮手。

當原振俠回到住所之後，他站在電話前，站了好久，才撥了那個領事館的電話，告訴聽電話的職員他的名字，要領事館和黃絹聯絡，叫黃絹打一個電話給他。

黃絹要找他容易，他要找黃絹難。

誰知道這個女將軍現在在甚麼地方？或許正在西西里，和黑手黨頭子開會，也或許正和著名的恐怖份子，在地中海見面！

放下了電話，原振俠在床上倒了下來，雙手交叉著抱在腦後。

萊恩上校和宋維所敘述的事，原振俠又細細想了一遍。他覺得宋維十分可惡，他在尋找秀珍的過程中，終於能和傑西見面，經過情形如何，他一點也不肯說！

本來，宋維尋找傑西的目的，是想把傑西殺死，好讓秀珍死了心，他就能把秀珍據為己有。那次見面，宋維是不是已經下了毒手？這或許就是他言詞閃爍，不肯說出經過來的原因？

要是傑西已經死了……原振俠有點不敢想下去。

傑西如果死了，那麼，他死而復活的事，可能就永遠是一個解不開的謎了！

原振俠對這件事特別有興趣的原因，其實很簡單。

自己是一個醫生，醫生畢生努力的，就是如何使人的生命在健康的狀態下，得到盡可能的延長。所以，像傑西少校這樣的奇異事件，對一個醫生來說，具有無比的吸引力——突破死亡，在死亡之後重生，這種事，可以供進一步研究之處實在太多了。

原振俠甚至想到，如果有必要的話，他也不是不可以到中南半島去。為了見一個曾經死過又復活了的奇人，冒險也是值得的！

他躺著，思緒十分亂，躺了一會兒，又起身聽著音樂。正當馬勒的交響曲奏到了高潮之際，電話響了起來，他連忙降低音樂的聲響，拿起了電話來，一面已禁不住心跳起來，心中想，黃絹的電話來得好快！

可是，當他聽到電話那邊傳來的聲音之際，他卻不禁怔了一怔。

那是萊恩上校的聲音：「原醫生？」

原振俠怔了一怔之後，才道：「我以為你已經啟程到曼谷去了！」

萊恩上校的聲音相當急促：「是的，我已經在機場。意外地，我在機場又遇到了衛先生，他正趕著要到紐西蘭去，我只和他匆匆交談了十分鐘。」

原振俠悶哼了一聲：「那和我有關嗎？」

萊恩上校聽得出原振俠語氣中的冷淡，可能他要對原振俠講的話，本來已經十分難以開口，再加上受到冷淡的對付，一時之間，他不知如何說才好，支吾了好一會兒，才道：「原醫生，衛先生對我說，你是最可以幫助我的人。他說，你對於奇異的現象，有一種鍥而不捨的追究精神……」

原振俠吸了一口氣：「你想我做甚麼？不見得是要我幫你去對付宋維吧？」

萊恩忙道：「不，不，那我自己會對付！」

他講到這裏，頓了一頓：「正因為我要對付宋維，所以我……要逗留在曼谷……我只怕暫時不能到柬埔寨去。我……你不是說，北非洲的那位女將軍……和你是相識……」

原振俠嘆了一聲：「是的，我正在試圖和她聯絡，請她給我一點消息。」

萊恩上校又停了片刻，才道：「有消息說，西哈努克親王會在短期內到曼谷來，東南亞五國討論中南半島問題，他會來出席。然後，會有一項祕密安排，安排他回到他的祖國，和他在那裏打游擊的部下會面，好讓全世界知道，他是抗越聯盟的領導人，有著實際的軍事力量……」

原振俠再次打斷了他的話頭：「上校，你究竟想說甚麼？請直截了當地說，別先繞上許多彎！」

上校的聲音有點狼狽：「是，是！我的意思是，由於西哈努克親王是國際上一個十分重要的人物，他進入柬埔寨，各方面一定盡可能作最妥善的安排，而且行動一定十分祕密。就算祕密洩露，越南方面再兇悍，只怕也不敢公然殺害他。所以，跟隨他一起進入柬埔寨，是最安全的一個辦法。」

原振俠懶洋洋地「哦」了一聲，他已經猜到萊恩上校的用意何在了。本來，他不是沒有興趣，可是這時，他卻有點鄙夷萊恩上校的為人，所以在對答上，一點也不起勁。

果然不出他所料，上校繼續結結巴巴道：「本來，我是準備跟隨著親王一起去的，可是……可是為了秀珍……我必須留在曼谷……」

原振俠聽了，真有忍無可忍之感，提高了聲音：「你怕甚麼？怕秀珍被宋維誘拐私奔？上校，秀珍是你好朋友的妻子，你需要做的唯一的事情，就是把她的丈夫找出來！這甚至可以說是你的責任，你絕不能逃避！」

萊恩上校靜了片刻，原振俠甚至可以想像他在頻頻抹汗的狼狽相。

然後，電話中傳來了他微弱的聲音：「可是，我不能……我絕不能讓宋維去騷擾她，宋維是一頭禽獸，一頭沒有人性的禽獸！」

原振俠悶哼了一聲：「閣下又是甚麼？一頭有人性的禽獸，看來也好不了多少！」

萊恩陡然吸了一口氣：「還有一件事，我到了曼谷之後，是一定要做的……」他喘了幾口氣：「我打電話到曼谷，才知道秀珍已經帶著孩子，離開了我的住所，我一定要把她找出來！」

原振俠又不禁怔了一怔。他根本沒有見過阮秀珍這個女人，只是在萊恩的敘述中認識她的，可是聽到萊恩敘述的人，都十分讚佩她對丈夫的愛情，和同情她的遭遇，也都為她能在萊恩的家中暫時得到了安棲而感到安慰。可是為甚麼突然之間，又有了變化呢？

對這個在生命歷程之中，已經經過了那麼多艱苦的女人，原振俠自然有他的同情心。他在一怔之後，立即問：「怎麼會？她……她和尊夫人不是好朋友嗎？」

萊恩的聲音聽來異常乾澀：「彩雲……彩雲她……真太豈有此理了……」

原振俠沒有再追問下去，他隱約感到是怎麼一回事了。當然是由於彩雲感到了她丈夫對秀珍的異樣感情，而作出了行動，秀珍可能就是給她的好朋友趕出去的！

女人之間的友情再深，哪怕親如姐妹，但是一旦發生了愛情上的糾纏，那極少有例外可以容忍的。

彩雲和秀珍之間的友情，或許不容懷疑，但是當她感到，自己平靜幸福的生活受到威脅之際，她自然也會採取女性慣用的自衛手段。所以，在萊恩上校的苦笑聲中，原振俠也陪著他苦笑了幾聲。

萊恩繼續說：「你明白我的處境了？原醫生，除了你之外，沒有人可以幫我了！而且，事件的本身，你一定也會有興趣的，是不是？」

原振俠沒有立刻回答，萊恩又道：「唉！我當然不能勉強你做甚麼，可是看在事情本身太奇異的份上，如果你能夠，請你在最短期間到曼谷來一次。我會安排你和親王見面，我在曼谷的住址是……」

原振俠一直沒有作甚麼反應，只是靜靜聽著。可是在萊恩說出了他在曼谷的地址時，他卻自然而然地拿起筆，把那個住址記了下來。

萊恩上校用近乎哀求的聲音道：「原醫生，能不能現在就給我答覆？」

原振俠道：「對不起，不能，可是我一定認真考慮。」

萊恩上校長嘆了一聲：「飛機快起飛了，原醫生，真希望能在曼谷見到你！」

原振俠仍然沒有說甚麼，只是說了一聲「再見」，就放下了電話。

這時，他的思緒十分紊亂，當他在聽萊恩和宋維的敘述之際，他只覺得兩人所說的事，不但奇詭，而且動人，可是他絕未曾想到，事態發展下去，自己會和這件事發生關聯！這時，當他想到這一點之際，他不禁感到世事變幻的奇妙。

如果他答應了萊恩上校的要求，他不單和這件事發生關聯，簡直成了這件事的主要關鍵之一了。他用力搖了搖頭，心中想，當然不會到曼谷去，去幹甚麼？整件事，和我一點關係也沒有！

可是他又禁不住想，如果真是對整件事那麼不關心，為甚麼又去和黃絹聯絡？難道自己的潛意識中，對黃絹的懷念是如此之甚，平時卻矯情地壓抑著，而一有可以和她聯絡的藉口，壓抑著的堤防就立即崩潰了？

原振俠對這些問題，都沒有答案。或者是他的內心深處，早已有了答案，可是不願或不敢承認？

就在他心情茫然之際，電話鈴又響了起來，他聽到了一個陌生的聲音：「原振俠先生？請你別掛上電話，等候與黃將軍通話！」

原振俠又禁不住心跳了起來：「是！」

他緊緊地握著電話，像是生怕電話聽筒會從他的手中滑跌下去一樣。

時間一點一點在過去，卻一直聽不到那邊有聲音，一直等了十分鐘之久，他握住電話的手，手心已經冒出汗來了，他忍不住大聲「喂」了幾下，仍然是那個陌生聲音回答他：「請繼續等著，黃將軍十分忙。」

原振俠無可奈何地嘆了一聲。是的，黃將軍是大人物，十分忙，他只不過是一個普通醫生，自然只好等下去，誰叫他主動打電話去找她呢？以她這樣的大人物，會回覆他的電話，應該感到極度的榮幸了！他自嘲地笑幾下，又等了十分鐘，才陡然緊張了起來，因為他聽到了黃絹的聲音！

黃絹還不是直接在對他說話，而是在電話邊對別人說著話。

他聽得黃絹在說：「就這麼辦，立即去辦！」

原振俠深深吸了一口氣，接著就聽到了黃絹的聲音：「振俠？」

原振俠的聲音有點不自然：「你好！」

黃絹的笑聲傳了過來：「找我，不見得只是向我問好吧？」

原振俠苦笑：「那又怎樣呢？總要問一句好的！」

黃絹低嘆了一聲：「好，有甚麼事？」

原振俠想了一想：「聽說，你的國家在中南半島上有祕密活動，支援對抗越南的柬埔寨抗越聯盟？」

原振俠開門見山問了出來，黃絹沉靜了相當久，才道：「我不明白，這是國際祕密，你不應該對這種事有興趣的，我無法作任何答覆。」

原振俠嘆了一聲，覺得自己問的問題，實在太蠢了，黃絹當然無法作肯定答覆的。要是她回答說是，她的回答，若是傳了出去，就是國際上一宗巨大的糾紛，會引起國際關係上的混亂。

首先，越南是受蘇聯支援的，這就會影響卡爾斯將軍和蘇聯的關係。

其次，是不是阿拉伯的回教集團，要插手東南亞事務了呢？只怕又會引起亞洲的回教國家，如印尼、大馬的不滿了！

原振俠忙糾正道：「對不起，我說得太含糊了，我的意思是，純粹是私人事件，不知道你有沒有辦法，通過你可以安排的任何途徑，尋找一個如今在柬埔寨境內的美國人？」

黃絹的笑聲，即使經過了上萬公里的傳送，聽起來仍然是那麼悅耳動聽：「我看你撥錯號碼了，你要找的大概是聯合國的難民組織！」

原振俠嘆了一聲：「我是認真的。這個美國人，本來是美軍的一個少校情報官，由於一件相當怪異的事發生在他的身上，他離開了軍隊，後來，曾和赤柬軍在一起。如今，據說是在指揮著抗越聯盟的游擊隊，我想和這個人聯絡，所以才想到了你。」

黃絹又沉默了片刻，才道：「國際之間，其實是沒有甚麼祕密的，差別只在公開承認或公開否認而已。你說的事，我可以介紹一個人給你，他或許能提供幫助，這個人在曼谷。」

原振俠不由自主地「啊」了一聲。

黃絹又道：「由於這個人的身分十分神祕，他不可能來見你，你必須去見他。」

原振俠考慮了極短的時間，就道：「能不能告訴我，到了曼谷之後和他聯絡的方法？」

黃絹略想了一想：「你是找不到他的，如果你決定去，請告訴我，我會叫他去找你。」

原振俠沒有再考慮的餘地了，他迅速地轉著念，最近，他有兩個星期的假期，和醫院方面商量一下，把假期提前應該沒有問題，那麼他……

他道：「我決定去，就在這幾天，多半會在……」他把萊恩上校的地址說了一遍：「在那裏出現，你的人可以找到我。」

黃絹道：「祝你旅途愉快。不過，中南半島上，現在的局勢十分混亂，尤其在柬埔寨，可以說充滿了危機。有甚麼人在那裏消失得無影無蹤的話，全世界沒有任何力量可以救援的！」

在語調中聽出了黃絹的關切，原振俠十分安慰。

他回答道：「我不一定會到那些地方去。」

黃絹又靜了片刻：「沒有別的事了？」

原振俠嘆了一聲：「沒有了，你多保重！」

黃絹在電話的那邊，也傳來了一下低嘆聲，接著，電話就掛上了。原振俠放下電話之後，又呆了半晌。

萊恩上校要安排他跟著西哈努克親王一起進柬埔寨去，黃絹也可以安排一個神祕人物幫助他。他知道，黃絹口中的「神祕人物」，自然是替黃絹工作的，卡爾斯將軍的國度在中南半島上的活動，多半由這個「神祕人物」在負責。

那麼，自己是不是要進入危險的、大部分地區受著越南軍隊控制的柬埔寨去呢？

正如黃絹所說，陌生人到那裏去，是一點保障也沒有的，甚至比入蠻荒還要危險！原振俠一時之間，無法作出決定。但有一點，他卻可以決定的，那就是無論如何，可以先到了曼谷再說。原振俠有了這樣的決定之後，紊亂的思緒，自然也平靜了許多。

第二天，他假期的提早得到了批准，當天中午，他就上了飛機。

飛機抵達曼谷機場的時候，正是日落時分，一天的悶熱，就在這時等待著散發，熱氣蒸騰，也就分外令人難耐。

步出了機場之外，他雇了一輛車，照著萊恩上校給他的地址，吩咐了司機。

車行不多久，已經暮色四合，風吹上來，已經不再那麼悶熱，使人感到精神也為之一振。

大約半小時之後，車子已停在一幢相當古老的花園洋房之前。

原振俠下了車，還未曾按鈴，就聽到了鐵門內，傳來了一陣犬吠聲。接著，有兩頭狼狗撲了出來，隔著鐵門，向原振俠吠叫著。

原振俠找到了門鈴，按了幾下，就聽得對講機中，傳來了一個女人的聲音：

「誰？」

原振俠問：「請問萊恩上校在嗎？我是他約來的，原振俠醫生！」

那女人的聲音立時變得尖銳，而且不是十分好聽：「他不在，我想他根本不知道，自己是不是還住在這裏！」

原振俠先是怔了一怔，隨即道：「那麼，你是萊恩夫人？」

那女人的聲音更尖：「我也不知道自己是不是！」

原振俠嘆了一聲：「彩雲，你這樣的態度，是不能解決問題的！」

原振俠料到了在對講機中和他對話的女人，一定是彩雲。而且，也猜到萊恩在回來之後，一定曾和她劇烈地爭吵過。如今萊恩不在，當然是到處去尋找秀珍去了，彩雲才會如此生氣。所以原振俠才以十分誠懇的態度，說了這樣一句話。

在他說了這句之後，他聽到對講機靜了一會兒，然後是一陣啜泣聲。

原振俠又道：「我才下機，至少，可以讓我進來坐一會兒？」

對講機中傳來一面啜泣著的聲音：「好，你……可以自己進來。」

在這句話之後，鐵門自動打開。原振俠向內走去，那兩頭狼狗一直圍著他打轉，吠叫著，一直到他走進了那幢房子為止。

房子是舊式的洋房，看來相當大，客廳的陳設簡單大方而又舒適。原振俠才走進客廳，就看到一個體型豐滿的東方女人，從樓梯上走了下來。雖然她雙眼紅腫，而且還帶著淚痕，神情也十分憔悴，但是還是掩不住她那種甜美。

那是一個典型的，一直生活在幸福生活中的美麗少婦。雖然豐滿了些，但也絕不臃腫，反倒更顯得她有成熟女性的美麗風韻。她的眼睛十分大，也許是由於才流過淚的緣故，顯得格外水靈。

她打量著原振俠，原振俠禮貌地道：「請原諒我剛才叫了你的名字，我聽過上校講你們相戀的經過，十分感人！」

那美麗的少婦——她自然就是彩雲，勉強笑了一下：「感人又有甚麼用？一下子一切都變了！」

原振俠無法再說甚麼，只好問：「上校他現在……」

彩雲坐了下來，也示意原振俠請坐。

彩雲轉過臉去，抹拭了一下眼淚：「他一回來，就和我大吵大鬧，然後就離開了。」

原振俠想了一想，才道：「爭吵的原因，是為了……秀珍？」

彩雲震動了一下，然後點了點頭：「是的，因為我給了秀珍一筆錢，叫她離開我們。」

原振俠皺了皺眉，吸了一口氣。站在彩雲的立場而言，這樣做實在是無可厚非的。因為那並不是她敏感，而是她的丈夫，真的對秀珍有極度的迷戀！

在沉默了片刻之後，她才道：「我做錯了嗎？我難道不應該那樣做？」
原振俠嘆了一聲：「誰也不能說你不能這樣做，可是這樣做是沒有用處的！」
彩雲仰起頭來，彷彿這樣子，淚珠就不容易滾下來一樣。但實際上一點用處也沒有，眼淚還是自她的眼睛中湧了出來。
她緩緩地道：「我知道事情不對了，可是不知道，已經嚴重到了那種地步！她是他好朋友的妻子！」
原振俠違心地道：「或許你太過敏感了，他對秀珍，只不過是同情！」
彩雲慘然笑了一下，並沒有回答，過了一會兒，她才道：「我不知道他在哪裏，他說一定要找到秀珍，就算因此會失去我，他也要去做！」
原振俠感到無話可說，男女之間的感情，本來就是一件最複雜的事，人類的科學文明再進步，可是在男女感情上，卻仍然是一個死結。不論多麼理智聰明的人，一到了這個死結中，就再也解不開了。
原振俠想了一想，站了起來，他只好道：「對不起，打擾你了，我會去找他……彩雲，你仍然是一個十分美麗的女人，別太傷心。」
彩雲的笑容更淒然：「有甚麼用？連自己的丈夫都移情別戀了！」
原振俠真的無話可說了，他幾乎是跑一樣離開了那屋子。當他來到鐵門外之際，心中盤算著，要找萊恩的話，明天到他的辦公室去，或許可以找得到，那就必須去找一家酒店住下來再說。他提著小型的行李箱，向外走去。

走不了幾步，有一個身形瘦小的人，突然從陰暗之中，像鬼魅一樣無聲無息閃了出來，來到了他的身邊，用聽來十分嘶啞的聲音道：「你來幹甚麼？」

那人才一出現之際，原振俠也不禁怔呆了一下，但是他立即認出，那個人不是別人，正是宋維！

宋維在黑暗之中，目光灼灼地盯著他。

原振俠反問：「你找到萊恩上校沒有？」

宋維悶哼了一聲：「我找他幹甚麼？我要找的是秀珍，秀珍已經不住在這裏了，是不是？」

原振俠點了點頭，宋維抬頭向天，呆了片刻，才嘆了一聲：「一定是萊恩把她藏起來了！為了不讓我見她。可是我一定要見到她，把我見過她丈夫的情形告訴她，雖然那很殘酷，但我一定要告訴她！」

宋維在這樣講的時候，聽來像是在自言自語，原振俠靜靜地聽著，並沒有打斷他的話頭。宋維最後那幾句話，他有點不是很明白，他想問，可是又怕把宋維的話頭打斷。

宋維頓了一頓，續道：「我要告訴秀珍，根本不必再尋找傑西了！」

原振俠陡地吃了一驚，宋維曾講過，他要找到傑西，把傑西殺死。

原振俠也想到過，宋維是不是已把傑西殺死了？如今聽得宋維這樣說，自然心中吃驚：「你……害死了傑西？」

宋維桀桀地笑了起來。他本來看起來面目就十分陰森，這時，在黑暗之中，目光灼灼，笑聲又那麼尖銳刺耳，看起來，就像是一頭夜梟一樣！他並沒有正面回答這個問題，只是一面怪聲怪氣地笑著，一面道：「害死了他？算起來，他是我害死的！」

原振俠略一側身，放下了手中的手提箱，立時一伸手，抓住了宋維胸前的衣服。別看宋維身形瘦小，可是身手卻十分靈活，力氣也相當大。

原振俠才一抓住他，他一扭手，一掌向原振俠的手腕切了下來。原振俠連忙縮手，他已像是一頭貓一樣，向後跳了開去。原振俠忙向他逼過去，可是宋維的動作比他更快，一直在後退。

兩人一逼一退，轉眼之間就是十幾步，原振俠已經知道要抓住他並不是容易的事了。

也就在這時候，宋維冷笑道：「你沒有法子再抓住我，別忘記，我是在戰場上長大的，受過嚴格的各種形式搏鬥的訓練！」

原振俠厲聲道：「你究竟把傑西怎麼了？說！」

宋維仍在冷笑：「我為甚麼要告訴你？」

原振俠吸了一口氣：「好，你說不說都一樣，我倒可以去告訴萊恩，叫萊恩轉告秀珍，她不必再去找傑西。那麼，他們兩人都消除了心理上的障礙，可能很快就會成為快樂的一對！」

當原振俠這樣講的時候，宋維整個人都弓了起來，像一頭蓄勢待撲的貓一樣，原振俠也在暗中作了準備。

宋維不等原振俠講完，就尖叫了起來：「你敢！」

原振俠冷笑一聲：「為甚麼不敢？秀珍和萊恩，我想總比秀珍和你來得合配些！」

宋維發出了一聲怪叫，整個人向著原振俠撲了過來。原振俠早有準備，一側身，避開了他的攻勢，同時伸手抓住了他的手臂，一下子把他的手臂反扭了過來。

宋維發出了如同狼嗥一樣的叫聲來，一面用力掙扎，一面叫著：「你不知道傑西究竟怎麼樣了，你根本沒有見過傑西！」

原振俠緊緊扭著他的手臂，想先把他制服，然後再逼他講出傑西的情形來。可是宋維的掙扎越來越有力，他一定曾受過極嚴格的近身搏鬥訓練，所以雖然在劣勢之下，也不容易把他制住。

原振俠感到了這一點，正想把他的另一隻手也抓過來時，宋維一聲大叫，整個人順勢轉了過來，抬膝向原振俠的小腹重重撞了一下。

原振俠被他這一撞，撞得跌退了一步，宋維已經一個倒翻筋斗，翻了出去，厲聲道：「我會殺死你！你再逼我，我會殺死你！」

原振俠聽出他並不是說說就算，可是卻也沒有被他的威脅嚇倒。忍著痛，站直了身子，又向他逼了過去：「說，你究竟把傑西怎麼了？」

宋維的喘息聲，聽來十分驚人，可知他的心情激動之極。這一次，原振俠向他逼來，他並沒有退讓，只是充滿了戒備地站著。

原振俠走近他，兩個人對峙著，陡然之間，宋維搶先發動，一聲怪叫，一揚手，原振俠只看到他的手中有一道藍殷殷的光芒閃了一下。那道光芒一下子就已經來到了他的面前，來勢之快，迅疾無比！原振俠陡然嚇了一跳，連忙將身子向後退去，只感到一股寒風伴著一種異樣的腥味，在鼻端飄過。而原振俠一退，宋維就跟著進逼，那股藍殷殷的光芒，簡直就像是魔鬼附體一樣，在他的眼前，飛快急速地盤旋。

原振俠退了又退，直到有機會狠狠踢出了一腳，將正在瘋狂進攻的宋維逼退了一步，他才看清楚，宋維的手裏握著一柄半彎形的小刀。

那柄小刀只有十來公分長，雖然在黑暗之中，可是卻閃著藍殷殷的光芒，不但一眼就給人以極端鋒銳之感，而且那光芒還顯得十分詭異和醜惡，令人心悸！

原振俠略喘了口氣，想起剛才自己竭力閃避這柄小刀追擊的情形，不禁冒出了冷汗來。而宋維在退開了一步之後，又發出野獸般的吼叫聲，再揮舞著刀，撲了上來。

這時，原振俠注意到他握刀的方式十分特別，整個刀柄握在手中，刀鋒是從中指和食指中露出來的。這樣握著刀，刀簡直就像是他拳頭的一部分！原振俠的手中並沒有武器，他仍然只好退避著，找尋還手的機會。

這一次，宋維攻擊得更凌厲，每攻出一刀，都逼得原振俠要後退。在原振俠眼前飛舞的刀光是如此急速，原振俠根本沒有時間去考慮如何退法。所以，當他發覺自己已經退到了一條死巷子中的時候，他已經全然無法可施了！

那條巷子相當狹窄，一進入了巷子，原振俠連左右閃避都不能夠，只好向後退。而巷子的盡頭處是一幅高牆，那時，距離他只不過十公尺左右，也就是說，他至多再能躲避十來下攻擊，就後退無路了！

原振俠明知自己的處境十分不利，可是除了繼續後退之外，沒有別的法子可想。小巷子十分陰暗，要不是那柄小刀上，一直在閃著那種詭異的藍色光芒，和小刀刀鋒在急速劃過空氣之際，帶起了尖銳的劃空聲，他真懷疑自己是不是能繼續避得開了。

在黑暗之中，宋維的面容已經變得模糊不清，可是他雙眼之中，卻閃耀著兇狠莫名的光芒。原振俠真正感到，自己是處在極度危險的境地之中了！

宋維是一頭野獸，他從小所受的訓練，便是不擇手段地殺人，所以他才能在越南的軍隊之中，擔任高級軍官的職位。對這樣一個畢生從事殺人事業的人來說，他的心靈深處，就算還有一點人性，但在如今這種狂性大發的情形之下，自然也蕩然無存了！

原振俠退了又退，一直退到了牆邊。在那幾次退避之中，他已扯下了自己的外套，揮舞著作為武器，去抵擋宋維的進攻。可是宋維掌中的小刀鋒利之極，每當刀鋒劃過之際，衣服便被一片一片削下來。轉眼之間，原振俠手中的衣服，就已經只剩下一片小布片，全然沒有了防禦的作用。

這時候，原振俠的背已經緊貼住了高牆，再也無法後退半步了！

宋維的手中握著刀，刀尖離原振俠的身子不到三十公分，宋維發出了桀桀的怪笑聲：「你還能躲嗎？我定要殺了你！」

原振俠緊張得連回答都不敢，他甚至不敢望宋維的臉，只是盯著他握刀的手。那樣他才能夠在最短的時間內，設法避開他的攻擊。

宋維的話才一說完，手中的利刀，已經像毒蛇的蛇信一樣，向原振俠刺過來！

原振俠已經無法後退，他只好拚著略受點傷，先將宋維手中的刀奪了下來，到時再作反攻。從宋維握刀的方法來看，要把刀自他手上奪下來，自然相當困難，精於搏擊的原振俠明白，唯一的方法是緊握著他的手腕，令他五指鬆開來，他掌心中的利刀，也會自然而然落到地上！

而要這樣做的話，原振俠就不可避免地，會在手臂上挨上一刀！一切來得如此迅疾，原振俠心念電轉，絕對無法再作進一步考慮。

宋維一攻到，他就一翻手，去抓宋維的手腕，眼看宋維手中利刀的刀光，已快刺向原振俠的手臂了，陡然黑暗中有人尖叫：「刀有毒！」

這一下警告，當真是在千鈞一髮之際降臨，原振俠心中陡地一動，硬生生一轉身，放棄了原來的攻勢。

宋維手中的小刀，「唰」地一聲，就在他胸前掠過。原振俠在極度危急之下，避開了這一刀，可是宋維立即一回手，反手又攻了過來！

這一下，原振俠卻萬萬避不過去了！

但是也就在此際，「呼」地一下響，一條極細的細鞭子自牆頭上捲了下來，一下子就纏住了宋維的手腕。鞭子向上一提，把宋維握刀的手向上揚了起來！

宋維發出了一下怪叫聲，但是他這下怪叫聲，只叫出了一半。

因為原振俠一看到這種情形，早已一拳揮出，重重擊在他的下顎之上。這一拳，是原振俠在搏擊一開始，就一直處於退避的劣勢之後打出來的。剛才退避時蓄定的力道，全在這一拳之中發揮了出來，所以這一拳的力度極大，打得宋維整個人都向後仰跌了出去。

宋維一退，一條人影自巷子一邊的牆上躍下。

那躍下的人厲聲道：「你還敢公開露面，你可知道越南國防部出了多大的賞格，要緝捕你歸案？」

宋維在一跌退之後，立時站定。本來看他的情形，像是還要進攻的，但是一聽得那人這樣說，身子震動了一下，停立著不動。

那人又道：「你知道泰國政府不敢得罪越南，你的身分在泰國一暴露，會有甚麼下場，你自己想一想！」

宋維發出了一下悶哼聲，他的動作快絕，悶哼聲猶在耳際，他已經一轉身，向外直奔出去。原振俠還想向前追去，卻被那人一下子拉住了手臂。

那人沉聲道：「別追！」

原振俠道：「我有重要的事要問他！」

那拉住了原振俠的人搖著頭：「我不以為你能在他口中問出甚麼來。這個人，是我所知道的，世界上有數的危險人物之一，可以離他遠一點，還是離他遠一點的好！」

就這幾句話的工夫，宋維早已奔出了巷子，隱沒在黑暗之中了。

原振俠定了定神，知道追不上了。他想打量那個救了他的人，可是巷子中相當陰暗，根本看不真切，只看出他的個子相當高。

原振俠還沒有開口，那人已道：「黃將軍要我到曼谷來找你，很慶幸，我來得正及時。我到的時候，看到你正和宋維在搏鬥，原醫生，作為一個醫生，你的身手真是一流的了！」

原振俠「啊」地一聲，知道那人就是黃絹口中的那個「神祕人物」。想起剛才的處境，生死繫於一線，原振俠不由自主地吁了一口氣：「謝謝你，及時趕到！」

那人道：「他那柄小刀上，染有劇毒。那種毒藥，連我也不知道如何配製，只知道是越南北部，他出身的那一個族中的祕密。」

原振俠失聲道：「歸歸因根！」

那人頓了一頓：「對，這就是那種毒藥的名稱，只要一和血液接觸，必死無疑。你剛才的動作，或許可以成功，但是只要一被有毒的刀刺破了皮膚，世上真沒有甚麼力量，可以挽救你的生命了！」

雖然曼谷的氣候相當熱，可是這時，原振俠也不禁感到了一股寒意！

他喃喃地道：「多虧你當時及時提醒了我！」

那人在原振俠的肩頭上，重重拍了一下：「救了你的，還是你自己。要不是能在那麼短的時間中改變動作，我的警告有甚麼用？」

原振俠連這個人的面容是甚麼樣子都沒看清楚，可是心中對那人，卻已有了極度的好感。這種好感，不單是由於實際上，那人等於是救了他的生命，而更由於那人在做了之後，一點也沒有居功的意思。

原振俠吸了一口氣，由衷地道：「你說得太客氣了！」

那人爽朗地笑了起來，在他的笑聲中，兩人已經走出了小巷子。

就著路燈的光芒，原振俠向那人打量了一下，出乎他意料之外，那人看來十分年輕，可是卻又給人以一種十分老練的感覺。他當然是東方人，臉部的線條十分硬朗英俊，目光堅定而充滿了自信。

原振俠一面望著他，一面向他伸出手來：「原振俠！」

那人也伸出手來，和原振俠相握著：「久仰久仰，人家都叫我青龍。我真正的名字是查猜連因，那是一個苗人的名字，我是一個苗人。」他說到這裏，又笑了一下：「血統很混雜，我的外祖父甚至是一個擺夷人。」

原振俠「啊」地一聲：「其實，你是一個十分漂亮的亞洲人。」

青龍笑著，帶著原振俠向前走，來到了一輛小車子前，和原振俠一起上了車。轉了兩個彎，停了下來，打開車門，把剛才原振俠留在路上的手提箱抓了起來，繼續向前駛著。他一面駕駛，一面道：「黃將軍說，你要到柬埔寨去找一個美國人？」

原振俠點頭：「準備這樣做。」

青龍皺著眉：「這應該是美國國防部的事情，為甚麼要你去做？」

原振俠嘆了一聲：「這個人在記錄上早已陣亡了，所以國防部沒有興趣。」

青龍瞭解地點頭：「嗯，這種事，在戰場上是常有發生的。」

原振俠苦笑了一下：「這個人的一切，恐怕不是常見的，有點特別。」

青龍揚了揚眉，原振俠想了一想：「事情說起來很長，但既然需要你幫助，我會把一切詳情告訴你，只要你有空聽！」

青龍呵呵笑著：「我沒有事，你只管說！」

原振俠於是開始向青龍講述傑西的故事。

第五部：供出傑西的行蹤

原振俠講得十分詳細，青龍在某些環節上有反應。

當原振俠講到一半時，青龍已帶著他進入了一間小屋子，給他調了一大杯相當清涼而又醇厚的酒。

青龍反應最強烈的一句話是：「如果傑西是中了『歸歸因根』的毒，那麼，他一定是死了的，不可能是休克、假死或受了極度的麻醉。」

他也有別的反應：「呵呵，那位阮秀珍女士……」他的神情在這時，變得十分怪異，沒有再說下去。

他對宋維的評論是：「宋維在軍隊中的地位十分鞏固，有升到極高職位的可能。想不到他竟會那麼浪漫，為了一個女人而拋棄了大好前程。」

青龍對萊恩上校沒有甚麼好評：「哼，這種美國人，娶了一個美麗的東方女子，已經是三生有幸了，還想再進一步！他自以為甚麼人？」

而他對傑西死而復生這一件事，在沉默了片刻之後，才嘆了一聲：「世上……人類不明白的事情實在太多了！」當他這樣講的時候，原振俠已經把一切的經過全都告訴了他。

青龍想了一想，說道：「你跟西哈努克一起去，當然安全一點。可是我想，先得肯定傑西是不是還活著，在甚麼地方，這才進去。如果他根本已不在世上……又……死了，你何必去涉險？」

青龍的話十分理智，原振俠對他的好感，又增進了一層，點了點頭：「可是，有甚麼法子，可以知道傑西是不是還活著呢？」

青龍思索了一下，說道：「如果我早知事情有這樣的曲折，倒真不應該放走宋維……不過不要緊，在曼谷，哪怕宋維可以化身為一條四腳蛇，我也可以把他找出來！」

他說著，突然取起了一根竹子削成的牙籤來，隨手揮了出去。牙籤飛出，恰好穿進了一條由屋角處爬出來的四腳蛇的脖子。

原振俠看到他突然之間，露了這樣一手絕技，不禁喝了一聲采。

青龍有點不好意思笑著：「人要在特殊的環境下生存，總得有一點特殊的本領才是。你不妨暫時住在我這裏，明天，你去找萊恩，我去找宋維。」

原振俠有點憂慮：「宋維的態度十分曖昧，他甚至不否認他已殺了傑西！」

青龍笑了起來，說道：「像宋維這樣的人，可以說是典型的人渣。只要對他自己有利，他會說謊，會做任何稍有廉恥的人都不肯做的事……」他講到這裏，忽然嘆了一聲：「想不到的是，為了秀珍，他竟然可以不顧一切。而且，他已經佔有了秀珍一個時期……男女之間的關係，真是太複雜而不可思議了！」

青龍的語調之中，像是有著無限的感慨，這種感慨，正刺中了原振俠的心事，他也不禁跟著嘆了一聲。他看到青龍的神情十分悵惘，多半也有著難以放得下的心事之故。兩人默然相對了片刻，青龍開始喝酒，一杯又一杯。原振俠陪他喝了一會兒，由於疲倦，在一張長沙發中倒了下來，不久就睡著了。

等他一覺睡醒，看到青龍還在喝酒，而且舉止怪異。青龍這種怪異的神情，原振俠並不是第一次看到。當原振俠向他敘述一切經過之際，青龍在發表他的意見時，提到阮秀珍時，也曾現出過這樣的神情來。這時，原振俠看到一大瓶烈酒，幾乎已全被他喝完了。

而這個在狹巷之中對付宋維時，身手如此矯捷，看來十足是一個傳奇人物的年輕人，此際不但神情怪異，而且還流露出一種深切的悲哀來。原振俠本來想叫他，可是一轉念間，卻仍然躺著不動。

他看到青龍又喝了一大口酒，用手背抹著自口角處流下來的酒，喃喃地道：「原來你的名字是阮秀珍！你竟然連真姓名也不肯告訴我！」

原振俠一聽得他這樣說，不禁陡然吃了一驚——青龍是認識阮秀珍的！他實在忍不住心頭的驚愕，因為從青龍的情形看來，他不單止認識阮秀珍，而且一定和她在情愛上，有著相當深切的糾纏。不然，何以他在喃喃自語之際，現出那麼痛苦的神情來？

果然，青龍在又喝了一大口酒之後，又自言自語起來：

「也難怪你，當時……你根本連自己的存在，都不覺得了，你……把你自己的身體……交給了無數的惡魔……你是不是還記得我對你說過的話？我說要把你救出來，你說不要，你寧願在地獄之中，你不覺得在受苦，你根本已沒有任何知覺，只想找回你的丈夫！」

酒後青龍的語聲有點含糊不清，可是字字句句，原振俠還是聽得很明白。他知道自己所料不錯，也明白青龍既然在中南半島上負有祕密任務，自然曾長期在那地區活動，那麼，他曾遇到過在那裏流浪，要找尋丈夫的秀珍，也就不是甚麼稀奇的事了！

原振俠覺得，自己假裝睡著，去聽人家酒後的自言自語，不是一樁有道德的事。所以他先咳嗽了一聲，然後坐起身來。青龍轉動著手中的酒杯，視線停留在杯子上，但他顯然知道原振俠已坐了起來。

他緩緩地道：「原醫生，或許你不知道，我早就曾找過傑西，但沒有結果。」

原振俠不出聲，等他繼續講下去。

青龍長嘆一聲：「我是為了秀珍去找傑西的。我殺了兩個越南兵，把污穢不堪的秀珍救了出來，當時，我只當她是一個普通的女人，我給了她一點糧食，叫她離開。她叫我幫她找尋她的丈夫……」

青龍講到這裏，忽然縱聲大笑了起來。青龍雖然在縱聲大笑，可是他的笑聲之中，卻充滿了痛苦。然後，他陡然停止了笑聲，一副傷心人別有懷抱的神情。

原振俠再也想不到，在這件事中，他遇到的人，幾乎全都和阮秀珍有著糾纏不清的關聯。這使他心中隱隱感到好奇，這個阮秀珍，究竟是一個甚麼樣的美女？

青龍呆了片刻，說道：

「她多少有點知道我的身分，所以她以為我不肯幫她忙，是由於她沒有給我甚麼好處。當晚，我露宿在一條小河邊，她就跳進河中，不斷地洗著澡。等她洗完了澡，濕淋淋的長髮，貼在她的身上，又站到我面前時，我真正呆住了！在月色下看起來，她是那麼美麗，那麼誘人，那麼……」

看他的神情，像是沒有適當的形容詞可以形容秀珍的美麗一樣。

青龍又呆了一會兒，說道：

「照說，她的遭遇是如此悽慘，可是她卻實實在在全身都散發著一股聖潔的光輝。她的那種美麗，使得稍有人性的人，都不會去蹂躪她。當她把她美麗的胴體，展現在我面前的那一剎間，我已經決定要好好愛她，而不是乘她有難時，去佔她的便宜！」

原振俠嘆了一聲，青龍這個神祕人物，儘管他的一生之中，充滿了冒險，但在對待女人的態度上，卻也格外浪漫動人。

青龍繼續道：「當我用一張毯子裹住她的身體之時，她在發著抖，用她那雙充滿了淒迷眼神的大眼睛望著我，求我幫她找回她的丈夫。我想向她表示我的愛意，把她帶離柬埔寨，可是不知怎麼，我一句話也說不出口，只是不住點頭，表示答應她的要求。她見我答應，淒迷地笑著，很有點驚訝於我碰也不碰她。當晚，她靠著我，睡得很甜，在熟睡中，長睫毛不時抖動，我看了她一夜，幾乎連眼睛都不捨得眨一眨。」

他說到這裏，自嘲似地笑了起來，說道：

「聽起來多麼純情，是不是？像是少年人的初戀……事實上，的確是我有生以來第一次愛上一個女人。不管她的身體，曾受過甚麼樣的蹂躪，但是我知道，她的靈魂比白玉更純潔。

「第二天，她在附近人家抱回了她的孩子，我把她送到難民營去，叫她在那裏等候我的消息，然後，我開始去找她的丈夫。我甚至連她的名字也不知道，我問過，她只是淒然地望著我，她的身體都已不再屬於她自己，名字又有甚麼意義？」

青龍停了下來，又大口喝著酒。

原振俠等了一會兒，才道：「你有沒有找到傑西？」

青龍緩緩搖著頭：「沒有，我真的已盡了力。雖然我的潛意識中，根本不想找到她的丈夫，但我真是盡了力。由於游擊隊的行蹤十分飄忽，雖然也有幾百個人是受我控制的，但相互之間並沒有聯繫，只是知道確然有這樣一個美國人在。過了一段日子之後，我再到難民營去，她已經不在了。」

青龍望著窗外，晨曦已經映出一片朦朧，說道：

「直到你對我講了起來，我才知道她原來也在曼谷，而且和萊恩上校、宋維都有牽連。這世界真小，是不是？」

原振俠真不知道如何去安慰他才好，同時，他也感到十分失望。本來，他是想通過青龍找到傑西的。可是連青龍自己去找過，都未曾找到，又怎能幫助他？

青龍像是看出了原振俠的心意，站了起來，挺了挺身子，說道：

「不要緊，宋維既然見過他，只要找到宋維，多少可以有點頭緒的，我這就去找宋維！」

青龍說著，就向外面走了出去。

原振俠忙道：「你喝了那麼多酒——」

青龍呵呵笑著：「這一點酒，算得了甚麼？我曾經連醉過半個月，人事不省，黃將軍幾乎沒派人來把我五馬分屍處死！」

他說著，已經推開門，大踏步地走了出去，原振俠望著他的背影，心情十分苦澀。他自然可以體會到青龍的心情，這個生活上充滿了傳奇性的青年人，正在被愛情的蠱所折磨。他和宋維、萊恩上校三個人，性格、背景、學識、人格完全不同，但是受情愛折磨的情形，卻並無二致！

原振俠想起自己和黃絹之間的事，心情沉鬱，自然而然拿起酒瓶來，也大口喝著酒。然後，緩緩轉著酒杯，發怔看著，感到生命在逝去，那麼空虛地流走，那麼無可奈何地想抓到一些甚麼，可是卻又根本沒有可供依靠、可供攀援之處！

他等到天色大明，找到了一些食物，食不知味地吞了下去，也離開了青龍的住所。

要找萊恩上校並不難，到難民專員公署去一打聽，就知道上校搬進了單身人員的宿舍之中。原振俠找上門去，敲了好一陣子門，才有人來應門。

門一打開，原振俠看到了萊恩上校，不禁大吃一驚，萊恩本來是一個相當神氣的美男子，可是這時，卻完全走了樣！門才一打開，原振俠聞到的就是一股刺鼻的酒氣。然後，是衣衫不整的萊恩，雙眼佈滿紅絲，面上的肌肉在不由自主輕微地顫動著，看來鬆弛而疲倦。

他打開門之後，連在門外的是誰都懶得看，粗聲道：「我在休假期間，別來找我！」

原振俠苦笑：「上校，是我！」

萊恩陡然震動了一下，定睛向原振俠望來，一下子摟住了原振俠的肩頭，聲音嗚咽：「我還沒有找到她，我還沒有找到她！彩雲把她趕走了！為了這件事，我一輩子也不會原諒她！」

原振俠沉聲：「彩雲是你的妻子！」

萊恩任性地叫了起來：「她不再是我的妻子，我們夫婦關係完了！」

原振俠推著他進了房間，本來是設備相當好的一個居住單位，可是卻凌亂不堪。萊恩上校頹然坐了下來，原振俠道：「我已經來了，你的安排怎麼樣了？」

萊恩低著頭，把雙手插在頭髮之中，半晌不抬起頭來，喃喃地道：「我總得先找到了秀珍再說！」

原振俠道：「她手頭有錢，生活不成問題。或許，她根本不想見你，她的心中只有她的丈夫傑西，你們這些人，全是一廂情願，自作多情！」

原振俠自然知道，對心境如此不佳的萊恩講這樣的話，相當殘忍。可是他看到萊恩這種自暴自棄的情形，還是說了出來。

萊恩用手掩住了臉：「安排親王回國的會議，今天下午召開，我……應該去出席的。」

說到這裏，他漸漸挺直了身子，雖然還是一片惘然的神情，但看來振作了一些。他問：「剛才你說『你們』……除了我之外還有誰？」

原振俠道：「至少還有宋維……看來，見過秀珍的人，都會愛上她！」

萊恩苦笑：「希望你能是例外！」

原振俠揮了揮手，他當然知道自己不會，他心中只有一個女性，這個女性在他心中的地位，不是任何人所能替代的！

萊恩站了起來：「男女之間的緣分，真是不可測度的。我因為秀珍的關係而認識彩雲，又因為秀珍的關係而離開彩雲。這種變化，事前誰能料得到？」

原振俠搖頭：「別去感嘆悲歡離合了，下午的會我是不是也要參加？」

萊恩上校走進了浴室，十分鐘之後出來，看起來已經有點精神奕奕的樣子：「當然要，你作為親王的隨行人員。你的真正身分不會有人知道，假充的身分是《時代周刊》的記者。親王會喜歡有人報導他的英勇事跡，進入了柬埔寨之後，你的安全……世上沒有人可以保證你的安全了！」

原振俠吸了一口氣：「這我明白！」

萊恩嘆了一聲：「希望你能夠見到傑西……我真不明白，傑西其實大可以離開柬埔寨的，他為甚麼一直留在那邊，而任由秀珍吃那麼深的苦？」

這個問題，除了傑西之外，當然沒有別人可以代答。

原振俠只想到，宋維曾隱約地說起過，傑西像是不願意和秀珍見面，這又是另一個想不明白的問題。

照說，傑西和秀珍之間的愛情，是不應該會有變化的，他心中充滿了疑問。

萊恩要他幫助整理一下下午會議中要用的文件，在文件中，原振俠接觸到了柬埔寨在動亂中的許多悲慘的事——當然，單是從文件中接觸到的這些慘事，和他日後親歷其境、親眼看到的那些慘事相比較，實在是差得太遠了。可是當時，他只是看看文件，也已經遍體生寒！在柬埔寨發生的慘事，可以說是人類歷史上最大的慘劇之一。

慘劇倒也不是由越南軍隊一手造成，奪取了政權的赤柬軍，曾把金邊原來的數十萬居民，一起趕出城市去。這幾十萬人在毫無準備的情形下離開城市，進入森林曠野，甚至連食物也沒有，單在森林之中，就因為疾病和飢餓而死亡過半。

在這其中，不知道包含了多少血和淚，單是看看文件上的記載，也使人震懾。一個有四百萬人口的國家，在連年的人禍之下，死亡的人數接近一半！在那個本來是和平寧靜的國度之中，可以說沒有一個家庭是完整的了！

等到越南軍隊入侵，情況自然更糟糕。真難以想像，何以人類竟然可以忍受那麼多的苦難？

到了下午，萊恩和原振俠一起參加了安排行程的會議，會議是在極度祕密的情形下舉行的，參加的人數不是太多。

原振俠被安排在一個角落處，他見到了西哈努克親王，給原振俠的印象是，親王像一個藝術家多於像一個政治家。親王不斷地說著「我的國家，我的民眾」，語調之中充滿了憂患。

柬國三方面的代表都有參加，其中有一個代表，對原振俠的身分提出了質疑。質問原振俠的代表，是赤柬軍方面的。

萊恩替原振俠辯護，結果還是親王的一句話解決了問題：

「原先生聽說和我們祕密結盟，給了我們很大幫助的一個友好國家有關，他又代表了一份世界性的雜誌，我看可以讓他參加。」

原振俠的身分被確定了下來，這時，要進行更核心問題的討論。連萊恩也被請出來，只是說出發前，自然會通知他們。

離開了會場之後，原振俠和萊恩分手，回到了青龍的住所。他才一進門，就看到青龍一腳踏在一張凳子上，瞪著在他對面的一個人。那個人滿面怒容，看起來像是一頭野獸，不是別人，正是宋維。

宋維正發出吼聲：「不論你怎麼威脅我，我都不會說出甚麼！」

青龍向原振俠揮了揮手，眼光仍然盯著宋維：「你不怕被抓回去，很好！」

宋維冷笑：「我早對你說過，你嚇不倒我的。」

青龍直了直身子：「如果我把阮秀珍的下落，和你換我要知道的事呢？」

青龍說來很輕描淡寫，說話的時候，還抬頭望向天花板，一副不在乎的神氣。

原振俠卻可以知道，他在提到阮秀珍的名字之際，不知道要用多大的自制力，才能令得他的聲音不會發抖。

宋維一聽得青龍這樣說，陡然震動了一下，以極度疑惑的眼光望定了青龍，厲聲道：「你騙人，你根本不知道她在哪裏！」

青龍一副愛理不理的神情，把擱在凳子上的腳放了下來，順手抓起一瓶酒，把瓶嘴對著口，咕嘟咕嘟喝了兩大口酒。

宋維叫了起來：「你……你要是知道，求求你告訴我，她在哪裏？只要讓我見到她，你要知道甚麼，我都說給你聽，告訴我，她在哪裏？」

他說到後來，簡直是在嗥叫一樣，聲音可怕之極。

青龍冷冷地回答：「先把我們要知道的告訴我！」

宋維在房間中團團亂轉，神態獰惡，好幾次咬牙切齒，像是要向青龍撲過來。

青龍的右手玩弄著幾根竹子削成的牙籤，盯著他：「你不想眼睛瞎掉，就別亂來！」

宋維陡然一咬牙：「好，你想知道甚麼，我告訴你！你要是騙我，我一定不放過你！」

當宋維這樣說的時候，神情更是可怕之極。

原振俠不禁替青龍擔心，因為他知道，青龍其實是不知道秀珍在甚麼地方的。

秀珍拿了彩雲給她的錢，可能早已離開曼谷了！

而秀珍自然不會不知道彩雲為何要她離開。

在有了那麼可怕的經歷之後，又被最好的朋友遺棄，她內心所受的打擊之大，只怕還在她肉體所經歷的打擊之上！

原振俠一面想著，一面向青龍看去。

青龍卻一副胸有成竹的樣子，已經開始了他的問題：「傑西是不是還活著？說！」

宋維喉際發出了一下怪異的聲響：「是，活著，我沒有下手殺他！」

青龍疾聲問：「你是為了要殺他而去找他的，很難相信像你這種人，既然懷著殺人的目的，而又會改變主意！」

宋維怒道：「我何必殺他？他根本是一個死人，我為甚麼要殺一個死人？」

青龍和原振俠兩人陡地一怔，一時之間，實在不明白宋維這樣說是甚麼意思？

宋維說傑西是一個「死人」！這種說法，非但令他們大惑不解，而且根本不知道如何進一步發問！

兩人呆了片刻，才又異口同聲地問：「你說甚麼？我一點不明白。」

宋維翻了翻眼：「他活著，可是是一個死人！」

青龍陡地咒罵了起來，他是用甚麼語言在咒罵的，原振俠根本聽不懂，可能是他家鄉苗人的語言，可是從他的神情，卻可以肯定他是在狠狠地咒罵。

原振俠也要竭力抑制著自己，才能使自己不罵人。

宋維的話實在太豈有此理了，甚麼叫作「他活著，可是是一個死人」？死人怎麼能活？活著的就不是死人！

在青龍的咒罵聲中，原振俠忍著怒意：「請你作進一步的說明！」

宋維卻又叫了起來：「先告訴我秀珍在哪裏！」

青龍陡地揚起拳來，向宋維擊出，宋維連人帶椅向後一仰，避了開去。

青龍一拳擊空，身子已跳了起來，宋維厲聲道：「要打架，還是要談判？」

青龍揚起的拳，停在半空：「你若不把事情詳細說出來，我叫你一輩子不知道她在哪裏！」

宋維咻咻地喘著，人還在地上沒起來，看來真像是一頭野獸一樣。

原振俠也走了過去，盯著宋維，宋維的態度軟化了一些：「等我講完了，你一定要告訴我她在哪裏！」

青龍用力一揮手：「當然，可是你得詳細地說！」

宋維慢慢地站起身子來，又扶直了椅子，再度坐下，並且自顧自斟了一大杯酒，一口口喝著。

原振俠和青龍兩人倒並不催他，因為剛才宋維所說的話，實在太奇特了，奇特到了他們根本無法接受，也無法消化的地步！

宋維喝了好幾口酒之後，才開始說話：「自從失去了她之後，我才感到，我的生命之中，是不能沒有這個女人的。沒有了她，一切都變得沒有意義，就算把武元甲的職位給我，也沒有意義！」

原振俠心中乾澀地想：宋維這句話，倒說得十分簡潔有力。

宋維在越南軍隊中，已經是一個中級軍官，而且前途無限。武元甲是越南武裝部隊的總司令，他連最高目標都不希罕了，由此可知阮秀珍在他心目中的重要性！

宋維深深吸了一口氣，開始說道：

「在沒有遇見秀珍之前，我從來只知道革命、戰爭，認為那才是人生。在有了秀珍之後，我知道那一切全是狗屁，唯有秀珍才能給我快樂的人生！我只想到了一個問題：秀珍根本半點也不愛我，我已經可以感到如此的歡愉快樂，知道了人生的真諦，如果她愛我的話，那麼，將全世界來換她，我也不會換！我只要有她，更要令她愛我！」

青龍的面肉抽搐了幾下，他是極度鄙視宋維的為人的，可是宋維的那一番話，令得他心中十分感觸，可能大有同感！

宋維的喉間由於情緒的激動，而發出了一陣「咯咯」之聲來。

他繼續著：「可是秀珍卻是有丈夫的，要使她愛我，至少是要令她沒有丈夫，這是我需要攻破的第一個據點。所以，我離開了軍隊，去找傑西。

「要找尋傑西，並不是容易的事，雖然我以前是負責情報方面的軍官，知道確然有西方人在游擊隊中活動，其中有來自法國雇傭兵團中的亡命之徒，也有一些來歷不明的人。可是在崇山峻嶺之中去找游擊隊，有精良配備的軍隊也未能成功——如果那麼容易找的話，所有游擊隊早就被消滅了。我們的部隊——我是說我以前所在的部隊，甚至經常使用毒氣武器，游擊隊的活動也一直未被遏止過！

「可是，我有堅強的信念。對秀珍的迷戀，使我產生無比的力量和勇氣，支持著我去做幾乎不可能的事！

「當然，我長期在軍隊之中，豐富的作戰經驗，也使我自己有信心可以成功。一座叢林又一座叢林、一個山頭又一個山頭地去尋找，在很多情形之下，我還要奮勇去殺害落了單的越南軍士，如果旁邊有人的話，我手下更絕不容情。在旁邊的可能只是一個八、九歲的小女孩，但是誰知道呢？可能她就是游擊隊的聯絡人，她會把我的行動彙報給游擊隊知道，我就有可能接近他們，成為他們的同路人。」

宋維一面講，一面用力在扳拗他的手指。顯然那一個時期的經歷絕不愉快，可是他卻非要這樣做不可，那已經成為他生活的唯一目標了。

青龍在這時候，長長地嘆了一聲：「是了，傳說之中，有一個獨行的越南軍的剋星，那就是你了？」

宋維顯然不把青龍的那句話，當作是恭維話，他身子顫動了一下，聲音變得低不可聞：「在那段時期中，我……雙手沾滿了我同胞的血，我殺害了數以百計的……以前的戰友。」

青龍悶哼了一聲：「你的雙手之上，沾滿了各種各樣人的鮮血！」

宋維陡然叫了起來：「沾滿敵人的鮮血，和沾滿自己戰友的鮮血，絕不相同！」

青龍的聲音更冷峻：「你早就不是他們的戰友了，你若是落在他們手裏，我保證有超過三十種酷刑，會在你身上實施！」

宋維又喝了一大口酒，停了片刻，又道：

「不到三個月，我已經被游擊隊視若同路人了。可是他們不知道我的來歷，對我還是很有避忌，只是在暗中觀察，並不公開和我接頭。直到有一次，我把一個排的越南巡邏部隊全部消滅，才有一個游擊組織把我帶進了他們的基地，可是我卻拒絕加入他們。

「我拒絕的原因很簡單，因為傑西並不在那個游擊隊之中。

「我仍然在柬埔寨的崇山峻嶺和叢林之中，做我的『獨行殺手』。漸漸地，知道有我這樣一個人存在的人更多了，我變成了游擊隊崇敬的人物。終於，有一天，在一個游擊隊的基地之中，我見到了傑西！

「我是見過傑西的，記得嗎？在那個進攻的大雷雨之夜，我曾親眼看到他自泥漿之中，緩緩地掙扎著破土而出，扯開裹在他身上的布條。當時我的印象是如此深刻，所以，我再次見他，一下子就認了出來！

「那股游擊隊人數相當多，超過三百人，政治上是屬於民柬的，但是有幾個小隊長卻是赤柬的。反正有共同的反對目標，暫時民柬和赤柬，在戰鬥的環境中，倒也可以相容。傑西的地位非常特殊，他不是領導人，但地位相當高。

「當我一看到他的時候，我興奮得不能控制地眼淚直流。我直走到他的面前，他鬍子滿面，神色蒼白，也向我望來。

「他自然不知道我是甚麼人，我立時對他說：『傑西少校，你好嗎？你不認識我，我認識你的！』他的神態相當冷淡，只是說：『是嗎？』

「我提出了要求，要和他單獨談談，他對我的要求，一點興趣也沒有，自顧自走了開去。我追了上去，在他身後低聲說了一句話，他才震動著轉過身來，答應了和我單獨談話。

「我在他身後所說的那句話是：『傑西少校，我是受了一個人的委託來找你的，這個人……是一個極美麗的女人，她的名字是阮秀珍。』

「他一聽我提及了秀珍的名字，面色更是蒼白，而且立刻有汗珠自他的臉上滲出來，可見秀珍的名字對他有著極重大的震撼。游擊隊的基地在一個山坳中，他一言不發地帶著我向前走，一直來到了一個極其險祕的山洞中，他才坐了下來，雙手托著頭，不發一言。

「我忍不住問他：『你不想知道她怎麼樣了？她和她的孩子——也是你的孩子！』我沒有說秀珍是他的妻子，因為我不願意這樣說。我的心中認定了秀珍是我的女人，任何男人如果再碰她，我就會把他殺掉，我不認為傑西是她的丈夫！」

宋維在敘述之中，在說當時的經過之際，會忽然夾雜著當時他心中的想法。這時他講到秀珍是他的女人，不准旁人再碰她時，樣子獰惡之極。

青龍發出了一下悶哼聲，原振俠做了一個手勢，逼他再講下去。

宋維瞪視著青龍，直到青龍又重複了一次保證，一定在他講完之後，把秀珍的下落告訴他，他才又講下去：

「他聽得我這樣說，才抬起頭來，木然地問：『她……她怎麼樣了？』他那種看來並不關心的神態，令我十分惱怒。雖然我認定了秀珍是我的，但我也不能忍受別人對她那樣冷淡，我要全世界的人，都把她奉為女神！我就告訴他，秀珍一直在找他，為了找他，秀珍的遭遇，是一個女人可能遭遇到的最悲慘的境地！

「我甚至一點也不向他保留，告訴他秀珍為了得到他的消息，不惜一天晚上去陪十個以上的官兵睡覺！我以為他聽了之後，一定會傷心欲絕，甚至起來和我打架的了！」

宋維講到這裏，原振俠留意到了青龍雙手緊緊地握著拳，握得指節骨凸起，發出格格的聲響來。看來，宋維要是再說下去的話，青龍倒會忍不住和他打架了。

所以他忙道：「行了，關於秀珍悲慘的遭遇，你不必說得太詳細了！」

宋維怔了一怔，先望向原振俠，再望向青龍。

當望向青龍之際，宋維的神情陡然變得極其疑惑：「青龍，你……見過秀珍？」

青龍沒有回答，轉過臉去。

宋維吼了起來：「你常在柬國境內出沒，你……你是不是見過秀珍？」

原振俠怒道：「你只管說你的事！他有沒有見過秀珍，關你甚麼事？」

宋維更怒：「當然關我的事！他要是見過秀珍，他就絕不會告訴我秀珍的下落！或者是他根本不知道，他要是知道了，他自己不會先找秀珍？」

原振俠怔了一怔，想不到宋維會有這樣的想法。而青龍一直沒有轉過臉來，看起來竟像是默認了一樣！

原振俠忙道：「你胡說甚麼，你以為人人都像你，一見了她就會神魂顛倒！」

宋維理直氣壯：「當然是，你沒看到萊恩上校？萊恩的妻子不美麗嗎？可是和秀珍一比，又算得了甚麼？青龍，你有沒有見過她？」

青龍作了回答，他的聲音是僵硬的，聽起來，不像是出自一個活生生的人之口：

「不，我沒有見過她！」

宋維又遲疑了一下，才長長地吁了一口氣，看來是相信了青龍的話。

原振俠卻知道青龍是在撒謊，他只好心裏苦笑。

宋維這才又說下去：

「可是無論我怎麼說，傑西都十分木然。到後來，我忍不住罵他：『你是不是人？看起來你對她一點也不關心！』

「傑西的回答，卻令我大吃一驚，他道：『我不知道自己是不是人。』

「我當時就罵他：『你真的不是人！』

「傑西愕然笑著：『請你別誤會，我說我自己不知道是不是人，不是指道德人格上所稱的人，而是我不知道，自己是不是一個真正的人！』他在這樣說的時候，神情簡直詭異之極，令人不寒而慄！

「那時，我自然還不知道他曾被證明死亡，由萊恩上校把他葬下去這件事，只知道他曾在泥土之中掙扎冒上來的情形——這種情形，也有可能是一種準備突襲的埋伏。所以，當時傑西對我講的話，我是一直到了在奇事會的聚會之中，聽萊恩講述了經過之後，才真正明白了的。」

原振俠急著問：「傑西說了些甚麼？」

宋維道：「他說不知道他算不算是人，我當時愕然，不知該如何回答。

「他又道：『我是一個死人，死人是不能算人的，對不對？通常，人，總是指活人而言的，可是我卻是一個死人！』那個山洞，又隱祕又幽暗，我膽子雖然大，聽得他講出這種匪夷所思的話來，也不禁遍體生寒，不知如何接口才好。

「我張口結舌地看著他，當時真像是傻瓜一樣，我竟然道：『我曾看著你在大雷雨中，和另外三個人，一起從泥土中掙扎出來……當時，你看起來像是新下葬的死人一樣，真是可怕……』

「他不等我講完，就一下子抓住了我的手臂，顫聲問：『我真是一個死人，不是我自己的感覺？我真是個死人？』他這樣問，真叫我不知該如何回答才好，唉！」

原振俠用力揮著手，打斷了宋維的話頭：「你越說我越不懂，太混亂了，請你說得有條理一點！」

宋維吸了一口氣：「我完全根據當時的情形來說的，當時傑西就是那麼說！」

青龍一直沒有出聲，而且也一直沒有轉過身來。原振俠想用眼色徵詢一下他的意見也做不到，只好任由宋維講下去。

宋維道：「他在這樣講了之後，忽然生起氣來：『你只不過是一個陌生人，我對你講這些幹甚麼？』

「我只好苦笑：『我根本完全不懂你的話，全然無法明白你說了些甚麼，你可是覺得自己心灰意懶，做人了無生趣？』他卻又叫道：『不！我根本是個死人！』我自然無法接受他這種說法，他卻又詳細向我問起，那天大雷雨之夜我目擊的情形來，我唯有詳細地講給他聽。

「他在聽了之後，臉色灰敗，不住喃喃地道：『那我真是一個死人！』他重複了好幾十遍，才搖搖晃晃站了起來，向山洞外走去，當我不再存在一樣。我心想不管你裝神弄鬼，說自己是死是活，我先把你殺了再說。我取出了隨身所帶的小刀來，在這樣情形之下，我只要刀一出手，他是萬無生機的！」

原振俠曾經見過宋維的那柄餵毒的小刀，他自己就幾乎喪生在那柄刀下，所以聽到這裏，也不禁緊張了起來。

宋維搓了一下手：「我刀已快出手了，他忽然站定了身子，我還以為他發覺我要在他的背後下毒手，吃了一驚。可是他並不轉過身來，只是道：『如果你能再見到……秀珍……告訴她不必再找我了，我早已死了……不……別告訴她我早已死了，要是讓她知道我根本是一個死人，那會使她生活在恐懼中……請你告訴她，我根本不再愛她，叫她不必來找我！』

「我一聽得他這樣講，心中狂喜，連忙提出了要求：『口說無憑，你是不是可以寫一封信給她，由我來轉交，我一定會交到她手上的！』他猶豫了一下，居然答應了。我心中高興莫名，這真比殺了他更好，我連忙收起了小刀，走到他身邊。

「他自上衣口袋中，取出了一本小記事本來，用一支短到不能再短的鉛筆，在小記事本的一頁上寫了一行字，把那張寫有字的紙扯下來給了我，就自顧自走出山洞去了。

「我一看他寫的字，連半秒鐘也沒有耽擱，就離開了那地方，早半秒鐘可以找到秀珍也是好的。可是我一直在找著，卻再也沒有法子找到秀珍，只打聽到有人把她和孩子送進了難民營。我也一個個難民營去查訪過，可是不得要領，直到最近，才從萊恩的口中知道了她的下落。可是，等我趕到曼谷來，她又不知所蹤了！」

宋維講到這裏，轉到了青龍的面前，用哀求的神色望定了青龍：「我要講的，全都講完了。她在哪裏，你可以告訴我了吧！」

這時，青龍心中怎麼想，原振俠自然不知道。

原振俠自己，心中只是苦笑——宋維的敘述，簡直是無法理解的，何以傑西會覺得自己是個死人？真是越聽越糊塗。唯一的收穫，是知道了他沒有被宋維所殺而已。

青龍直到這時，才略略地抬了抬頭：「傑西所寫的那張字條呢？」

宋維忙後退了一步：「那……我是要給秀珍看的！」

青龍道：「先給我看一看，證明你所說的是真話！」

宋維猶豫著，終於深深地吸了一口氣，伸手入懷，看來是從貼肉處，取出了一只金屬的小盒子來，打開，又從小盒子中，取出一隻透明的硬膠夾子來。在夾子之中，有著一張小小的紙片。他不肯把硬膠夾子給別人，青龍和原振俠只好就著他的手，去看那紙片上的字。

字是用鉛筆寫下的，倒還清楚，想來是由於小心保管的緣故。

上面寫的是：

秀珍，我已不再愛你，人生的變幻太大，你不要再找我、再想我。

傑西

短短的一兩句話，可是語意的決絕，卻躍然紙上。

難怪宋維得到了之後，如獲至寶，因為他有希望可以獲得秀珍的愛情了。

青龍一看之下，也震動了一下，喃喃地道：「沒有用的，只要傑西還在，秀珍不會改變她對傑西的愛意！」

宋維怒道：「那不是你的事，秀珍在哪裏？」

青龍緩緩地道：「她……到清邁去了。」

宋維不信：「你怎麼知道？」

青龍站了起來，一副愛理不理的神情：「我比你神通廣大得多！」
宋維悶哼一聲：「在清邁找不到她，要你好看！」
他當真半秒鐘也不耽擱，那句話是一面向外走去一面說的。話說完，人已走出去了。在宋維離開了之後，屋子中有一個短暫時間的沉默。
然後，原振俠才挪動了一下身子：「秀珍她……真的是在清邁？」
青龍的頭部看來像是十分沉重一樣，緩緩地搖了搖頭。
原振俠吞嚥了一口口水，想起了宋維兇悍的樣子，失聲問：「那你怎麼這樣對宋維說？」
青龍茫然：「從曼谷到清邁，再加上他在清邁找秀珍的時間，至少要三五天。誰知道三五天之後是怎麼樣的，先把他打發了再說吧！」
原振俠默然。
青龍是這樣一個充滿了傳奇性的人物，可是和一般電影小說中的傳奇人物不同，他內心深處，實在有著說不出來的寂寥。
這種心情，原振俠自然知道，是由於他對阮秀珍的戀情而來的。
在原振俠沉默的注視之下，青龍卻笑了起來：
「宋維說得對，我當然不知道她的下落，我要是知道了她的下落，自己不會去找她？宋維想到了這一點，可是想見到秀珍的願望實在太熱切了，明知我在說謊，他也願意去試一試。這……就像人們爭著去購買中獎機會只有千萬分之一的獎券一樣。」

原振俠嘆了一聲：「要是他發覺了受騙……」

青龍瀟灑地一揮手：「放心，我會有辦法對付他。傑西還活著，這一點已肯定了！」

青龍說著，用詢問的神情望定了原振俠。

原振俠吸了一口氣：「而且有了顯著可以找到他的線索，我當然要去。」

青龍沒有再說甚麼，只是站起來，來回走了幾步：「祝你成功！」

他遲疑了一下，又道：「我的任務已結束了，是不是要我向黃將軍，報告我們相見的經過和你的行蹤？」

原振俠苦笑了一下，用極低的聲音喃喃地道：「她會關心麼？」

青龍問：「你說甚麼？」

原振俠黯然地搖了搖頭：「沒甚麼，我和你，或許是所有人，都有著同樣的致命傷——人類在對待異性的態度上有感情，並不像其他的生物一樣，追求異性的目的，只是為了繁殖下一代。」

青龍苦澀地道：「是，愛情不知在人類歷史上製造了多少悲劇，看起來還在一直製造下去。」

原振俠向青龍伸出手來：「很高興認識你。」

青龍和原振俠握著手，可是意態落索，只是道：「如果你有了傑西死而復生的謎底，我倒也想知道一下。」

原振俠道：「當然，我能回到曼谷的話，會再來找你！」

正當原振俠這樣說的時候，青龍用一種十分異樣的眼光望著他。

原振俠明白青龍的眼光異特，是因為他將會去經歷的各種危險，所以他補充了一句：「如果我能活著回曼谷來的話。」

青龍有點震動，原振俠這種對面臨極度凶險，若無其事的態度，令他感動——他是真的勇敢呢？還是不知道他將會遇到的危險？

青龍覺得有必要再次提醒一下：「進入柬埔寨境內之後，甚麼事情都可能發生。比進入南極大陸、蠻荒的亞馬遜河上游……還要危險！」

原振俠很平靜地回答：「我知道。」

青龍有點疑惑：「我不明白你為甚麼要去涉險，事情本來和你一點關係也沒有，最應該去的人是萊恩上校！」

原振俠想了一想，才道：「你對我不瞭解，我的性格之中，有著極度的執拗。一件事情，如果可以經過探索而得知真相，那我就會盡我一切可能去探索究竟！」

青龍「啊」地一聲，他自然需要略想一想才能明白：「這或許就是推動人類進步的原動力？」

原振俠笑了起來：「我並不把自己看得那麼偉大，我只是一個普通人！」

青龍由衷地說：「一個絕不普通的普通人！」

兩人一面笑著，一面又用力握著手。這兩個出身背景、生活環境、教育、習慣全然不同的人心中都明白，自此之後，他們會是好朋友。

原振俠在和青龍分手之後，又和萊恩上校會晤。他並沒有和萊恩多說甚麼，只是商量著出發的日期，和進入柬埔寨境內之後，他就要立即開始自由行動的細節。

萊恩上校盡一切可能幫助他，甚至和美國的情報機構聯絡，使原振俠得到了一個背囊——在這個看來和普通背囊並無甚麼不同的背囊之中，有著可供在危險的境地下自救的最佳設備。其中包括了一柄小型的自動步鎗、若干烈性炸藥、急救藥物、濃縮成為藥片狀的食物等等。

預定的出發日期在兩天之後，這兩天之中，原振俠在曼谷是全然無事可做的，他住在一間高級酒店之中。當他和萊恩分手之後，他突然興起了一個念頭——在他出發去見傑西之前，是不是有可能和秀珍見一面呢？

和秀珍見面，說起來是沒有作用的——純粹是為了好奇，想看一看這個能令和她接觸過的男性，個個都為她如此神魂顛倒的女人，究竟是一個甚麼樣的美女？

可是，秀珍究竟在甚麼地方呢？萊恩、宋維和青龍都不知道，他能用甚麼方法去把她找出來？原振俠想到的是，只要秀珍還在曼谷或還在泰國，那就可以登報尋人。

他找了幾份報紙，一看之下，不禁啞然。

報上已有了尋找秀珍的啟事，大幅的，顯然是萊恩上校刊登的；還有小幅的，說明「傑西有要函轉交，請速聯絡」，那自然是宋維刊登的了。在這樣的情形下，他再去刊登一則尋人啟事，自然不會有用。

他想不出還有甚麼別的地方可以找到秀珍，想和青龍去商量一下，青龍的住所鎖著，並沒有人，原振俠只好漫無目的地在曼谷遊蕩著。

晚上，和萊恩在酒吧見面，萊恩已經有了幾分酒意，不斷地重複著：

「彩雲說她沒有做錯甚麼，哼！她把秀珍趕走了，這就是錯，這種錯誤是不能原諒的，我也絕不打算原諒她！」

第六部：與死神展開搏鬥

出發的時刻來到了。

一切都在極度祕密的情形下進行，一架沒有標誌的直升機，在泰柬邊境起飛，機上除了西哈努克親王之外，還有六個人。原振俠背著那個背囊，擠在直升機的機艙之中。

在開始起飛的時候，機艙中還有人說話。

親王的話最多，談到了當年，他在金邊主持電影展覽的情形時，興致勃勃。但是，在直升機越過了邊界之後，所有的人都靜了下來，有的雙手抱著頭，有的只是默默地，注視著下面連綿的山嶺和叢林，有河流蜿蜒流過，那已是柬埔寨的土地，人類近代史上遭受苦難最多的土地之一。

親王雙手合十，嘴唇在微微顫動，看來是為他祖國的土地遭到了如此悲慘的命運而在哀痛。其餘的人，看得出在為未來的不可測的命運而緊張。在越南軍隊的佔領之下，他們這一行人冒險進入，可以發生任何意料不到的事！

直升機飛得相當低，機師的駕駛技術簡直無懈可擊，只在密密的叢林上向前飛著。不一會兒，越過了一道寬闊的河流，河流上的渡船上傳來了鎗聲，直升機的高度提高，機師警告著：「渡河的越南軍隊發現了我們，請所有人保持鎮定！」

在小小的直升機艙之中，所謂「保持鎮定」，只是屏住呼吸而已。

直升機又飛到叢林的上空，然後，盤旋著，在轉過了一個山嶺之後，在山中的一個小盆地中降落下來。

那小盆地已有很多人在等著，列著隊。

直升機一降落，就有人迎了上來，向親王行禮，然後，顯然是新豎起來的旗桿上，升起了柬國的國旗。親王一面和列隊的人雙手合十還禮，隨行的攝影記者，就等不及地攝影。

原振俠知道，這一切全是安排好了的，目的是要有影片或照片，證明親王確曾到過柬埔寨而已。至多半小時之後，親王就會離去，完成了他的任務。但是他卻不同，對他來說，進入了柬國的國境，那只不過是剛剛開始。

他要開始漫長的尋找，直到找到了死而復生的傑西少校為止。

所以，他沒有多耽擱，在親王和他的隨從忙於活動之際，他已經悄然進入了附近的一簇密林之中。他到了林中，吁了一口氣，想起自己將要做的事，心中不禁有點徬徨。

就在這時，他看到一個人，背對著他，慢慢自密林深處走出來。

原振俠一見，就脫口叫了起來：「青龍，你也來了！」

青龍並不說話，一揮手，就帶著原振俠向前走去。

半小時之後，當原振俠又聽到了直升機的「軋軋」聲之際，抬起頭來，卻甚麼也看不到。因為他已身在一個密林之中，向上看去，只看到密密的樹枝和樹葉。

在這樣的密林之中，透進來的陽光，全是零碎的一個個小圓點，落在攀滿藤蘿的古老粗大的樹上，和地上積聚的落葉上，形成奇妙而詭異的圖案。原振俠跟著青龍，踏著厚厚的落葉，一直向前走著。

直到天色漸漸黑了下來，青龍還是不開口，原振俠才忍不住問：「你要帶我到哪裏去？」

青龍翻了翻眼睛，一副不願意開口的樣子，又向前走出了十來步，才道：「安全的地方。」

原振俠苦笑了一下：「你知道，我不是要到安全的地方去，我是要去找一個人——一個叫傑西的美國人。他是在……宋維曾表示過，他在磅士卑省南部的一個山區游擊隊中，那個山，叫暹拉薩山。」

青龍低嘆了一聲：「不論你要去做甚麼，你必須保持安全，死人是甚麼事都做不成的！」

原振俠不禁有點啼笑皆非，他一伸手，拉住了青龍，不讓他再向前走：「安全當然重要，可是我必須找到那個人。要安全，在曼谷更好，何必進來？」

青龍眨著眼：「當你不顧一切要來的時候，我已經下定了決心要保護你。在這裏，你還是一切聽我安排的好！」

原振俠苦笑，這時，叢林中已經十分黑暗，可是青龍的雙眼卻閃閃生光，看起來如同野獸一樣。原振俠知道青龍的話是對的，在這樣的環境之中，青龍有著比他高一百倍的生存和適應能力！

原振俠嘆了一聲：「好，可是我還是要用最快的方法，見到傑西。」

青龍現出十分悲哀的神情來：「我們……會找到傑西，不但你想見他，連我也想見他。我要問他一個問題，這問題……」

他苦笑著，沒有再說下去。原振俠不知道他想問傑西甚麼，想了一會兒，才道：「你想問他的事，和你自己有關聯，是不是？」

青龍忽然如同夜梟也似地笑了起來：「和我有關？是的，和我有關！」

他的笑聲聽來令人不寒而慄。自然，等到後來，原振俠就知道，何以他會忽然之間，發出這樣可怕的笑聲的原因了。

他們一面說著話，一面已經穿出了密林，來到了一條小河邊的一個村莊上。

那村莊已看不到甚麼房子，只有幾堵被火薰黑了的泥牆還挺立著。青龍先令原振俠伏下別動，然後，他像是一頭野兔子一樣，向前奔去，奔到了一堵泥牆之後，伏了下來，再招手令原振俠過去。

當原振俠也來到了泥牆之後時，看到他把手掌緊貼在泥牆上，喃喃地道：「越南兵是白天來的。」

原振俠揚了揚眉，想問他怎麼知道，話還沒有說出口，青龍已經道：「被火燒過的泥牆還是熱的。」接著，他又喃喃道：「不知道又殺了多少人！」

他一面說著，一面緩緩地直起身子來，向泥牆的外面看去。月色雖然黯淡，可是原振俠還是可以把前面的情形看得十分清楚，剎那之間，他感到了一股極度的寒意。那股寒意，令得他的身子把不住發起抖來。

前面是一片空地，那可能是原來村子中的空地，這時，滿地都是灰燼，而在一大堆灰燼之上，橫七豎八的有二十來具燒焦了的屍體。

可能是用來生火堆的材料不夠多，所以並未能把屍體都焚化，所以情形就格外可怖——有的屍體的皮肉被燒去了，露出了白骨；有的屍體蜷縮成了一團；有的屍體一看就知道，那只不過是一個小孩子；有的屍體頭部被燒成了骷髏，可是身體卻還完整……那些屍體，當然就是小村中原來的村民。他們可能世世代代居住在這小河邊上，在河邊肥沃的土地上勤勞地耕種，過著與世無爭的生活。但是如今，卻全變成了焦黑的屍體。

從屍體的形態上，可以看得出他們在被燒死之前，經過多少痛苦的掙扎和哀號！原振俠真是無法遏制自己心頭的震驚和激動，他不住地發著抖。

青龍的雙眼睜得極大，但是他的聲音卻很平靜：「這是越南兵對付平民的方法，活活燒死！他們是被刺刀趕進火堆去的，不燒死，就被刺刀戳死。還有，活埋也是越南兵慣用的方法。」

原振俠的喉際，發出了一陣聲響來。就在這時，遠處陡然傳來了一陣犬吠聲，接著，又有一陣鎗聲傳了過來。

青龍一伸手按下了原振俠的頭：「越南兵還沒有走遠，他們正在殺野狗。」

原振俠忙和他一起蹲下，青龍面上的肌肉抽搐著：「那是最兇惡的北越兵，他們一見到柬埔寨人就殺……他們……」

青龍的喉際，像是有甚麼東西堵住了一樣，令他再也說不下去。原振俠勉力使自己鎮定：「越南兵？」

青龍點頭：「是，只有他們才吃狗肉，所以，殺了野狗燒來吃。」

原振俠低聲問：「那我們……」

青龍轉過身，背靠著泥牆坐了下來：「在這裏先等一會兒，燒過了村子，他們暫時不會來搜查。」他的聲音一直很平靜，但說到這裏，忽然發起顫來：「我寧願被野狗咬死，也不願意落在越南兵的手裏！」

青龍的聲音令原振俠聽得頭皮發麻，他知道，自己是真正進入了一個人間地獄之中！

他曾在地圖上瞭解過，從他降落在柬埔寨的地點，到宋維見到傑西的磅士卑省南部，有大約三百多公里的旅程。這一段旅程，可以說每一步都充滿了比死亡更可怖的陷阱！如果他也落入了越南兵的手中……原振俠又不由自主地打了幾個寒戰。對那些殺人已殺得紅了眼、已變成了嗜殺狂魔的越南兵，現代文明的法規還能有甚麼用處？

他也轉過身，坐了下來。

鎗聲在響了一陣之後就靜了下來，但是犬吠聲卻越來越近。不一會兒，犬吠聲已來到了離他們極近處，就在那滿是屍體的空地之上。在犬吠聲中，還夾雜著聽來令人全身發顫的咀嚼聲——那是野狗的咀嚼，野狗在嚼吃著人，嚼吃著燒焦了的人的屍體！

原振俠要竭力忍著，才能使自己不嘔吐。由於那種聲音聽起來，簡直像是許多柄利銼，在銼刮著人身上的每一根神經一樣，叫人頭皮發炸，身上起著一層又一層的肉疙瘩。

原振俠正全力在和這種感覺對抗，並沒有注意到，身邊的青龍已經陡然緊張起來，不再坐著，而採取了一種奇異的方式蹲在地上，同時把背上的卡賓鎗握在手中。等到原振俠有了警覺之際，青龍已開始了行動，他手中的卡賓鎗的鎗柄，重重敲在一隻已撲過泥牆來的野狗頭上。

而原振俠一抬頭，看到的是第一隻野狗白森森的牙齒，和鮮紅色的長舌。他和那隻野狗的距離是如此之近，以致可以聞到自狗嘴中，噴出來的那股中人欲嘔的腐屍臭味！

他連忙將身子向後翻去，青龍又一鎗柄，打在那條野狗的鼻子上，打得野狗發出了一下慘嘷，滾跌了下來。可是這時，另外又有三、四條野狗，自泥牆的那一邊疾竄了過來！

原振俠的動作，已經算是快疾的了，可是在他未來得及從那小背包中取出鎗械來之前，他還是要不斷狼狽後退。

追撲上來的野狗至少有七、八頭之多，原振俠根本沒有看清楚青龍如何對付野狗的機會，這時他已取鎗在手，毫不考慮地就扳動了扳機。

一陣鎗聲過去，七、八頭野狗全都倒在血泊之中。原振俠才定了定神，而青龍已經像鬼魂一樣，撲了過來，又驚又怒：「你開鎗？你——」

其餘衝過來的野狗，一起在已死的狗身上咬啃——這本是狼的天性，在這群野狗身上，充分地發揮了出來。

原振俠還未曾領會過來青龍突然驚呼是甚麼意思，已看到青龍一面揮著手，一面飛也似向前奔了出去。原振俠絕想不到，一個人可以奔得如此之快。

青龍一面奔，一面還在叫：「快逃！笨蛋，快逃，越南兵就快來了！」

當他說到最後一句話時，他整個人如同兔子一樣，躍上了一個小土丘，消失在土丘的另一邊。原振俠這才陡然吃了一驚，也向前奔去。他奔出了沒有多久，不遠處已經有密集的鎗聲傳了過來，一想到落在越南兵手中的後果，原振俠自然而然地拚命向前奔著。

當他也奔上了那個小土丘之際，他實在支持不住了，滾跌進了一大叢灌木之中。這時，他已經可以看到一小隊越南士兵，跳過了那堵牆，吆喝著向前追來。

原振俠大口喘著氣，只覺得有人在拉他，身不由己向小土丘下滾了下來，一直滾到了一個池塘的邊上。

那是一個死水池塘，塘水中長滿了藻類的植物，所以，塘水看來是一種濃稠的暗綠色。這時，原振俠才來得及看清楚，拉著他滾下來的就是青龍之際，青龍已將一根竹管，塞進他的手中，再拉著他，幾乎連一停都不停，就滾進了池塘之中。當他們兩人滾進池塘時，池塘面上浮滿了的浮萍散了開來，但隨著他們沉進了塘水之中，浮萍重又聚攏了來，看起來就像甚麼也未曾發生過一樣。

原振俠一進了水中，腦中一片混沌，他緊閉著眼睛，也閉著氣，知道這是自己歷險過程中的第一次生死關頭。等到他幾乎難以再回氣之際，他才想起青龍給了他一根竹管，他忙把竹管咬在口中，緩慢而小心地使竹管的另一端伸出水面少許，以供呼吸空氣。塘水並不深，原振俠感到自己的下半身，幾乎陷進了污泥之中。

這時，他的神智已經略為清醒了一些。他一動也不敢動，因為他知道，這樣的水塘，塘底的污泥之中，由於經年累月水草的沉積，有著許多沼氣。他要是一動，氣體向上升，水面就會冒起水泡，那麼，接踵而來的越南兵，就會知道有人藏在發綠的塘水中了。

在水中，原振俠隱約聽到了一些人聲，接著，便是一陣又一陣的鎗聲。鎗可能是向著池塘漫無目的發射的，他感到了水的震動，而且，由於鎗擊濺起的水花，就在離他不遠處，如同驟雨一般地灑下來。

原振俠這時，才感到了真正的驚怖，那水塘並不大，在盲目的射擊之下，子彈射中他們的機會實在太大了！泡在這樣的髒水之中，就算子彈只擦破一點表皮，怕也會立時發炎化膿，傷口在不到二十四小時之內，就會變成無可救藥的壞疽！當他感到了極度驚恐之際，他真想不顧一切地跳出來。

可是他的身子只是微微震動了一下，就立即感到有一隻強而有力的手，緊緊捏住了他的手背，不讓他有任何動作。原振俠的心跳劇烈，他知道，青龍就在他的身邊，在警告著他，絕不能動！

這時，原振俠也知道，青龍作為一個能在中南半島中活動的傳奇性人物，絕不簡單。如果不是他趕了來和自己會合的話，自己這時候，不成為越南士兵的俘虜，也早已成為曠野上的棄屍了！他更知道，聽他人的敘述是一回事，自己的親身經歷，又是一回事！

當他在聽宋維講述他如何歷盡艱難，才見到傑西少校時，他雖然知道其間的歷程絕不簡單，但是也難以想像每一分每一秒，都在和死神搏鬥的那種危險！

原振俠也想到，當阮秀珍帶著一個孩子，在這樣的環境之中，尋找她的丈夫之際，雖然單聽敘述，已經令人不寒而慄，但秀珍實際身受的痛苦，又豈是人類的語言所能表達於萬一的？

身在污水之中，他呼吸艱難，思緒紊亂，每一秒鐘都像一個世紀那麼長。沒有多久之後，他又感到手上、臉上傳來了異樣的刺痛，那種刺痛簡直是無可忍受的，為了控制著不動，他全身的肌肉都在簌簌地發著抖。

又過了不知道多久，他感到青龍的手鬆了開來，原振俠迫不及待地挺直了身子，把頭冒出了水面，深深地吸著氣。可是他仍無法睜開眼來，當他勉強抹去糊在眼上的水藻時，他才看到了青龍。

青龍就在他的身邊，雙眼瞇成了一道縫，在四面看著。原振俠看到他頭髮上、臉上全是污綠色的球藻，這本來是意料之中的事，可是，青龍的整個臉上，還佈滿了一條條五花斑駁、蠕蠕而動的東西，那些東西一條疊著一條，看起來可怖之極！

原振俠陡然一怔，臉上劇烈的刺痛，令得他不由自主，伸手向自己臉上摸去。觸手所及，是冰冷滑膩令人忍不住要嘔吐的感覺。同時，他也看到，自己手背上，也佈滿了那種一條一條蠕動的東西。

他實在忍不住，陡然叫了起來。

青龍喘著氣，拉著他，踏著塘底的污泥，一步一步向塘邊走去。

當他們終於離開了水塘之後，原振俠就嘗試著，想把緊緊吸在他臉上、手上的那些五色斑駁、又肥大又醜惡的中南半島上特有的吸血水蛭拉下來。可是那些水蛭吸得如此之緊，原振俠把其中的一條拉成了兩截，剩下的那半截，仍然緊吸在他肌膚之上。

這種情形，簡直是令人瘋狂的！原振俠的動作也有點反常起來，他奔向一株樹，把自己的身子在樹上用力擦著。青龍趕了過來，一言不發，陡然揮拳，打在原振俠的下顎上。那一拳的力量相當大，令得原振俠一個踉蹌，坐跌在地，他用乾澀的聲音叫：「這……算是人間嗎？」

青龍的聲音同樣乾澀，可是卻有著異樣的鎮定：「比起落在越南人手裏來，簡直是天堂了！」

原振俠急速地喘著氣。青龍已在迅速地蒐集枯枝，又自衣衫中取出一個油布包來，解開，取出了火柴，點燃了枯枝。

他把燃著了的枯枝，向臉上、手上吸滿了的水蛭燒去。肥大的、吸飽了鮮血的水蛭發出難聽的「滋滋」聲，在火炙之下，醜惡的身子才開始蜷曲，一條一條跌了下來。原振俠也跟著做。每一條水蛭落下來之後，皮膚上是一個深紅色的血印，看起來，如同被無數個吸血鬼咬齧過一樣。

等到他們消除完身上最後一條水蛭之後，他們才鬆了一口氣，互望著。

原振俠儘量想使自己保持鎮定，不住地告訴自己：我曾經冒過險，曾經經歷過大風雪，曾經……我一定可以挺得過去！可是他內心深處，卻實實在在知道自己以前的冒險，比起目前的處境來，真正不算甚麼。

所以他的身子，仍然把不住在發抖：「青龍，你……又救了我一次！」

青龍苦笑了一下，一面把燃著的枯枝踏熄，他並不望向原振俠：「以後，除非是萬不得已，千萬別開鎗，你應該學會使用別的武器。」

原振俠吞了一口口水，喉際發出了一下奇異的聲響。

青龍又道：「越南士兵，幾乎每一個人都是自小在戰場上、在鎗炮聲中長大的。他們精於辨認每一種不同型號的武器所發出的聲響，你使用的鎗械，是他們沒有的新式武器，他們一聽就聽出來了！」

原振俠吸了一口氣，不得不承認自己在如今的環境之中，實在像一個白癡。他十分誠懇地道：「對不起，真對不起。」

青龍盯著他：「如果你想退縮，我倒有一條比較安全的小徑，可以把你送到泰國邊界去。」

原振俠又吞了一口口水。在有了剛才那樣可怕的經歷之後，地球上任何角落的生活，比起來都舒服得像天堂一樣了！而且，再向前去，還不知道有多少凶險在等著他，他真的可以考慮退縮。

可是，正如他自己所說，在他的性格之中，有一份異樣的執拗。這種執拗，平時絕看不出來，在平時他只是一個普通人，沒有甚麼出色的表現，甚至在自己的感情生活上，也是迷惘的、不知所措的。但是一旦當他性格中的那股拗勁發作之際，那就絕不會有甚麼力量，可以使他回頭！

所以，他只是緩緩搖了搖頭：「不，我還是要向前去。如果你不想去，我只好盡力自己照顧自己了！」

青龍沒有說甚麼，只是伸手抓了一下頭髮，一抓之下，抓下了一把球藻來。

他們不約而同地一起站了起來，青龍抬頭看了看天，向前指了一指，又向前走去。當晚，他們一直走到天亮，才又見到了一個被焚燒過的村子，找到一間坍了一大半的茅屋，相約每人輪流睡兩小時。原振俠一躺下來，整個人四肢百骸，像是全都散開來一樣，一下子就睡著了。

接下來的日子中，原振俠和青龍已漸漸接近了游擊隊活動的地區。當他們終於和一支游擊隊見了面時，已經是七天之後的事情了。

這七天之中，自然有許多可以詳細記述的事，例如他們兩人合力對付了一整排的越南兵。當他們遇上第一支游擊隊的時候，就是把那一排越南兵的武器，作為禮物送給游擊隊的。

在這七天之中，原振俠也迅速學會了如何在密林和沼澤之中生存，學會了如何去適應滂沱大雨，和躲避各種各樣的毒蛇毒蟲。他也發現，情報機構給他的「應急用品」，幾乎全是沒有用的。要在這樣的環境之中生存，最重要的是生存的意志，一種人與生俱來，但在文明生活中已逐漸淡忘了的、原始的、狂野的求生本能！

由於和整個故事並沒有直接的關係，這些經歷就略過不提了。要說一說的是，這次經歷，使得原振俠的生命歷程中，添了新的一頁，那經歷令得他更機智、更堅強、更成熟！

他們在游擊隊的基地之中，受到了熱烈的招待。

當晚，甚至還有男女游擊隊員，為他們而圍繞著火堆，進行了傳統的舞蹈。他們並沒有耽擱，一直向前走，三天之後，已經進入了磅士卑省，那一帶全是崇山峻嶺。雖然越南軍隊，曾對山上的游擊隊發動了好多次猛烈的進攻，但是游擊隊熟悉地形，越南軍隊討不了好處，除了進行嚴密的封鎖之外，再也沒有甚麼進一步的軍事行動，所以他們的行程也容易了不少。

那一天晚上，月色出奇地好，青龍選定了過夜的地點，兩人仍然採取一個睡覺，一個保持清醒的方法來休息。

在熄滅了的篝火之旁，原振俠雙手抱膝，回想起這十天來的種種經歷，多少次的險死還生。雖然前途如何，猶未可測，但是他對自己毅然決定不退出，感到十分驕傲。

青龍閉著眼躺著，突然道：「你一直沒有問我，見了傑西之後想問甚麼？」

原振俠淡然一笑：「那是你想問的問題，我何必問？」

青龍幽幽地長嘆了一聲。這十天來，原振俠對青龍的瞭解，自然增進了不知多少，他可以說，從來也未曾見過一個比青龍更堅強、有著更強的鬥志的人，幾乎任何惡劣的環境，都不能令他屈服。這樣的一個人，和這種幽幽的嘆息聲，本來是絕不能連在一起的。但是那一下充滿了無奈、惘然和空虛的嘆息聲，卻又偏偏是他所發出來的！

原振俠向他看去，看到青龍雖然閉著眼，但是眼皮卻在顫動著，這說明他還在急速地轉著念頭。

原振俠順口問了一句：「想到甚麼了？」

青龍並沒有立即回答，只是又嘆了一聲。在嘆了一聲之後，青龍睜開眼來，眼神一片迷惘：「我想起了秀珍。她現在不知道在哪裏？萊恩上校找到她了？還是宋維找到她了？」

原振俠沒有出聲。當一個男人在思念他心底深處的女人之際，旁人說甚麼都是沒有用的。

青龍的聲音聽來乾澀：「我……唉，我要去問傑西的是，何以秀珍是他的妻子，而且又那麼愛他，為了和他重聚，不知經歷了多少……苦痛，而他會竟然表示不願和秀珍重聚！」

原振俠低嘆了一聲：「這的確是不容易明白的一件事，照你們的情形來看，秀珍簡直是一個人見人愛的女人，何以傑西會不肯再見她？」

青龍陡然叫了起來，他突如其來的叫喊，把原振俠嚇了老大一跳。

他叫著：「傑西如果不要她，我要！我願意以我所有的力量去愛她！」

原振俠想揮手令得他鎮定一些，可是青龍的話才一出口，一邊不遠處，就傳來了陰惻的聲音：「只怕輪不到你吧！」

這一句話突然自陰暗中傳來，真令得青龍和原振俠兩人大吃一驚。

青龍立時一躍而起，原振俠轉向聲音傳來處，估計距離不會超過五公尺！那發話的人，是甚麼時候來得離他們如此之近的？

這些日子來，原振俠在各種各樣的經歷之中，已經養成了極度的警覺，就算有一頭田鼠來到了那麼近，他也應該可以覺察到的。

可是如今，是一個人在距離那麼近處！這個人要是有惡意的話……原振俠想到了這裏，不禁冒起一股寒意！而隨著那句話，只見一個瘦削的人影，自陰暗之中閃了出來。

那人兩目陰森，在月色下看來，更見可怖，不是別人，正是宋維！

宋維一面走出來，一面盯著青龍，冷笑著：「我早就該知道你見過她的，果然不錯！」

青龍急促地喘著氣：「是又怎樣？」

宋維直來到面前才站定：「你把我騙到清邁去，以為我會從此找不到你？」

青龍已迅速鎮定了下來：「我從來也沒有這樣想過，相反地，料定你會追來。嘿嘿！你只顧來找我，忘記會便宜了萊恩上校！」

宋維現出十分兇狠的神情，咬牙切齒地道：「不，我不會便宜他！」

由於宋維在這樣說的時候，神情是如此的兇狠，原振俠失聲道：「你……」

宋維陡然向原振俠望來，發出一連串的冷笑聲：「你以為那美國人是甚麼好東西？只有你這種白癡，才會給他利用！他要你深入險地來見他的朋友，他自己安然留在曼谷享福！」

原振俠坦然道：「我是自願的！」

宋維如同夜梟一樣笑了起來：「你們可知道他現在在哪裏？兩天之前，我設法把他的行蹤告訴了越南軍隊，希望以他聯合國難民專員的身分，能保住他的性命！」

原振俠和青龍互望了一眼，宋維有點得意洋洋，說道：

「要他到柬埔寨來，再容易也沒有，我只不過暗示了一下，我知道秀珍在柬埔寨，我要去找她，他連想都沒想，就跟來了。」他講到這裏，又向原振俠指了一指：「你還不認為被利用了？萊恩為了秀珍，就親自來，可是找傑西，他卻要你來！」

原振俠在那時，心頭真的感到了一股悲哀，很有點鄙視萊恩上校的為人，一時之間，心緒惘然。他望著宋維，望著青龍，心中暗嘆著：

男女之間的緣分，本來就是最不可思議的，但是再奇，也奇不過這三個男人和阮秀珍之間的緣分了。

宋維本來是越南的高級軍官，為了秀珍，拋棄了一切。

萊恩不但身分高，而且有著一個人人欣羡的美滿家庭，但是也為了秀珍，而拋棄了一切。

青龍對秀珍的迷戀，倒可以理解，但是看他的情形，一直把自己的心意深藏在心底，叫他面對著秀珍的話，只怕他連正眼都不敢看她一下。

而秀珍，又不是甚麼聖潔的仙女，只是一個普通的女人，而且曾有過極可怕的經歷！男女之間的緣分糾纏，還有比他們之間更加奇特的嗎？

在原振俠思索時，宋維又笑了起來：「萊恩就算不死，只怕也要有好久不能再自由，我算是已經鏟除了他。青龍，輪到你了！」

他在這樣說時，身子微微弓了起來，一副蓄勢待發的樣子。青龍看起來像是十分不經意，可是他的眼神卻在告訴人，他已經準備好了對付任何劇烈的搏鬥！

原振俠嘆了一聲：「你們爭甚麼？秀珍根本不把你們放在心上。她心目中，只有她的丈夫，你們再爭，也沒有用處！」

宋維面肉抽搐：「先爭了再說！」

原振俠怒道：「你把全世界男人全殺了也沒有用，甚至把傑西殺了也沒有用。秀珍根本不會要你，絕不會！」

宋維陡然震動了一下，原振俠再也想不到，那麼兇狠的一個人，自己幾句話會令得他陡然崩潰。

他在一震之下，突然哭了起來，一面哭，一面嗥叫：「那我該怎麼辦？那我該怎麼辦？」

一時之間，原振俠又是駭然，又是好笑。宋維是這樣剽悍的一個人，可是這時哭得像是一個無助的兒童一樣。想起剛才青龍的長嘆聲，加上宋維如今的樣子，原振俠心中不禁問了好幾遍：情是何物！

青龍對宋維顯然連半分同情也沒有，在宋維嗥叫的時候，他冷冷地道：「你最好死去！」

宋維像是未曾聽到詛咒一樣，雙手掩著臉，抽抽噎噎，痛哭不已。

青龍神情厭惡，站了起來，向原振俠做了一個手勢：「我們走吧，在這裏多待一分鐘，我怕會忍不住要嘔吐了！」

原振俠對宋維的態度略有不同。他雖然憎恨宋維的為人，而且幾乎死在他有毒的小刀之下，但是他倒看出，至少宋維對秀珍的愛戀十分真心。他向青龍搖了搖頭，來到了宋維的面前，宋維陡然伸手，抓住了他的衣服，抬起了頭，滿面淚痕地望定了他。

原振俠低嘆一聲：「如果你真愛一個人，就不一定要得到她！」

宋維顫抖著：「我如果得不到，為甚麼要愛她？」

原振俠沉聲：「得不到也可以愛，你想想，若是硬要秀珍和你在一起，她怎會快樂？」

原振俠話講到一半，宋維已經道：「和一個那麼愛她的男人在一起，她有甚麼理由不快樂？」

青龍在一旁，已經不耐煩地叫了起來：「和這種人多講甚麼，留點氣力趕路吧！」

原振俠本來是想勸宋維幾句的，可是看起來也勸無可勸，只好作罷。青龍已急急向前走去，原振俠跟了上去。整夜，他們都在默默趕路，而每次回頭，都可以看到宋維陰魂不散似地跟在後面——接下來的三、四天都是如此，雖然相互之間絕少講話，但他們看起來，就像是結伴而行一樣。

幾天下來，原振俠發現宋維適應環境的能力，還在青龍之上！宋維可以在看來全是荒草的大地上，挖掘出烤熟了之後甜香四溢的野薯來，也可以在看起來只有稀薄泥漿的小河中，抓起又大又肥的泥鰍來。他熟悉地形，知道各種各樣的捷徑，而且精通當地不同種族的人所操的各種語言。

在那幾天中，他們之間極少講話，可是連青龍也不能不承認，有宋維在一起，他們的行程更順利得多。宋維對越南軍隊的行蹤，更是熟悉之極，他甚至聽到了零星的鎗聲，就可以知道那是甚麼番號的越南軍隊，有多少人，以及指揮官指揮作戰的習慣等等。

那天傍晚時分，他們在一個隱蔽處停了下來，宋維一路上都在採摘一種不知名的山果，已有了相當數量。他先生著了一堆火，等火熄了，再把那種山果放進這熾熱的餘燼之中煨著，呆呆地望著那堆灰燼。

原振俠走近他，由衷地道：「越南軍隊失去了你，實在是一種損失。」

宋維口角牽動了一下，現出一個苦澀的笑容來，並沒有出聲。

原振俠又道：「如果抗越的柬軍能夠得到你的話，那比一萬人還有用！」

宋維苦笑著：「謝謝你的誇獎。越南軍方正出鉅額的賞格，要捉我歸案，柬埔寨人也不會相信一個越南人的。我是逃兵，但不是叛徒。」

原振俠攤了攤手：「我並沒有要勸你背叛的意思……」

他才講到這裏，宋維陡然叫了起來：「別動！誰都別動，青龍，你也別動！」

青龍這時，正在幾步之外蹲在地上，宋維一叫，他陡地轉過頭來。

原振俠看到他面上的肌肉陡然抽動了一下，在原振俠還未曾知道發生甚麼事之間，只見青龍一撮唇，已把他常咬在口中的、竹子削成的、十分尖銳的一枝牙籤向前直射了出去。

原振俠見過他射出這種牙籤的勁力和準度，若是說，青龍一射出這種牙籤，可以把三公尺之內的人眼睛射瞎，原振俠絕不懷疑。

而這時，牙籤顯然不是射向任何人，而是射向空地。

原振俠忙看過去，只見有一條顏色十分奇特的小蛇，正自草叢中緩緩游出來。那條小蛇，只不過筷子般大小，色彩是一種淺淺的金黃色，似乎還有一點深棕色的斑紋，不容易看得真切。可是牠的頭部，卻形成一種大得驚人的三角形，一望而知是含有劇毒的毒蛇！

那條金黃色的毒蛇在地上游走，勢子不算是十分快。比較起來，青龍射出的牙籤，勢子快速絕倫，一下子就射向牠的蛇頭部分。

牙籤一射中了那條小蛇，接下來發生的事，是在至多十分之一秒之內發生的——來得如此之快，以致原振俠在當時根本不知道發生了甚麼事，要到事情發生之後，才確切知道，自然連叫喊一聲之類的反應也來不及。

當時，他只是看到，牙籤一射上去，就有黃色光芒一閃，那條小蛇已不見了蹤影。緊接著，青龍發出了一下絕望的呼叫聲，聽來令人毛髮直豎。

等到原振俠向青龍看去時，只見那條小蛇掛在青龍的口邊，看來像是牠被牙籤射中，就立即竄了起來，一下子就咬中了青龍的腮邊，離口角不遠處。青龍仍然蹲著，他神情之驚惶，簡直到了令人難以相信的地步。

原振俠直到此際，才發出了「啊」的一聲。而宋維就在這時，一躍向前，一伸手，捉住了那條小蛇的七寸，令得蛇口張開，又細又長的森森白牙，也就離開了青龍的臉頰。在青龍的臉頰上，有著兩排七、八個小孔，也未見有甚麼血流出來，青龍的身子在劇烈發著抖。小蛇被宋維捉住了七寸之後，蛇口張得老大，但是無法咬中宋維的手。牠的身子反捲了過來，緊纏住了宋維的手腕。

宋維的聲音之中，也充滿了驚怖：「叫你別動，你逞甚麼能！」

青龍的聲音，聽起來像是老遠的地方傳來一樣：「有……救？」

宋維盯著他，緩緩搖了搖頭。

原振俠一見這樣情形，忙道：「別急，我有抗毒蛇的血清！」中南半島的山嶺，是著名的毒蛇出沒地區，所以原振俠的救急包中，有著抗毒蛇血清。他一面解下背包，為了爭取時間，把背包抖開，讓裏面的東西全都跌出來。他一手抓起了一盒血清，一手已抓起了注射器，同時，湊近口去，想將青龍傷口中的血液吸出來——毒蛇的毒液要和血液混合了之後，才發生毒性。所以，急救被毒蛇咬的人，用口去吸傷口，是不會有害的，除非那人的腸胃之中有著傷口。

可是，原振俠才一湊近去，青龍發出了一下怪叫聲，一伸手，就把他推了開去。青龍的那一推，用的力道是如此之大，以致令得原振俠一下子跌坐在地上。

原振俠又驚又怒：「青龍，你……」

青龍急速地喘著氣：「我一個人已夠了，你看看清楚，那不是蛇！你的血清也沒有用，那……那是……最毒的……東西，那……」

他講到這裏，雙眼向上翻，顯然喉際的肌肉已經僵硬，再也發不出正常的聲音來，發出來的，只是一種可怕之極的「呵呵」聲。

原振俠雖然聽到了他的話，可是還是不顧一切，把注射針的尖端插進了盛載血清的小瓶之中。可是還未等他把血清抽進注射器之中，宋維已經道：「遲了！」

原振俠陡然一怔，向青龍看去，青龍人已經蜷縮成一團。原振俠連忙把他的頭托起來，只看了一眼，就不禁抽了一口涼氣。青龍已經死了！他是一個醫生，自然有一眼就判斷一個人是死是活的能力。

這時，他判斷青龍已經死了，可是他實在無法相信那是事實！從小蛇閃電也似竄起來咬中了青龍，到這時，其間真的連一分鐘也不到，甚麼毒蛇的毒性，竟然如此之強烈？

（雖然青龍臨死之際，曾說那不是毒蛇，但這時在極度的驚駭之下，原振俠根本來不及想到那一點。）

他不是熱帶毒蛇的專家，但作為一個醫生，在各種毒藥方面的常識，自然極其豐富。他可以列舉出十幾種，在不到一分鐘就致人於死的毒藥名稱來，但那全是人工的製造品。他從來也不知道，天然的毒性，也有這樣劇烈的！他呆了一呆，望向青龍的眼睛。

青龍的雙眼還睜得極大，眼中卻已沒有光采，而且瞳孔渙散，直透著死亡之氣。他再伸手按向青龍的手腕，已經沒有了脈搏。他把青龍的身子放下來，用力在青龍的心口敲著，按著，再貼耳去聽，心臟根本已經停止了跳動。

在他忙亂了約莫三五分鐘之後，才聽到宋維在一旁道：「他已經死了，如果他肯聽我的話不動，我有六成把握，可以捉到『黃色死神』。就算捉不到，被咬的也是我，可是他太相信自己的能力了！」

原振俠艱難地轉過頭去，看到宋維仍然緊握著那蛇的七寸處。

這時，他才看到，那「蛇」的蛇身兩旁，他在一瞥之間，以為是棕色的花紋處，原來是許多小的腳，看來怪異莫名。

原振俠這時，才想起青龍臨死前的話來，他軟弱無力地問：「這……不是蛇？」

宋維搖著頭：「不是蛇！」

原振俠實在無法遏制心頭的激動，陡然叫了起來：「那是甚麼？」

宋維仍然搖著頭：「不知道，沒有人知道是甚麼，再詳盡的熱帶毒蛇譜中，也沒有牠的記載，而且牠又有腳。我們的傳說，牠是死亡的代表，是黃色的死神。這東西極罕見，我連這次，也不過是第四次看到。這是無價之寶，配製『歸歸因根』這種毒藥，一定要牠的毒液才行。」

原振俠不由自主，吞下了一口口水。不知名的毒物，別說這時，是在荒山野嶺之中，只怕在設備齊全的醫院之中，也不能挽救青龍的生命！他又轉頭向青龍看去，天色已漸漸黑了下來，已死了的青龍，臉色看來可怖之極。

原振俠在這些日子來，和青龍之間已建立了深厚的友誼，他真不能相信，幾分鐘之前還是好好的一個人，一下子就喪失了生命！而令得這樣機智、勇敢、非凡的一個傳奇人物喪失了生命的，只是某種生來就有毒液的爬蟲類低等生物！青龍死得真是太不值得了！

原振俠難過得喉頭哽咽，一句話也說不出，雙手緊緊地握著拳。

宋維道：「給我一隻瓶子，我不能一直這樣握著牠！」

原振俠不理會他，宋維憤然拾起一隻瓶子來，用牙咬開蓋子，把瓶中的藥丸全倒了出來，然後把那條蛇塞進去，蓋上了蓋子，才吁了一口氣。

原振俠站起來：「把那東西給我，我要帶回去化驗研究！」

宋維陡然一閃身：「不行，這東西對我比你更有用，我不會給你！」

原振俠悶哼一聲，一方面由於傷感，一方面由於厭惡，他沒有再堅持，只是轉過身去，怔怔地望著青龍的屍體，俯身把他的眼皮拉了下來。

宋維冷冷地道：「不想他的屍體餵狗，就得在離去之前把他埋掉！」接著，他又冷笑了一聲：「你是一個醫生，我以為醫生和軍人一樣，是見慣了死人的！」

原振俠道：「他是朋友！」

宋維繼續冷笑：「朋友也好，敵人也好，死了的，就全是死人！」

原振俠難過地自語：「不知道他有甚麼親人？」

當原振俠在這樣自己問自己之際，他心中實在是傷感之極！青龍是他通過了黃絹的關係認識的，而如果不是他決定了要到曼谷來，青龍也根本不會來到這裏，喪生在毒蛇之口。青龍的死，和他有極直接的關係！

宋維在一邊，語調仍是十分冷漠：「你別難過了，要到這裏來，完全是他自己的主意。看起來，他得不到秀珍，活著還不如死了的好，死了也沒有甚麼！」

當他講那幾句話的時候，聲音乾澀之極，顯然說的是別人，但道的卻是他自己的心境。

原振俠沒有理會他，自背囊之中取出了一條薄薄的小毯子，把青龍的屍體裹了起來，折下了一根樹枝，然後在地上掘起來。土地雖然不是十分堅硬，但是樹枝卻顯然不是挖掘泥土的工具，掘了一會兒，只掘出了一個淺坑，已經累得他滿頭大汗。

就在這時，宋維走了過來，手中拿著兩件工具，是他新做成的。那是用一根粗大的竹子對半剖開，一端削得相當尖銳，就像是一柄利鏟一樣。他遞給了原振俠一柄，原振俠一言不發，接了過來。兩人一起動手，工具又比較稱手，不必多久，就掘好了一個可以放下屍體的坑。兩人一個抬頭，一個抬腳，把青龍的屍體放進了坑中，又把掘出來的土填了下去。

填好之後，原振俠想把那對剖開的竹子，插在地上，作一個標誌。

宋維搖頭道：「不必了，在這一大片土地上，不知死了多少人，沒有人會來憑弔死人的。有了記號，反倒會使人把他掘出來！」

原振俠只好苦笑著，拋開了竹片。宋維拉過了一些枯草，蓋在掘過的新土之上，抹了抹汗，道：「我看很快就會有大雷雨，你要在這裏淋雨，還是到前面去，找一個避雨的地方？」

經宋維一提，原振俠才注意到，天色濃黑得可怕，而他在挖掘土坑之際，會流那麼多汗，也是由於天氣十分鬱悶所致。而天際也不時有閃電傳來，看來非找個避雨的地方不可了。他默默地把地上的東西又收拾進背包之中，在青龍的墳前，又站了片刻，嘆了幾口氣，轉頭向宋維望去。

宋維冷冷地道：「在這樣的環境之中，只剩下了你和我兩個人，想不到吧！」

原振俠聽了，只好苦笑。他自然早已設想過身在柬埔寨時的種種困境，但是確實未曾想到過，自己竟然會和宋維在一起！雖然比起青龍來，宋維是更好的嚮導，但是宋維這個人，卻是原振俠絕不願與之相處的。所以，他一聽到宋維這樣說，就下意識地偏過頭去。

宋維冷笑了一聲：「你可以不願意和我在一起，但是我還是要再去見傑西一次！」

原振俠沒好氣地問：「為甚麼？」

宋維抬頭向天，這時，恰好有一道閃電疾打下來，映在他的臉上。

令原振俠驚訝的是，他臉上神情之茫然，是前所未見的。過了半晌，他才道：「為甚麼？我也……不知道。我活著，除了思念秀珍之外，沒有任何別的事可做。一個人思念……多麼無聊，不如我去找傑西，或許是為了可以和他一起，有一個共同的話題？」

原振俠不理會他，大踏步向前走去，宋維跟在原振俠的身邊，卻滔滔不絕地，向原振俠講起有關他和秀珍在一起的一切來。原振俠在開始時，好幾次喝阻他，可是宋維卻全然不理，自顧自講下去。到後來，原振俠也不禁聽出了神。宋維的敘述能力十分強，講得又不厭其詳，有時（大多數時）他的敘述，在有關秀珍的時候，簡直粗鄙得令人吃驚，可是聽來卻也相當動人。

他真的對這個他所懷念的女人思戀異常，就這樣講著，似乎也可以使他感到極度的滿足。原振俠是醫生，自然可以知道，宋維的心理狀態極不正常。這種不正常的心理狀態發展下去，可以導致極可怕的行為，例如把他所愛的女人殺死，然後把屍體祕密藏起來之類。這種事，在記載上不是沒有發生過。

在不到半小時之後，閃電更頻密，雷聲隆隆。宋維停止了講述，加快腳步，原振俠不由自主地跟著他，不一會兒，進了一個小山洞之中。他們才一進入小山洞不久，雷聲更急，雨嘩嘩地直淋下來。雨勢之大，真是驚人，自小山洞口看出去，每次閃電一亮，分外耀目。地上的積水，像是有無數條小銀蛇在亂竄一樣，而遠處傳來的水聲，更是震耳欲聾。

宋維卻全然不顧雨的大小，在黑暗的山洞之中，他仍然不斷講述著他和秀珍之間的事，而且不斷重複著：「這個女人是我的，要是得不到她，天下所有的女人都給我也沒有用！」

當他講到了不知第幾百遍之際，原振俠早已靠在岩石上睡著了。

在朦朧之中，他還聽得宋維在講著：「當她的眼睛望著你的時候，永遠帶著淚花，水汪汪的，叫人看了有莫名的興奮，一面要愛憐她，一面又想盡力蹂躪她……」

原振俠不知道雨是甚麼時候停止的，當他驟然醒過來之際，是被宋維推醒的。

宋維壓低了聲音：「有人來了，小心！」

雨雖然停了，可是雷聲、閃電還在持續著，遠近的水聲也還沒有停息。在這樣的環境中，原振俠根本不可能覺察到有人走近來的聲音，可是每次閃電亮起，當原振俠可以看到宋維時，都可以看到宋維的神情十分緊張，豎起耳朵向外聽著。

原振俠也緊張了起來：「越南兵？」

宋維搖了搖頭，又貼地聽了聽：「不像，來的……好像只有一個人。」

原振俠吁了一口氣，來的只是一個人，那不難對付，他也用心傾聽起來。過了不一會兒，他也聽到有人走近來的聲音了，那人的腳步緩慢而沉重，有時要隔好久，才聽到他一下腳步聲。極其詭異，令人有毛髮直豎之感。

宋維的聲音疑惑之極：「怎麼會？怎麼會只有一個？在這樣情形下，誰會一個人在趕路？」

他一面說著，一面已把他那柄小刀取了出來，身子向洞口移動。到了洞口時，才轉過頭來：「既然只有一個人，我就可以對付得了，你先在這裏別動！」

原振俠答應了一聲，看到宋維無聲無息地向洞外竄了出去。而那沉重緩慢的腳步聲仍然在持續著，有幾下顯然是那人重重地踏踐了積水，所以有積水濺起來的聲音。原振俠也移動著身子，到了山洞口，他也想看看來的究竟是甚麼人。

外面十分黑暗，只有每當閃電亮起的一剎那間，才能看到東西。就在一次閃電之際，他看到了有一個人正搖搖晃晃向前走來，看不清他的臉。同時，他看到宋維一下子躍向那人，也就在這時，一切又回復黑暗，可是在黑暗之中，卻傳來了一下宋維驚怖絕倫的尖叫聲！

那一下尖叫聲來得如此突然，原振俠整個人都為之僵呆，他無法知道發生了甚麼事。然後，又是一下閃電，可以令他看清，那走過來的人站定了不動，宋維在那人的面前也僵立著不動，原振俠只來得及看清宋維的神情可怖之極！

宋維的手中還握著刀，在閃電亮起之際，他手中的刀，發出可怕的暗藍色的光采來。可是他卻如同泥塑木雕一樣，一動也不動，盯著他面前的那個人，現出驚怖絕倫的神情來。

閃電一下就過去，原振俠無法知道宋維何以那麼驚恐。他在迅速定了定神之後，連忙向前走去，他才走出了兩三步，閃電又亮了起來，就在那一剎那間，他又能看清楚眼前的情形。而正是那一剎那間，他也怔住了，而且，不由自主地，也發出了一下驚怖之極的尖叫聲來！

就在那一剎那間，他看清了在宋維面前的那個人的臉。那是一張他十分熟悉的臉，本來他是不應該感到這樣驚怖的，可是在一見之後，恐懼感卻自他身體的每一處湧了出來！

那個人是青龍！

是死了之後，他親手埋葬下去的青龍！

他絕不懷疑自己曾親手埋葬了青龍屍體一事，可是這時，青龍卻活生生地站在那裏，全身透濕，顯然曾淋過大雨！一個死人，竟然淋著雨走過來了！

第七部：解開活死人的謎

原振俠實在無法不令自己發出尖叫聲，但是在一下尖叫之後，不知道多少雜遝的念頭，一起湧上了他的心頭。

這時，手握有毒尖刀的宋維，離青龍極近，原振俠首先叫了出來：「宋維，後退！」

這時他已知道宋維何以呆若木雞的原因，他生怕宋維在驚駭之餘，會一刀把青龍刺死！

原振俠此際的思緒還是十分紊亂，他所想到的事，雜亂無章。

大雷雨之夜，死了被埋葬的人，忽然又出現在眼前……這一切，迅速而自然地使他聯想起，另一個大雷雨之夜，宋維在美軍陣地之旁，指揮進攻時所看到的情景——四個被埋在土下的人，掙扎著站了起來，這四個人，宋維當時就開鎗殺了其中三個，只有一個逃脫，那就是他要尋找的傑西少校。如今，又是被埋葬了的死人出現在眼前。

原振俠絕不想他再死在刀下，所以他第一要務，就是要令宋維後退，別輕舉妄動！在他一聲大喝之下，宋維身子陡然震動了一下，一連幾個踉蹌，向後退來，退到了原振俠的身邊。

這時，恰好有一連串的閃電，使他們可以清楚地看到，青龍正向著他們，一步一步逼近來。

原振俠的身子把不住發抖，但是，他還是鼓足了最大的勇氣，用沙啞的聲音叫了出來：「青龍，是你！」

原振俠一叫，青龍向前來的勢子緩了一緩，在一片濃黑之中，聽到了青龍乾澀無比的聲音傳了過來：「天，發生了甚麼事？我怎麼了？」

已經死了的、被埋葬了的青龍，不但會向前走來，而且會開口講話！

宋維陡然叫起來：「你已經死了！回到你該去的地方去，別作祟！」

青龍的聲音又傳了過來：「我……死了？怎麼會，我怎麼會已經死了？」

原振俠陡然想了起來，眼前青龍的情形，和傑西少校是一樣的，他死了，可是又活轉來了！一想到這一點，他心頭的恐懼全部消失，代之以極度的好奇。

原振俠忙向前走去，來到了青龍的近前，一伸手，就抓住青龍的手腕。

青龍的手腕在微微發顫：「原，他說甚麼？說……我已經死了？」

原振俠忙道：「來，到那個山洞裏去再說！」

宋維則尖叫著：「你瘋了，他是一個死人……屍變，大雷雨之夜的屍變，走屍……他……」

原振俠大喝一聲：「住嘴！」他一面呼喝著，一面和青龍向山洞中走去，當他們經過宋維的身邊時，宋維連滾帶爬地躲了開去。

進了山洞之後，原振俠把一支手電筒豎直，放在地上，仔細看著青龍。

青龍除神情迷惘之外，臉色是一種可怕的蒼白。但是原振俠已做了迅速的檢查，他有脈搏，有呼吸，無論如何，是一個活生生的人，絕不能說他是個死人。

原振俠深深地吸了一口氣：「青龍，你不知道發生了甚麼事？」

青龍的神情更迷惘，指著原振俠，遲疑地道：「發生了……甚麼事？我……喝了太多的酒？」

原振俠用力搖頭，指向他的頰邊：「不！你這裏，被一種劇毒的黃色小蛇咬了一口……」

在青龍的頰邊，被咬的地方，傷口還在，看起來相當可怖。

原振俠這樣一說，青龍整個人震動了一下，面色變得更難看。

他顯然已想起甚麼事來了，牙齒打著顫：「黃色死神，我……被黃色死神咬中了……我……自然……已經死了，我是一個死人！」

他最後一句話，是用極難聽的聲音嘶叫出來的。

原振俠忙道：「不，不！你看你，好好地，怎麼會是一個死人？」

青龍急速地吞嚥著口水，喉結凸起，上下移動著：「沒有人被黃色死神咬中了，還能活著的！」

原振俠也不知道該怎麼說才好，他決定一切照直說：「是，你在被蛇咬中之後，不到一分鐘就死了，我和宋維將你埋葬。可是你現在不是死人，你還活著！」

青龍雙眼睜得極大，聲音也可怖之極：「我是死人，我死了，我是死人，我……」

青龍的精神狀態，顯然處於一種極度的狂亂之中。

原振俠一面大喝著，一面用力一個耳光向他打了過去：「你不是死人，你根本未曾死過！」

青龍被原振俠打得後退了一步，臉上立時現出五個血紅的指印。但是他顯然已經因為這一摑，而變得鎮定了許多，只是急速地喘著氣。

原振俠揮著手，也喘著氣：「聽著！你的情形和傑西一樣，你們根本沒有死，只是被認為死了！」

當原振俠在這樣說的時候，他心中還是一點概念也沒有的。但是就在那一剎那間，他陡然腦際如閃電也似，閃起了一個概念來。那突如其來的概念，令他興奮得幾乎講話也無法連貫：

「你……你和傑西，都中了那種蛇的毒。中毒了之後，你們其實並沒有死，只是看起來像死了一樣。天！這簡直是醫學上的奇蹟，是人的生命中的奇蹟，人的假死現象，可以如此逼真……你聽我說，你沒死，只是看起來和死了一樣，在若干時間之後，你自然又活轉了來！」

青龍怔怔地聽著，在洞口，突然傳來了宋維的聲音：「醫生，那只是你的假設！黃色死神還在瓶中，你可願給牠咬一口，來證實你的假設？」

宋維一直在洞口，不敢進來，直到這時才說了那幾句話。

原振俠陡然一怔，思路又紊亂了起來，但是他既然已有了這樣的概念，自然也可以在紊亂之中，迅速理出一個頭緒來。他道：「或許，要在某種特定的環境之下，才能令假死的現象解除。譬如說……大雷雨……在適當的時間之中，有大雷雨，就能解除假死的現象。」

青龍囁嚅著：「你是醫生，你連一個人是真死還是假死也分不出來？我已經死了，你可以說我死了又復活，不能說我沒有死過！」

原振俠深深吸了一口氣，說道：

「剛才我說過，這是生命的一種奇蹟。所謂死亡，用來判斷的標準是心臟停止跳動、腦部停止活動，但是這種死亡的現象，真能表示人的生命已遠離身體了嗎？至少有你和傑西兩個例子，可以證明那種現象不算是死亡，只是中了某種毒藥之後，引起的一種反應，在大雷雨之夜，你們會……」

宋維尖聲打斷了原振俠的話：「會變成活屍！」

原振俠怒視著宋維，宋維冷冷地道：「有甚麼不同？活人和活屍，也只不過是名稱上的分別！」

原振俠十分嚴肅地道：「不，和普通人一樣，完全正常，和我們一樣，是活著的人！」原振俠是盯著青龍說出那兩句話來的。

這時候，原振俠已經瞭解到，在生命之中，經過了這樣奇異歷程的人，會在心理上產生一種極度的恐懼感，在心中感到自己是一個死人。當他不知道自己曾經「死」過時，可以和常人一樣地生活，但一旦知道了之後，心理上的恐懼，會使他們以為自己是一個死人！

傑西的情形就是那樣。

當傑西的假死現象，在大雷雨之夜得到解除之後，他在意識中，並不知道發生了甚麼事，那一定是身受奇異經歷的人，在那時的一種現象。剛才青龍也是一片茫然，不知曾有過甚麼事發生在自己的身上，要等到提醒了才知道。

傑西在當時，也不知道發生了甚麼事。只是他潛意識之中，記得他愛著秀珍，所以，在潛意識的支配下，他到了西貢，和秀珍私奔。

在和秀珍私奔之後，他生活得完全和常人一樣，一直到他遇到了宋維，才知道自己曾經「死亡」——本來，這件事，他可能只是隱約地感到，連他自己也不敢相信。

可是一旦獲得了證實，他心理就負擔不起這種壓力。也有可能，是他自己忽然憶起了「死亡」的經歷，所造成的結果，自然也是一樣的。當一個人在心底深處，認定了自己是一個死人之際，他除了把自己深深地隱藏起來之外，實在也沒有甚麼別的行動，可以採取的了！

原振俠感到自己在這件不可理解的怪事之中，設想已越來越多。所以他十分興奮，他望向青龍，要使青龍恢復對自己的信心！

青龍的神情很迷惘，喃喃地道：「有這個可能嗎？有可能一個人根本沒有死，看起來像死人一樣？心臟停止了跳動，人怎能不死呢？」

原振俠立時說道：

「不知道，不知道的事情太多。但有一點可以肯定的，你自己就是例子，你曾經看起來完全像死人，甚至任何人都會把你埋葬，可是實際上你沒有死，你還可以一直活下去，活到真正死了為止。心臟停止跳動，血液停止循環，腦部沒有了氧，人何以能在這樣的情形之下還只是假死，這是一個奇特之極的現象，可以深入研究！」

原振俠講到這裏，轉向宋維：「極有可能，中了『歸歸因根』毒的人，都不是真死，只不過被當作死人埋葬了，沒有機會醒過來，就變成真的死亡了！」

宋維搖著頭：「你的假設，你自己也不會相信！」

原振俠疾聲問：「那你如何解釋人怎會死而復活？」

宋維仍然搖著頭：「我又不是科學家，為甚麼要我來解釋？」

原振俠揮著手：「你說過，黃色死神的毒液是配製『歸歸因根』主要的原料。我相信這種毒液之中，一定有著目前醫藥界還不知道的一種成分，這種成分，能使人看來如同死亡一樣。」

宋維冷笑：「然後，在大雷雨之夜復甦？醫生，你不覺得聽來像神話？」

原振俠冷靜地回答：「很多神話，到後來都證明是事實，只不過在事實真相未明之際，才被當作神話。古今中外的記載中，有不少人死了之後又活轉來的情形，大多數和大雷雨有關，我相信那一定也是這種成分在起作用！」

宋維一副不願再討論下去的樣子，原振俠斷然道：「那條毒蛇，可能蘊藏著人類目前還未曾知道的生命奧祕，你不能據為己有！」

宋維翻著眼，不加理睬。

原振俠還想說甚麼，青龍突然道：「對了，如果能夠讓傑西知道這一切，他就會不再以為自己是個死人！」

原振俠一聽得青龍這樣講，大是興奮：「先說你自己，你覺得怎樣？」

青龍道：「我很好，我和死……和我被蛇咬之前，沒有甚麼不同。雖然在感覺上十分怪異，但是我願意接受你的假設，那會使我好過些。」

原振俠高興地搓著手，青龍又道：「大雷雨顯然起著一定的作用，我是想補充你的假設……大雷雨會使空氣中的臭氧成分增加，能使土壤中含氮量增加，大雷雨是可以使整個空氣和土地起化學變化的！」

原振俠連聲道：「對，對！自然，大雷雨的時候，極可能還有不為人所知的化學變化進行著。這種化學變化，和導致人假死的成分發生作用，假死的現象就解除了！」

青龍連連點著頭，宋維陡然哈哈大笑起來：「未知數又增加了一個，方程式越來越難解了！」

原振俠心中十分生氣，他不知如何對付這個無賴才好。

青龍卻冷笑了一聲：「宋維，當傑西明白了他自己不是死人之後，他就會恢復信心，重新和秀珍在一起，你完全絕望了！」

青龍這時，已完全恢復了正常，所講的話，也恰到好處地把宋維激成了狂怒，宋維一聲怪吼，向他直撲了過來。

青龍早有準備，身子一閃，就避開了他的一撲，宋維收不住勢子，整個人向洞壁的岩石上撞了過去。

當他撞向岩石之際，突然傳出了一下並不是太強烈的玻璃破裂聲，緊接著，宋維身子向上一挺，尖叫了起來：「黃色死神！」隨著他的尖叫，一條金黃色的小蛇，極快地自他的衣襟之中疾竄了出來，竄向洞口，不等任何人來得及有反應，就已經消失在黑暗之中了。

原振俠立即明白發生了甚麼事！

宋維把名稱叫作「黃色死神」的毒蛇，放進一隻玻璃瓶中，由於這種毒蛇，極其珍罕難得，所以他把玻璃瓶藏在身上。而剛才，當他因為收勢不住而撞向洞壁時，把玻璃瓶撞破了。

玻璃瓶撞破之後，毒蛇自然得到自由。牠在宋維的身上咬了一口之後，就竄逃了出來，逃走了！事情是在一剎那之間發生的，連青龍也絕未曾想到，會發生這樣的意外。他不自禁地發出了一下驚呼聲，一時之間，也不知怎麼辦才好。

原振俠向宋維望去，宋維在大口喘著氣，望向原振俠，聲音發著抖：「我不會死，是不是？我……就算死了，也會活回來？」

他剛才還一點都不相信原振俠的假設，但這時，卻用求救的目光望定了原振俠。

原振俠來到了他的面前，宋維一伸手，用手抓住了原振俠的手臂，厲聲叫：「告訴我，我不會死！」

原振俠震懾於世事的瞬息萬變：「如果我的假設不錯，你……只會假死，而在大雷雨之中，你假死的現象會解除！」

宋維尖聲叫著：「大雷雨，天，快打雷，快下雨，快來大雷雨……」

他不叫，原振俠倒也不注意，他一叫，原振俠才覺察到，久已沒有甚麼雷聲了，天際的閃電，似乎也停止了，他還在不斷叫著，叫聲令人毛髮直豎。

但是宋維還沒有叫了多久，喉際一陣「咯咯」聲，頭向旁一側，整個人就倒了下來。

青龍又驚叫了一聲：「我當時的情形，就……就是這樣子？」

原振俠沒有回答，只是迅速地檢查著宋維——脈搏停止了，呼吸停止了，心臟不再跳動，身體在漸漸地冷卻，宋維已經是一個百分之一百的死人。

儘管有青龍的例子在前，原振俠仍然無法不說，宋維已經是一個死人。

原振俠緩緩直起身來。

青龍俯身，以他的經驗去檢查宋維，然後抬起頭來：「你說這是一種假死的現象？」

原振俠苦笑：「我……不知道，但是若干小時之前，你的情形和他完全一樣！」

青龍「颼」地吸了一口氣：「那……我曾是一個不折不扣的死人！」

原振俠也不知如何解釋才好，如今發生的情形，簡直不是人類的語言所能說得明白的。在人類的語言之中，活就是活，死就是死，而無法用言語去形容一個明明是死人，而又會活過來的人。

人類語言之中，無法形容這種情形的原因也十分簡單，因為人類的生活之中，根本沒有這種情形發生過！可是如今，這種情形就在他們的眼前發生。

原振俠是一個醫生，一個畢生從事研究人類生命奧祕的專家，而這時，原振俠似乎不得不承認，他對人類生命的奧祕，所知實在不多。

人類有史以來，最恐懼的一種現象，莫過於死亡。如今發生的事實，至少可以使醫學上對死亡另下定義。

而原振俠也可以從已發生的事中，歸納出一個從未為人發現過的公式來，這個公式是：

在某種情形下的死亡，可以在某種情形下復活。前一個某種情形，所知的是中了「黃色死神」的劇毒；而後一個「某種情形」，則是大雷雨。大雷雨是不是能令已經死亡的——或者只是人體產生某種變化，並不能稱為死亡的宋維活過來呢？原振俠真希望大雷雨趕快降臨！

青龍蜷縮在山洞的一角，一動也不動，顯然他的思緒同樣紊亂，想的是和原振俠同一個問題。

原振俠走到了山洞外面，他不禁怔了一怔，外面的地面上仍然有著積水，有不少積水匯成了小小的水流，在向低窪地方流竄著。可是天空上，烏雲正在迅速散開，月明星稀，只有在極遠的天邊，才有一點微弱的閃電還在持續閃動。

天晴了！

原振俠希望有大雷雨，可是天晴了！

他呆立了一回，又回到了山洞之中，青龍仍然一動不動地坐著。

原振俠來到了宋維的面前，看到他的眼睜得極大，僵凝的神情之中，充滿了恐懼。

原振俠一面把宋維的眼皮撫了下來，一面再就他醫生的專業知識，對宋維做了檢查。其實，他也知道自己這樣做是多餘的，全世界任何醫生都會同意，宋維已經死了，生命已離他而去，他是一個不折不扣的死人！

當原振俠在這樣做的時候，青龍的身子發著抖，聲音也發著顫：「我……也曾這樣？」

原振俠沉聲答：「是！」

青龍又顫聲道：「那我……真是……死過，我曾經是一個死人！」

當他在這樣說的時候，他顯得十分恐懼。儘管他是一個十分堅強勇敢的人，可是對死亡的恐懼，是人類與生俱來的，人人如此，他自然也不能例外。

原振俠的思緒十分亂，他想了一想，才道：「古今中外，有許多人死了之後又復活的記載，最顯著的一件，可以說是耶穌在十字架上的復活了。」

青龍震動了一下：「當時……不知道有沒有大雷雨？」

原振俠沒有回答他這個問題，只是自顧自地道：「中國筆記之中，更記載著很多死而復活的事例，倒有很多是和雷雨有關的。」

青龍苦澀地道：「甚至西洋小說和電影中的科學怪人，也是在大雷雨之中，獲得了生命的！」

原振俠儘量想使氣氛變得輕鬆一些，說道：「在中國古代的筆記之中，死而復生的人，往往會覺得自己曾置身在『陰曹地府』之中，照樣有城郭人物，熱鬧得很，也有機會見到已經死了的親人，你剛才有沒有這種經歷？」

青龍瞪了原振俠一眼：「開甚麼玩笑！」

原振俠做了一個手勢，表示並不是開玩笑。

青龍這才道出：「沒有。」青龍在頓了一頓之後，才又道：「我就像是喝了過量的酒，或是中了麻醉藥一樣，一下子就完全沒有了知覺。直到又醒……又活過來。」

原振俠又道：「近代有不少醫學界的人士，蒐集死而復生的人的經歷。當然，這些人的『死亡』時間，大都極短。有一個不可解釋的現象是，這些死而復生的人，經歷大體相同。」

青龍悶悶地道：「我知道，有好幾本書專門記述著這種現象。他們大都感到自己進入了一個十分光亮的光環，有的甚至聽到了音樂聲。可是對不起，我無法提供這樣的經歷。」

原振俠道：「那自然是由於令你看來像死亡的原因，和所有的人都不同之故。」

青龍悶哼了一聲，和原振俠兩人一起向宋維看去，宋維一點沒有復活的跡象。

青龍道：「天晴了？」

原振俠點了點頭，青龍又道：「或許，我們應該把他埋起來。」

把一個自己希望復活而且極有可能復活的人，埋到土下去，這聽起來是一點道理也沒有的事。但既然前有傑西，後有青龍，都是被埋到了土中之後，又在大雷雨之中復活的，那麼青龍的提議自然也有道理。

原振俠點了點頭，和青龍一起抬著宋維出去。

大雨之後，泥土十分鬆軟，要挖掘一個坑，亦不是太困難的事。

掘好了坑之後，原振俠和青龍又猶豫了一下，才把宋維放進坑去，又把泥土掩上。然後，他們兩人都不說話，又回到了山洞之中。

原振俠不知道青龍有沒有睡過，他自己朦朦朧朧睡了一會兒，醒來時天已經亮了。

一睜開眼來，陽光耀目，竟然是一個罕見的大晴天。他連忙走出山洞去，看到青龍怔怔地站在土堆邊上，昨晚掘起來的泥土，在陽光下，表面的一層已經乾得發白了。

他的臉色十分難看，喃喃地道：「照天氣的情形看來，短期內不會有大雷雨！」原振俠抬頭，看到了萬里無雲的碧天，烈日當空，他也不禁苦笑了一下：「我們總要等候下去！」

青龍緩緩地點了點頭，同意原振俠的說法，而他們也真的等候下去，一連等了三天。三天都是晴天，他們幾乎未曾離開過那個下面埋著宋維的土堆半步。可是那個土堆卻一點動靜也沒有，絕不見土堆翻動，宋維自土中冒出來。而且，三天烈日曝曬的結果，土堆上的土早已變硬了。

他們兩人互望著，青龍喃喃地道：「三天了，看起來還不像會下大雷雨。我實在無法相信，人在埋在地下三天之後還能復活！」

原振俠吞了一口口水：「掘起來看看？」

看來青龍也正有這個意思，立時點頭，而且開始行動。他們掩埋上去的土，本就不是十分結實，要掘開來是輕而易舉之事。土塊才一被翻開，一股中人欲嘔的腐臭味就撲鼻而來，令得他們必須用布把口鼻紮了起來。等到他們看到了宋維的時候，兩個人都呆住了。

熱帶氣候使屍體特別容易腐爛，宋維的身體已經腐爛得面目全非，看起來可怖之極！他們兩人不約而同地一起發出了一下低呼聲，向後退出了幾步。

在那一剎那間，他們兩人想到的問題，全是一致的，是以他們的神情也同樣駭然。他們所想到的是，如果宋維以這種腐爛變了形的屍體復活，那實在是可怖之極的事情！

在退開了之後，他們都急速地喘著氣。然後，青龍首先道：「他……絕不會再活了，就算再有大雷雨，他也不會再活了！」

原振俠的心中十分亂，他又想到，他的「公式」，似乎還應該加一個未知數進去，變成這樣：某種情形下的死亡，在某些特定的時間內，可以在某種情形下復活。把未知數代進這個「公式」去，那就是：中了「黃色死神」的劇毒，在不超過十二小時之內，在大雷雨之下，可以復活。

三個條件之中，缺了一個，三天沒有下大雷雨，所以宋維死了，真正死了，再也不能復活了！

原振俠站立著不動，青龍嘆聲道：「如果不是那場大雷雨，我這時……也和他一樣了！」

原振俠苦笑了一下：「古人說，生死由天，或許就是這個意思吧！」

青龍陡然衝動起來，把掘起來的土又一起掩了上去，一面叫著：「你已經死了，死了！不會再活過來了！」

原振俠並沒有阻止他的行動，宋維不會再活過來，這是十分顯而易見的事情了。他們在天黑之前離開，繼續前進。

在他們繼續前進的道路上，到了第三天，天際又烏雲密佈，不到天黑，就昏暗如晦。當他們衝進一個可以避雨的小茅寮之際，雷聲連珠似地響起，大雨傾盆，又是一場大雷雨來臨了。

兩人都不出聲，過了很久，青龍才道：「宋維還是不會活過來的！」

原振俠遲疑了一下：「是的，不會再活，時間過了太久了。生命無法再在他的身體之上重現……他死了。」

青龍的面肉忽然抽搐了幾下，那自然是他想到了，如果生命忽然在一個腐爛了的身體中重現，那將會是一個如何可怖的情形？而當他想到這一點時，他不由自主地低下頭來，察看著他自己身子的各部分。他那種舉動，看在原振俠的眼中，有毛髮悚然之感。

青龍的喉際發出了一陣「咯咯」的輕聲來，過了好久，才道：

「現在……我知道傑西少校，為甚麼把自己隱藏在那麼可怕的地方，而不願意回復他美國公民的身分，去和他那動人的妻子團圓了！」

原振俠抿著嘴，沒有說甚麼，他早已估計到，那是傑西在明白了自己的遭遇之後，心理上一種極度的恐懼所造成的變態。這種心理的變態，像傑西那樣，還算是輕微的，要是嚴重起來，可以達成真正的死亡！

原振俠沒有表示他心中所想的意見。

青龍又長嘆了一聲：「傑西認為他自己是死人……如果他確知自己是死人，那倒也好了。最要命的是，他根本不知道自己算是甚麼，是介乎死人和活人之間的一種存在、一個怪物、一個新科學怪人。」

青龍講到後來，聲音變得十分尖厲，即使是雷聲和雨聲，也掩不住他那種淒厲的語音，聽起來給人以一種極其可怕的感覺。

原振俠忍不住問：「你呢？現在，你心裏怎麼想，你以為你自己是甚麼？」

青龍呆了好一會兒，才緩緩地道：「我不知道！」

原振俠陡然叫了起來：「你別胡思亂想了！你好好地活著，只不過遇到了一次意外罷了！」

青龍漠然道：「我就是弄不清這一點，是由於意外我才能活著？如果沒有那場大雷雨……」

他的語調越來越是漠然，原振俠不禁嘆了一口氣。

青龍是他見過的人之中，性格堅強到少有的人物，尚且在心理上形成了如此巨大的壓力，難怪傑西會變得失常。他也想到，在見到了傑西之後，應該如何消除他心理上的壓力？

那場大雷雨下得並不很久，在接下來的時間中，青龍和原振俠也沒有進一步討論甚麼。雨停後，他們繼續前進，在大多數的情形下，兩人之間也保持著沉默，原振俠只是在想，見到了傑西之後，應該採取甚麼措施。

在過去的三天之中，他們曾和幾股游擊隊接觸過，也確實知道了在一股規模相當大的抗越游擊隊之中，確然有一個白種人在。所以，和傑西見面，已不是虛無飄渺的事，而是可以達到的目標了。

終於，在又過了兩天之後的黃昏時分，當他們正在叢林中的小路之中，覓途前進之際，陡然聽到了「颼颼」兩聲，有兩枝鏢槍帶著雪亮鋒銳的槍頭，自樹上飛射而下，交叉插在他們的面前，阻住了他們的去路。

他們連忙站定，只見陡然之間，自樹上躍下來、自草叢中冒出來，以及在想像不到的隱蔽之處，突然之間出現至少有二、三十個人之多。這些人的手中，有的抓著十分原始的武器——一種半彎形的利刀，也有人持著新型的衝鋒鎗。

青龍立時高舉雙手，急速地說明自己的來意和身分。

一個年輕人越眾而出，問：「你們是來找少校的？可是少校說過，他不見任何外人！」

原振俠沉聲道：「他不見別人可以，必須見我們！」

由於原振俠說得十分堅決，那游擊隊領袖側著頭向他望來。

原振俠又道：「你只消去告訴他，只有我們才可以告訴他，他是甚麼！」

那年輕的首領一臉疑惑，把原振俠的話，重複了一遍，道：「是不是那樣說？」

原振俠點頭：「對，你去對他說，他一定會見我們，我們可以等！」

首領又遲疑了一下，才揮了揮手，他自己帶著幾個人先向前走去，其餘的人圍著原振俠和青龍向前走。不一會兒，就走進了一個山坳之中。

一進入那個山坳，就可以看到山坳中，聚居著不少人，甚至有老弱婦女，都住在十分簡陋的、臨時建成的寮屋之中。兩人在游擊隊員的看守之下，進入了一間比較寬敞的寮屋，等了大約二十分鐘，聽得外面的游擊隊員不斷有立正、敬禮的聲音。

接著，門推開，一個身形高大，而且也頗為英俊，可是神情卻顯得極度憂鬱的白種男人，先在門口呆了一呆，然後，慢慢走了進來，目光在原振俠和青龍身上盤旋著。

那白種男人一走進來，原振俠已經知道他是甚麼人了，那當然就是傑西少校！

這時傑西少校所過的生活，當然不會如意，他鬍子滿腮，神情憂鬱，而且瘦削，但是這自掩不了他那種英俊的神采，他實在可以說是一個標準的美男子！可以想像，當他生活正常的時候，穿起嶄新的軍官制服時，風采是如何動人。阮秀珍會對他愛得那麼深，是可以想像的事。

三個人都互相打量著，不出聲。

歷盡了千辛萬苦，終於見到了傑西少校，原振俠的心中，實在是感慨萬千。

而青龍則盯視著傑西少校，這個和他有過相同遭遇的人，像是想在他的身上，看出自己究竟是甚麼樣子來。所以，三個人之中，還是傑西少校最先開口。

他攤了攤手，在他蒼白的臉上，有一種十分焦切的神情，他一開口就問：「你們知道我是甚麼？」

一般來說，問題應該是「你們知道我是甚麼人？」可是傑西卻忽略去了那個「人」字。

青龍的口唇掀動了一下，沒有出聲，原振俠卻用十分肯定的聲音道：「是，你是人，和我們一樣的人！」

傑西現出了極可哀的神色來：「或許你們不知道……」

原振俠一下子就打斷了他的話頭：「完全知道，我們是萊恩上校的好朋友，也認識彩雲，更和宋維長時間在一起。所以對你的一切，我們都再清楚也沒有！」

傑西少校蒼白的臉變得更蒼白，口唇劇烈地抖動著：「那麼，你們已經知道，我是一個死人了？」

當他在這樣說的時候，他的聲音甚至是嗚咽的，他又道：「如果我真是一個死人……那倒好了！」

傑西這時的情形，和原振俠所料想的完全一樣，所以原振俠也並不感到甚麼意外，他一指青龍：「這位朋友，和你有過同樣的經歷！」傑西一震，望向青龍。

原振俠又道：「是我把他埋葬的，然後，在大雷雨之夜，他從土中冒出來，你能說他是死人嗎？他是一個正常的活人。傑西先生，我相信你到任何設備齊全的醫院之中去檢驗——」

原振俠本來想說，不論在甚麼樣嚴格的檢查之下，他都會是一個正常的人。可是傑西只聽到了一半，陡然尖叫了起來，他的叫聲之中充滿了恐懼：

「不，不！我不要接受任何檢查，我不要像科學怪人一樣給人解剖，我不要，我不要！」

傑西毫無疑問是感到了真正的恐懼，因為他一面叫著，一面已轉過身，向外疾衝了出去！

這一點，倒是原振俠沒有想到的，他連忙撲過去，在他的身後把他攔腰抱住，急道：「好，不檢查，不檢查！」

傑西喘著氣，轉過身來：「我知道你們的來意，要勸我回美國去。你們要知道，我是一個有死亡記錄的人，萬一又出現了，我能避免檢查嗎？」

原振俠吸了一口氣。

傑西說的是事實，而他最怕的就是這一點，他怕檢查出來的結果，他自己不知是甚麼東西！這一點，是原振俠以前所未曾想到的。

那不單是心理上的問題了，事實上，真的有可能，在徹底的檢查下，查出他不知是甚麼來！

原振俠向青龍望去，青龍也現出駭然之極的神色來：「我也不會接受任何檢查，不會……因為我怕知道……真正的結果！」

傑西連聲道：「是！是！」

原振俠按著傑西，令他坐下來，然後，詳詳細細地向傑西講述自己的假設和「公式」，傑西十分用心地傾聽著他的話。

等到原振俠講完，傑西急速地搖著頭：「這一切，只不過是你的假設！」

原振俠還想解釋一下，可是傑西接著又道：「事實上，我和他……」他指著青龍：「都曾死過，你總不能否定這一點。」

原振俠沉聲道：「那只是一種看來像死亡的現象！」

青龍在這時，插了一句：「既然看來像死亡，就是死亡！」

原振俠對這一點，倒也無法反駁。

傑西的聲音聽來十分哀傷：「現在你知道我們的真正問題是甚麼了？我們曾死過，後來又……活了。雖然我們現在看來和常人一樣，但是我們的身體組織發生了甚麼變化，誰也不知道！」

原振俠仍然堅持著：「詳細的檢查……」

他的話才講了一半，青龍和傑西已一起尖叫了起來：「我不要做實驗室中的白老鼠！」他們的叫聲之中，充滿了異樣的恐懼，令得原振俠也不禁肅然，無法不同情他們。他們使用了「白老鼠」這樣的字眼。

的確，有過他們這樣奇異經歷的人，一定會成為研究的對象，全世界的醫學界人士的目光，都會集中在他們的身上！

雖然，他們是活生生的人，不至於把他們弄成一小塊一小塊來研究，但是抽他們的血和骨髓，以至他們的肌肉和皮膚，甚至取得他們的骨骼，是難免的了。當然，他們還會接受各種光線的照射，各種儀器的測試，他們將再無自由可言，他們絕無法再過正常的生活，他們只是「白老鼠」，不折不扣的實驗品！

原振俠完全可以瞭解他們的心情，可是作為一個醫生，這兩個人，對他來說，是解開生命奧祕之謎的唯一例子，活生生研究的實例。若是就這樣放過他們，那是人類科學上的極大損失！

當他想到這一點的時候，他自然而然地凝視著青龍，又凝視著傑西。

而青龍和傑西兩人，又不約而同，尖聲叫了起來：「你為甚麼看著我們？你為甚麼用這樣古怪的眼光看著我們？你……」說到這裏，兩人一起喘起氣來，但他們還是叫著：「你……你心中是不是在想，怎樣研究我們，怎樣把我們當實驗品？」

原振俠吸了一口氣：「是的，發生在你們身上的事，或許可以解釋人類生命之謎！」

傑西又怒又驚：「讓人類的生命繼續成謎好了，為甚麼要解開它？」

青龍也叫道：「別把我們看得那麼偉大，我只是我，可不願為人類作犧牲！」他說到這裏，直指著原振俠：「我會留在這裏，和傑西在一起，再也不會和知道我底細的人在一起。就算你把我的祕密宣揚出去，也不會有人可以找得到我！」

青龍在這樣叫著的時候，面肉扭曲到可怕的程度，不但顯示了他內心的極度恐懼，也顯示了他的決心。

原振俠在這些日子來，很瞭解青龍的性格，知道再對他說甚麼，也是沒有用的了。於是，他轉向傑西：「傑西先生，你呢？你可知道秀珍是多麼愛你？她和你們的孩子，難道你一點也不想念他們？」

原振俠的話，令得傑西整個人都震動了起來。

原振俠又道：「你可知道秀珍為了尋找你，經歷了多大的苦楚？如果你還是人，就不該躲著她，拿出勇氣來，回復你自己的身分，去見她！」

原振俠的話說得極誠懇，也十分有震撼力。可是他萬萬料不到的是，他的話才一出口，傑西就陡然大聲狂笑了起來。

傑西一面笑著，一面重複著原振俠說過的一句話：「如果我還是人！如果我還是人！我就是不知道自己還是不是人！」

原振俠陡然提高了聲音：「就算你根本不是人，你也應該……」

原振俠是面對著傑西在講話的，而且他必須勸服傑西，所以全神貫注在傑西的身上。自然，他絕想不到在這樣的情形下，會有意外發生的。所以，當他突然感到腦後一下重擊之際，他在昏過去之前，腦際只是閃過了青龍的名字，知道那一擊是來自青龍的，然後，就甚麼也不知道了。

原振俠不知道自己昏迷了多久，當他又有了知覺之際，後腦上還傳來一陣陣刺痛。他先是感到有無數雨點灑向他，然後，他大叫一聲，坐了起來，發現他自己正在野外的一株大樹下。

雨勢相當大，那株大樹全然不足以避雨，他被雨一淋，清醒了許多，四面看看，想找避雨的地方，看到前面有一處凸出的山崖，就奔了過去，才奔了一步，在他的身上，就跌下了一樣東西來。他低頭一看，那是一個油紙包。

原振俠不知那是甚麼，立時拾了起來，奔到了那山崖之下，才喘了一口氣，想起了昏迷不醒之前的事。雖然眼前一個人都沒有，可是他還是叫了起來：「青龍！傑西！」他叫了幾聲，一點回音也沒有，定了定神，把手中那個油紙包拆了開來，裏面是寫滿了字的紙張。當他把紙上寫的看完之後，他不禁呆了半晌，那是一封信，是青龍和傑西聯名寫給他的。

以下，就是青龍和傑西聯名給原振俠的信：

原，當我發現你的話有可能打動傑西的時候，我出手把你打昏了過去。我必須這樣做，傑西的動搖也只不過是一時間的事，如果他真的聽了你的話，他一定會後悔不已。

當你醒來，看到這封信時，你已經在至少一百里之外。在你昏迷的時候，我們又利用了麻醉藥，使你繼續昏迷，然後，盡可能把你送到遙遠的地方去。當我們挑出最可靠的人送你出去，算準了在你醒過來之前離去的同時，我們正向相反的方向前進，所以離你更遠。

你根本不必嘗試來找我們，不但找不到，而且我們又吩咐下來，再有人來找我們的，一定是越南人的奸細，所有的遊擊隊員，會毫不猶豫地殺死來找我們的人，唯有這樣的安排，我們才是安全的。

我們不願聽從你的意見的理由，你應該已經知道了。但由於你沒有我們同樣的經歷，所以其實也無法知道，我們心理上的恐懼是如何之甚。傑西為甚麼會怕大雷雨，就是因為不知道在再一次大雷雨中，我們又會發生甚麼變化！

在我們的身上，已經發生過一次變化，我們不想明白原因。我們不知道自己是甚麼，只好在沒有人知道我們的情形下「活」下去。

朋友，我們永別了。傑西說他也愛秀珍，但是他實在無法再和秀珍在一起，無法作為一個正常人再活下去。願你千萬不要有與我們同樣可怕的經歷，千萬不要。

信末，是青龍和傑西兩人的簽名。

原振俠看了這封信後，呆了好久，以致大雨是在甚麼時候停的，他也不知道。

他只知道，傑西和青龍兩人，如果下定了決心要躲起來的話，那麼，真的不會再有甚麼人可以找到他們了。

原振俠感到了極度的悵然，過了好久，才鎮定了下來，辨別了一下自己所在的地方，發現那是三天前經過的，就在宋維埋骨的不遠處。

他心中陡然升起了一個念頭：到宋維埋葬的地方，去看一看！

他認定了方向，幾小時後，就找到了那個山洞。他用一根粗樹枝掘開了泥土，宋維的屍體更加腐爛得不成樣子了，宋維並沒有復活，真正死了。

原振俠忍住了噁心，又將他埋了起來，然後，他開始回程，向泰國的邊界進發。

他又經歷了十來天可怕的旅程，只有他一個人。幸好他在宋維和青龍那裏，學會了如何在這樣惡劣的環境之中求生的方法，如果一開始就是他一個人的話，他早已消失在叢林、山地或是沼澤之中了。

在這十多天中，他一直在想著發生在傑西和青龍身上的事，而心中也迷惑得難以解得開謎團。

他理解到，青龍和傑西的恐懼，未必只是心理上的毛病，可能在生理上，他們也感到有點與以前不同之處，只不過他們沒有講出來而已。

所以，也大有可能，在經過了死亡／復活的過程之後，他們已經變成了另一種人，和普通人有著根本不同的另一種人，這也正是他們感到恐懼的根源！

當他終於越過了邊界，又進入泰國境內之時，他倒也有死裏逃生的復活之感。

兩天之後，原振俠到了曼谷，他在途中，已經知道了萊恩上校的大新聞。

萊恩上校被宋維所騙，不顧一切地進入柬埔寨境內去找秀珍，不到三天就被逮捕。他的聯合國難民專員的身分救了他，越南軍隊把他驅逐了出來，他自然受到了譴責。

原振俠一到曼谷，就到萊恩的住所去，可是他沒有見到萊恩，只見到了彩雲。而且，屋子中一片凌亂，顯然是已準備搬遷。

彩雲消瘦了不少，看起來很憔悴，但依然不失是一個美人胚子。她並沒有哭，只是淡然告訴原振俠：「我和他離婚了！」

原振俠苦笑了一下：「他在哪裏？」

彩雲撇了撇嘴：「不知道，他自動辭職，說是要盡他的餘年，去找秀珍。」

原振俠嘆了一聲：「那麼，秀珍又在哪裏？」

彩雲緩緩搖著頭道：「不知道，她像是消失了一樣，我看萊恩找不到她。其實，我也很想再見見她……問問她……如何才可以令得男人……對她這樣神魂顛倒？」

彩雲說到後來，眼睛又不禁紅了起來。

原振俠再長嘆一聲：「其實……任何女人都不會有這樣的祕訣……那只不過是緣分，奇妙的緣分！」

彩雲的聲音更傷感：「緣分？我不相信。難道我和萊恩之間，沒有緣分？」

原振俠攤著雙手：「這是無法回答的問題，如果這問題有答案，緣分也稱不上奇妙了。」

彩雲默然半晌，才道：「你見到了傑西沒有？他怎麼樣了？他的事……」

原振俠只好含糊地應著：「見到了，他的事，根本是誤會。而且，秀珍也不見得那麼迷人，傑西對她就一點興趣也沒有了。」

彩雲長長地吁了一口氣，彷彿有報了仇似的痛快。

原振俠告辭之後，連走了幾家酒吧，在其中的一家找到了萊恩。

萊恩上校的樣子，變得幾乎認不出來，十足是一個就會醉死在下級酒吧中的酒鬼。他甚至認不出原振俠來，口中只是滿嘴地唸著：「秀珍，秀珍……」

原振俠望著他，難過地搖著頭，他陪了萊恩幾天，萊恩一直沒有從酒精的麻醉之中醒過來。一直到萊恩在美國的親人趕到，把他送到了醫院之後的第三天，萊恩才算是醒了過來。

在醫院的病床上，萊恩雙眼失神，問：「見到秀珍沒有？她……她……」

原振俠吸了一口氣：「萊恩先生，你可以盡你一切力量去找秀珍，告訴她，傑西已經……死了。如果你愛秀珍，可以毫無顧忌向她示愛！」

萊恩一聽得原振俠這樣說，興奮得全身發抖，而原振俠已不願再和他說甚麼，轉身走了出去。

原振俠並不介意自己說了一個謊，因為他知道，傑西是再也不會在人前出現的了。萊恩既然這樣迷戀著秀珍，讓他找到秀珍之後，去發展他的愛情，未嘗不是一件好事。他並沒有在曼谷再逗留，就回到了家中。那一段經歷，對他來說，就像是一場噩夢一樣。

不多久之後，原振俠參加了一個有世界各地來的醫學權威參加的座談會，座談會的主題，環繞著人類生命的奧祕。在座談會快結束的時候，才輪到原振俠這個並非權威的醫生發言。

原振俠的發言才一開始，就引起了極其劇烈的反應，有的人哈哈大笑，有的人搖頭，有的人發怒。因為原振俠一開始就道：「現代醫學上，對於一個人死亡的定義，有修正的必要。在被確認為死亡的情形之下，有的人其實並沒有死，在某種情形下，可能復生！」

座中有人尖叫：「請舉例說明，在甚麼樣的情形下，死人會復生？」

原振俠答：「至少有一種情形，是可以肯定的！」

在眾人的呼叫嘈雜聲中，原振俠大聲叫了出來：「這種情形是大雷雨！」

座中的轟笑聲，簡直是震耳欲聾的。

原振俠漲紅了臉，大聲疾呼，說道：

「別笑！我們對人類生命的奧祕，所知實在太少。對大雷雨，各位又知道多少？大雷雨會造成甚麼變化，有人能講得出來嗎？我的經歷是……」原振俠沒有機會講出他的經歷，因為轟笑聲把他的聲音完全淹沒了。

一個看來十分有資格的長者，來到他的身邊，拍著他的肩：「小夥子，你還是改行當幻想家吧，那比較適合！」

原振俠沒有再說下去，他知道無法說服那些醫學權威的。雖然人類的醫學水準還那麼低，別說各種癌症了，連簡單的傷風感冒，也還沒有確實的醫治方法，可是醫學權威是那麼自滿，這還有甚麼可說的呢？

在接下來的日子中，原振俠致力於查究「黃色死神」的來歷。

可是，原振俠問了許多熱帶毒蛇專家，他們都連聽也未曾聽說過，在小寶圖書館如此豐富的藏書之中，也找不到這種毒蛇的記錄。

當然，在宋維的家鄉，一定有人知道的，但宋維說過，那是他們一族最高的祕密，他沒有法子探究得到的。

原振俠自己可以肯定的是，他的那個公式，雖然是他的假設，但至少有兩個例子，是證明他的公式可以成立的：

某種情形下的死亡，在某個特定時間內，在某種環境之中，可以復活。

三個未知數！人類生命的奧祕實在太複雜了，三個未知數，算是甚麼呢？原振俠只好嘆息。

若干日之後，原振俠忽然接到黃絹打來的電話。

黃絹在電話中，用相當惱怒的聲音責問他：「你把我的人怎麼了？我要他幫助你，你們是一起進入柬埔寨的，他怎麼失蹤了？」

原振俠用苦澀的聲音回答：「他……你說的是青龍？他遭到了一點意外……」

黃絹的聲音仍然憤怒：「甚麼意外？他是我們在中南半島最好的人，他現在在哪裏？」

原振俠嘆了一聲：「不知道，我想……不會有人知道他在甚麼地方了！」

黃絹停了半晌，才道：「說真的，原，你那次到柬國去，目的是甚麼？」

原振俠聲音之中，充滿了茫然：「不知道，真的，不知道！」

黃絹又沉默了片刻，才突然掛斷了電話。

說起長途電話，除了黃絹以外，還有一個人，更不斷地打電話給原振俠，那是萊恩。

萊恩的電話，幾乎是千篇一律的：「我還沒有找到秀珍，還沒有……」接著，就是一陣近乎嗚咽的、痛苦莫名的聲音。

秀珍到哪裏去了呢？

原振俠也不時想著。可是他知道，一個人要消失到再也不和熟人相見，絕不是甚麼困難的事。

世界如此之大，要躲起來，真是太容易了，傑西和青龍不是也等於在世上消失了嗎？

原振俠略感遺憾的是，雖然在各個不同人的敘述之中，他對這位阮秀珍女士，知道得十分多，可是他卻始終未曾見過她。

自然，他也無法知道，秀珍和那些迷戀她的男人之間的緣分，是怎麼一回事？

〈完〉

精怪

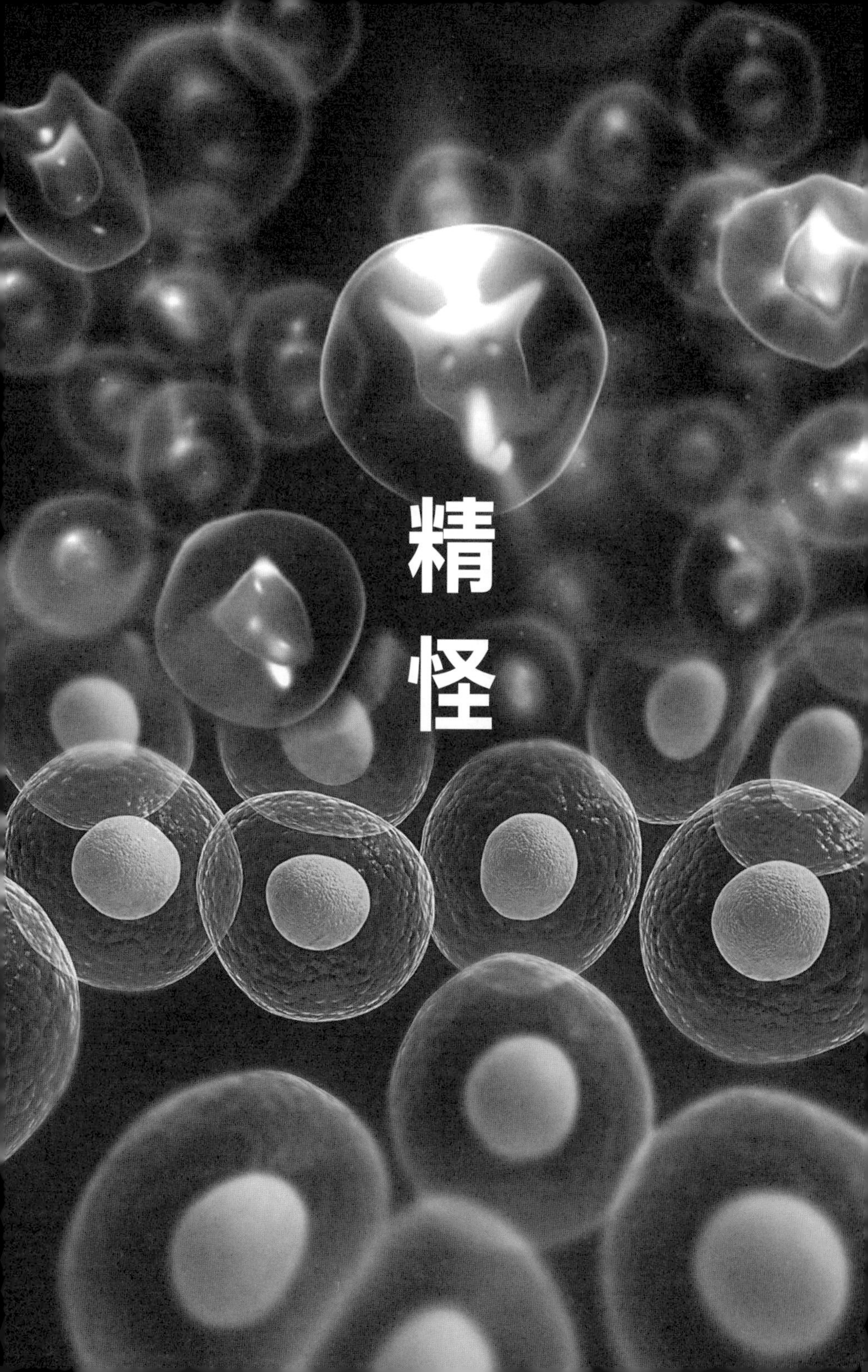

第一部：怪老頭子是醫院著名的病人

醫院各處走廊上的擴音器都傳出聲音：

「原振俠醫生，請到院長室……原振俠醫生，請到院長室……」

原振俠正從三樓的病房中走出來，醫院的三樓是兒童病房，有許多年幼的病人，有的甚至是才出生不久的，原振俠和其他幾個醫生，剛才就對一個有先天性心臟缺陷、出生才三天的嬰兒做了詳細的檢查。

那嬰兒一切正常，就是左心瓣缺了一半，所以生存的機會只有百分之十，就算僥倖經過了手術校正，使他可以活下去，他一生也無法和正常人一樣生活。

所以，原振俠離開病房的時候，心情十分沉重。醫院中每天都有各色各樣、各種病人離開人世，原振俠斷不是為了那嬰兒可能夭折而難過。他是在思索一個問題。

他想的是：在精子和卵子結合之後，受精卵在母體的子宮之中，按程序發育長大，雖然在大多數的情形下，都會形成發育正常的胎兒，但是為何有那麼多先天性有缺陷的胎兒形成？

有些時候，缺陷的形成是有因由可以追尋的，但是更多的卻會全然原因不明！

像先天性心臟缺陷，是怎樣形成的呢？好好的一個胎兒，為什麼在身體組織那麼重要的部分會忽然少了一點東西，以至於他的發育過程全是白費了的，因為他沒有什麼活的機會。

如果少了的是一隻手指、一隻耳朵，那全然不成問題，可是有先天性心臟缺陷的嬰兒，好像有越來越多的趨勢，全世界的醫生都致力在研究其中的原因，可是直到如今為止，還是一點結果都沒有！

原振俠就是在這種心情沉重的思索之中，從病房走出來的，所以擴音器中傳出來的聲音雖然響亮，他也根本未曾注意，一直到有一個護士用驚訝的目光望定了他：

「原醫生，院長在找你！」

原振俠這才「啊」了一聲，聽到了廣播，走到電梯口，電梯恰好來到，他走了進去，遇到了另一位醫生，向他打了個招呼，道：「五樓那個怪老頭不行了？」

原振俠苦笑了一下，「五樓的那個怪老頭」是醫院中著名的病人，由原振俠主治，患的是肺癌，超過七十歲的肺癌病人是完全沒有治癒希望的，醫生所能做到的，只是儘量減少病人的痛苦而已。

而這個病人被稱為「怪老頭子」，也是有原因的。

怪老頭子並不是模樣怪，而是他的行為怪，他獨住在五樓的一間頭等病房之中，送他入院的是他三個女兒。入院那天的情形，原振俠記得很清楚，「怪老頭子」是由救護車送來的，可是看來精神並不壞，堅持要自己走，非但不肯用擔架、輪椅，而且也不要他三個女兒扶持。

怪老頭子的年紀超過七十，他的三個女兒，由三十餘歲至四十餘歲不等。雖然是送親人入院，可是，這三個中年婦女卻還想在衣飾上表示她們是富貴人家，穿戴著許多俗氣而不合時宜的珠寶首飾，而且，不顧醫院之中要保持寂靜的普通常識，用著類似女高音的嗓子在作連珠炮的爭論。

當怪老頭入院之前，醫院方面已決定了原振俠作他的主治醫生，所以，當他堅持要自己走路之際，原振俠微笑著，並沒有阻止。因為他知道，一個絕症病人的求生意志，可以使他忍受晚期症狀痛苦的能力增加，這老人看來精神也不差，這是一個好現象。

原振俠一直跟在他的身邊，怪老頭子顯得相當不耐煩，走了幾步，就向原振俠瞪眼睛：「小夥子，別在我面前擺出一副醫生的架子來，我在念醫學院的時候，你這小子，可能還沒出世！」

這句話，倒很出乎原振俠的意料之外，因為在病人未進院之前，作為主治醫師的，自然需要熟悉病人的資料。

病人得了肺癌，已由種種檢查證實了，是毫無疑問的；而在病人生活資料上，卻絕未註明病人本身也是一個醫生——通常，如果病人的職業是醫生的話，是一定會特別指出的。

原振俠還曾留意過，這個病人的職業欄上，填著「已退休」的字樣。

所以，那時，原振俠就用略帶驚訝的語氣道：「原來是前輩，請多多指教！」這原來是一句十分普通的客套話，當知道對方的身分也是一個醫生而年紀又比自己大許多的時候，自然應該這樣說法。

可是怪老頭子卻翻了翻眼睛：

「什麼前輩，什麼指教，指教什麼，哼，電視劇看得太多了！」

這時，恰好有不少醫院中的人在附近，都聽到了原振俠和病人的對話，幾乎每一個人的心中都想：這老頭子真怪！

「怪老頭子」的名字，在醫院上下，不脛而走，就是從那次開始的。

原振俠當然並未介意，他不明白對方這樣說是什麼意思，只好順口道：「老先生，雖然你是醫生，可是現在，你是……」

他本想講「現在你是我的病人」，可是他的話才講到一半，怪老頭子大聲道：

「住口，誰告訴你，我是一個醫生？」

原振俠不禁愕然了，他望著對方：「剛才你自己說，你在醫學院的時候……」

老頭子一副不屑的神情：「我上過醫學院，難道就是醫生了嗎？哼，醫生，現在被人稱為醫生的，算是什麼東西！」

這句話一出自老頭子的口，不但原振俠怔呆，所有人都面面相覷，在醫院中罵醫生是「什麼東西」，這情形和在佛寺罵和尚是「禿驢」，也就沒有什麼多大分別了。那時可以聽到那句話的醫生，至少在五個以上，人人都不知道如何反應才好。

怪老頭子還十分得意，在講了那句話之後，還重重地「哼」了一聲，以示他對自己那樣講，絕對沒有後悔或表示歉意之意。

原振俠知道，若是再在這個問題上糾纏下去，一定只有令得場面更加尷尬，所以他立時轉向那三位女士：「三位是老先生的女兒嗎？」

三位女士年紀最大的一位，用宏亮的嗓音道：「是！我們要頭等病房！」

這時，爭執又起來了，老頭子立即抗議：「不，我不住頭等病房！」

三位女士堅持：「要頭等病房！」

怪老頭子的聲音不低，三位女士的聲音更高，這種情形的爭執，在醫院中發生，本來是十分惹人反感的，可是他們爭的是病房等級，而且是小輩堅持要住頭等病房，表示他們的孝心，這又令人起敬，所以周圍的人雖然暗暗皺眉，但也並沒有說什麼。

原振俠在一旁，眼看著這樣爭下去不是了局，就問：「老先生，頭等病房，適宜靜養，既然三位……」

怪老頭子又打斷了原振俠的話頭：「住頭等病房，連個人說話都沒有！」三位女士之中的一位一撇嘴：「沒有人喜歡聽你說話的！」

這一句話，把怪老頭子激怒了，他本來灰敗的臉色居然一下子就漲紅了，而且劇烈嗆咳起來。

怪老頭子在嗆咳之際，神情顯得十分痛苦，可是他還是掙扎著把他的話說了出來：「你懂個屁！人人都不喜歡聽，有什麼關係？怎知我不會恰好遇到一個天才，聽得懂我的話？」

那位女士捱了罵，仍然是一副不服氣的神情，可是也不敢再說下去了。

怪老頭連連喘氣，話都講不出來，就在他無法表示反對的當兒，三位女士已作出決定：住頭等病房。

於是，怪老頭就在原振俠、兩個護士、三個家人的簇擁之下，浩浩蕩蕩地進入了五樓的一間頭等病房。

一直到了頭等病房，怪老頭子才喘定了氣，他氣吼吼地又講了幾句話，原振俠聽了之後，不禁怔呆了一下，因為那幾句話是用又純又流利的德語講出來的，講的是——「別以為全世界都沒有人懂，就等於事實不存在！」

原振俠的訝異實在是有道理的，因為那怪老頭子的外形，看起來絕不像是會說如此流利德語的人。對了，應該來說一下這個被稱為怪老頭子的老人的外形了。當然，這是說他進院那天的外形。至於後來，人人都知道癌細胞是如何在吞噬著人的健康，會使病人的外形起可怕的劇變，那就不必再形容了。

進院那天的怪老頭子，身形高大，但是卻已經相當瘦，顴骨高聳；雜亂的短鬚和雜亂的頭髮全是花白斑駁的；大手大腳，手上的指節骨都異常突出。他衣著隨便，穿的是一套式樣十分古怪的西裝，那種樣子的西裝只有在以那個時代作背景的電影之中，才能看得到。

手中拄著一根手杖——如果沒有那根手杖，他又沒有人扶，只怕自己不能走動。手杖是西式的，看來也十分殘舊了，手杖上有一個半圓形的球，倒是金光燦爛，可能是純金或是金鑄成的。

這種神情的一個人，忽然說起流利的德語來，不是很值得驚訝麼？

而且，他這句話，分明不是存心向人家說的，而是在自言自語，由此可知他平時在思考的時候，也是習慣使用德語的。

所以原振俠立即想到的：他自己曾念過醫學院，可能不是假的。

所以，他順口問了一句：「老先生曾在哪間醫學院進修過？」怪老頭只是悶哼了一聲，當時並沒有回答，一直到好幾天後，原振俠才從和他的一番對話中，多少知道了一些他在什麼醫學院進修過的資料。

原振俠記不清是怪老頭子入院之後多少天的事了，大抵不會超過一個星期。

怪老頭子當然是有名字的，他有一個相當冷僻的姓：厲，名字是大猷。

可是人人在背後都叫他怪老頭子，當面，自然稱他厲老先生。

幾天住下來，怪老頭子倒並沒有什麼怪行，可是他對醫藥方面知識之豐富、熟稔，凡是和他接觸過的醫生或護士，都認為他是一位極其傑出的醫生！可是他又曾當眾否認過他是醫生。

有一天，醫院院長和原振俠一起從病房出來之後，就曾說過：

「真奇怪，怪老頭子應該是一位極其出色的醫生，厲大猷，怎麼從來沒聽說過他的名字？只知道有一位傑出的數學家叫吳大猷。」

原振俠笑道：「叫大猷這個名字的人多得很，清朝就有一個詞人叫錢大猷。或許他曾改過名字，所以你不知道有這個人。」

院長搖了搖頭，原振俠也知道自己這樣說，在道理上不是十分講得通，因為院長在醫學界的資格相當老，一位傑出的醫生，又是中國人，沒有理由是他從來沒聽說過的名字！

當時，他們的談話到此為止，並沒有深究下去。

兩三天之後，當原振俠替老頭子檢查了一下，發現他的病越來越惡化之際，勉強安慰他幾句時，怪老頭「哼」了一聲：「你是在日本學醫的吧！」

原振俠不敢怠慢，忙道：「是，日本輕見醫學院！」

怪老頭子「哼」了一聲：「日本人最虛偽了，還要鼓勵病人用意志活下去！」

原振俠道：「日本民族性有他們虛偽的一面，但是我不認為醫生鼓勵病人儘量運用求生的意志是一種虛偽的事情！」

怪老頭子又「哼」了一聲：「輕見這個人在德國的時候，我見過他，他的名字很怪，好像是小……小……」

原振俠道：「輕見小劍，輕見醫學院，就是他所創辦的，相當有地位。」

怪老頭子嘲弄似地笑了起來：「日本的醫學，先學荷蘭，又學德國，現在，又視美國為上，一塌糊塗，從來也沒有自己的創造！」

原振俠聽得出對方的語氣當中，對自己充滿了輕視，他也不禁有點生氣。

原振俠雖然生氣，但當然不會在一個垂死的病人面前發作，他只是道：「厲老先生是在德國學醫的？」

這一句普通的問題，怪老頭子反應也是十分古怪，他雙眼睜得極大，望著天花板，像是正在緬懷著遙遠的往事。

過了好久，他才從回憶中醒了過來，忽然又激動了起來：「德國又怎麼樣？德國人自認為是醫學先驅——」在這裏，他來了一句用德語講的話，全然是模仿德國人的語氣說的：「現代醫學從德國開始！」

然後，他又是「哼」地一聲：「狗屁！德國人一點想像力都沒有，沒有想像力，怎樣做得好一個醫生？」

他在講最後一句話時，向原振俠望來，像是徵求原振俠的同意。

一般來說，大多數人都會認為醫學是一門腳踏實地的科學，注重實驗的結果，不妄作想像，自然對怪老頭子的意見不會同意。

可是原振俠本來是一個想像力十分豐富的人，他又曾有過許多怪異奇幻的經歷，所以他對老頭子的說法，倒是同意的，他由衷地道：「是！」

怪老頭子高興了起來：「哼！真不容易。你居然不反對我的意見。」他講到這裏，忽然又收斂了高興的神情，長嘆了一聲，喃喃自語：「有什麼用，有什麼用！」

然後，又是一聲長嘆。

原振俠見他忽然傷感起來，就不和他再說下去，做了一個手勢，示意他好好休息，就要離開。

當原振俠要拉開門之際，忽然聽到怪老頭子講了一句話：「我有一個兒子！」一個人，尤其是一個老人，有一個兒子，那是普通之極的事情，原振俠聽後，只是「嗯」了一聲，連身子都沒有轉過來。

可是，怪老頭子接下來的一句話，卻令原振俠像是當場後背心被人重重地打了一拳一樣！

怪老子接著說：「可是我又殺死了他！」

原振俠一怔之下，立時轉過身來，發現怪老頭子的雙眼直視著天花板，神色惘然，看來剛才那句話，他根本不是對原振俠講的，只是在自言自語！

原振俠呆了一呆，一時之間，倒不知如何接口好，怪老頭子雙手發顫，舉了起來，掩住了臉，喉間發出了一陣抽噎來。

第二部：老人家曾殺死過自己的兒子

怪老頭子的行動和他所發出的聲音，足可以令人知道他的內心痛苦莫名。原振俠在震動之餘，心中「啊」了一聲！這老人，他曾經殺死過自己的兒子！

如果眼前的老人是一個普通人，原振俠一定不會想到旁的方面，可是那怪老頭子，無論從哪方面來看，都是一個醫生，那麼他的話就可以從另外一個角度來理解，譬如說，他的兒子生了病，由他來醫治，而結果不治，那麼也可以說是他殺了自己的兒子；更有可能，在醫治的過程中，他曾犯過錯誤，導致他的兒子死亡，在心理上，他會認為他殺死了自己的兒子的。

另外還有可能的是，怪老頭子在強烈的藥物治療之下，起了幻覺，把一件根本沒有發生過的事，當作發生過。

究竟是什麼樣的情形，原振俠在未曾確切知道之前，自然不知道如何反應才好。

而就在這時，怪老頭子的雙手抖得更厲害，他仍然用手掩著臉，嗚咽的語聲自他的指縫之中迸出來：「我不能不殺他，不能不殺他！」

這兩句話，原振俠是聽得清楚的，接下來，又有幾句話，由於他一面抽噎一面說著，所以全然聽不清楚。原振俠聽了那兩句話心中更是怵然。

因為從這兩句話聽來，他不像是在什麼醫治過程中殺了人，而是故意的謀殺，只不過當時的情形是他「不能不殺他」而已！

原振俠來到了床邊，低聲叫道：「厲老先生！厲老先生！」

怪老頭子停止了抽噎，剎那間靜了下來，靜得原振俠幾乎認為他沒有呼吸了，才聽得他的聲音：「剛才我在自言自語，你當作什麼也沒聽到吧！」

原振俠又怔了一怔，在當時的情形下他實在不能做什麼。

對方是一個垂死的病人，就算他真的殺死過自己的兒子，也是無法追究的事情，他只好答應著，走出了病房。雖然以後幾天，再也沒有聽得怪老頭子提起過什麼兒子的事來，但是原振俠心中，始終存著一個疑團。

這個疑團，也沒有存在多久，就解開了。那是兩三天之後，那三位女士又一起來探訪她們的父親之後的事。

三位女士顯然都已嫁了人，而且各有自己的家庭，可是她們每次來，都是一起來的，這次也不例外，當她們離開之際，原振俠在醫院門口，遇見了她們，想起了怪老頭子那天的話，就叫住了她們，問：「厲老先生有一個兒子——你們的兄弟？」

原振俠才問了一句，那三位女士陡然之間嘻哈大笑了起來，那真令得原振俠莫名其妙，問起她們的兄弟，而這個兄弟又有可能是給她們的父親殺死的，那又有什麼好笑的？

原振俠也不知道如何去制止那三位女士的狂笑，他只好等著，一直等到她們總算停住了笑聲，其中一個才道：「老頭子想兒子想瘋了，他只有我們三個女兒，哪裏來的兒子！」

原振俠「啊」地一聲：「可是……可是……」

他在考慮是不是要把那怪老頭子的話講出來，因為那畢竟是一件不尋常的事，可是就在他猶豫間，另一位女士已經道：「他還說，他殺死了他的兒子，是不是？」

還有兩位道：「他終於對人講了，那麼多天才講，真不容易！他不想住頭等病房，就是好向別人講他的這件事！天曉得，誰會聽他的？」

原振俠不禁啼笑皆非：「三位的意思是，根本沒這回事？」

三位女士道：「他也曾一本正經地對我們說過，那時我們母親還在，母親就罵他是神經病，想要兒子想瘋了，胡說八道！」

原振俠大大地吁了一口氣，疑團消散，他又問：「厲老先生……曾是一位醫生？」

三位女士又互相望著，現出了十分滑稽的神情來，用誇張的聲音反問：「醫生？」

原振俠怔了一怔，看得出這三個女兒對她們的父親的瞭解，連表面程度都不夠，對於這一點，原振俠實在無法掩飾對她們的不滿：「厲老先生是一位很有資格的醫生，他曾在德國留學，攻讀醫學，你們應該知道這一點！」

三姐妹互相望著，像是聽到了最可笑的笑話一樣，紛紛道：「留學？」「在德國攻讀？」

就像她們從來沒有聽過那些名詞一樣，接著，她們三人又一起哈哈大笑起來！

原振俠的心中實在十分疑惑，做女兒的對父親再不瞭解，也不可能到達這種程度，這其中，自然大有蹊蹺在！

原振俠定了定神，問：「那麼，厲老先生是幹什麼的？」

三位女士異口同聲答：「他？什麼也不幹！」

原振俠不禁又好氣又好笑：「什麼也不幹，那麼，何以為生？靠什麼生活？」

三位女士又笑了起來，一個道：「醫生，靠祖產，祖先有產業，你明白嗎？」

原振俠搖著頭：「不明白，我不明白何以你們對自己的父親知道得那麼少？」

三位女士一怔：「少？輪到我們不明白了，你說的關於他的一切，我們聽來像是天方夜譚一樣！」

原振俠悶哼了一聲：「至少，你們應該聽他講過德語，就知道他到過德國！」

三人一起搖頭：「他極少和我們講話，小時候，我們對他的印象是，他只是躲在鄉下那幢古老大屋的一個屬於他自己的角落中，你當然知道，鄉下的大屋大起來，可以大得嚇死人，哪像現在，有幾間房間，就算是花園洋房了！而我們家的屋子又特別大，他躲在一角，誰也見不到他，還講什麼話？」

原振俠心想，原來厲大猷不是到了年紀老了才怪的，年輕的時候已經是怪人了！他又問：「那麼你們的母親呢？難道令堂不向你們提及厲老先生的事？」

三姐妹中的大姐搖著頭：「我媽媽也很少見到他，她是鄉下一個窮家女，忽然厲家少爺——就是我爸爸，派人來提親，那還有什麼話說的，當然就千順萬順地嫁了過去，厲家在鄉下十分有錢，我祖父又故世得早，財產全由我爸爸掌管著，我母親日子當然過得豐衣足食，可是我爸爸不怎麼見她，母親倒是經常對我們說……」

說到這裏，另一位女士打斷了她的話頭：「這些家裏的事，不必對人家說了！」

原振俠道：「不！不！知道病人的情形越多，對病人越有幫助！」

當他這樣說的時候，他心中不禁暗暗罵自己一聲「卑鄙」。雖然他說的話，是毋容反駁的。但是他自己心中雪亮，這時自己不斷地追問，只是對這位看來充滿了神秘色彩的厲大猷先生有了好奇心，想知道更多一點有關他的事而已！

他這樣講了之後，三姐妹沉默了半刻，大姐才問：「老人家的病已經沒有希望了，是不是？」

原振俠嘆了一聲，又攤了攤手：「是的，只不過在拖時間而已！」

得到了這樣的回答，三姐妹並沒有什麼悲戚的表示，只是互相望了一眼，原振俠又想追問，可是又覺得這有點故意在打聽人家的隱私，所以一時間不知如何開口才好。

幸而那三位女士的發表欲相當強，不等原振俠再問，大姐說道：

「我們母親在我們小時候，常形容她見老頭子的次數少，說是有三年，寒天特別冷，她替父親送被子去，就有了我們三姐妹！」

原振俠聽了不知道是笑好還是驚愕好，夫婦之間見面少到這種程度，也算是罕見的了。自然，在以前鄉下的富豪家庭之中，可能有這種情形發生，但通常都是男方另外有了堪眷戀的女人才會這樣，但是現在聽來，厲大猷的情形卻又不是這樣！

原振俠再問：「令尊一直是自己一個人住在大屋的一角？」

大姐道：「是啊，我們母親去世很早他也沒有續娶，後來離開了鄉間，來到了大城市，那時我們三姐妹還要人照顧，他就雇了人來照顧我們，造了一間大屋子，他就躲在屋子的三樓也不讓我們上去，連吃飯一家人都是不在一起吃的！」

這種情形，除了說明厲大猷是一個性情孤僻的人之外，似乎沒有別的解釋。

可是從這十來天，原振俠和他接觸的情形看來，厲大猷怪是有點怪，但決不是如此孤僻的人！

他遲疑了一下：「他的脾氣……現在好像隨和多了。」

三姊妹一起點頭：「是，自從我們都嫁了人之後他也老了，多半感到寂寞，所以我們有時回去看他，他也肯和我們說話。不過幾年前開始，他又胡言亂語，說他本來應該有一個兒子的，可是他自己卻把兒子殺死了，真是胡說！」

三位女士中年紀最輕的那個道：

「媽也說過，當她生了我，我滿月的時候，她抱去給爸爸看，爸爸知道又是一個女兒，在看了我一眼之後，呆了片刻，才道：『我本來有一個兒子的……』當時，媽也不知道他這樣說是什麼意思，只當爸在想兒子，而自己的肚子又不爭氣，所以低著頭，半句話也不敢說。後來當我懂事了，她對我說起過這件事，還對我們說，女人的肚子，最要緊爭氣，要會生男孩子……」

原振俠不等她再講下去，就打斷了她的話頭：「這樣說來，令尊說他有一個兒子的事，不是幾年前才開始，是早已這樣說過的了？」

三姊妹對這件事突然緊張了起來，一致道：「不管他怎麼說，絕無此事，我們的父親只有我們三個女兒，沒有別的孩子。」

當她們這樣說的時候，甚至於可以說神色十分凝重。

大姊忽然對其他兩個道：「是不是爸快死了，有人存心不良，想假冒他的兒子，好分他的遺產？」

另外兩個更加緊張起來：「有可能。我們得趕快找律師去研究一下。」

原振俠聽得她們三人忽然談論起厲老先生的遺產來，而且又如此緊張，他自然插不上口。

而三位女士一想到遺產，也顧不得再和原振俠講下去了，一起匆匆上了車。

原振俠嘆了一聲，心中暗暗好笑，真想追上去告訴她們，不必緊張。

因為厲大猷雖然說他有一個兒子，可是這個「兒子」早已被他殺死了，早已死了的人是絕不會和她們搶分遺產的。

當然原振俠後來並沒有這樣做。經過這次談話，原振俠對怪老頭子又有了多一點了解。

可是在以後的日子中，原振俠好幾次有意，要想在怪老頭子自己的口中，得知他多一點事，厲大猷卻絕口不言。

而厲大猷的病情越來越壞，原振俠也知道了他的三個女兒，每次到醫院來總是一起來的原因，並不是她們三姊妹的感情特別好，而是她們在互相監視。

因為厲大猷雖然危在旦夕，可是卻還沒有立遺囑。

三姊妹為了遺產，各懷鬼胎，唯恐有哪一個，如果有單獨面對老人的機會，就會把遺產多得了去。

原振俠知道了她們的心意之後，對她們相當鄙視。

有一次當三姊妹在病床前，又提出了要厲大猷立一張遺囑——

厲大猷閉目不答之際，原振俠忍不住道：「就算沒有遺囑，你們三位是他唯一的親人，將來遺產一定由你們三人均分，何必再逼他。」

大姊悶哼了一聲：「他沒有遺囑倒好了，可是管家說，前兩年他曾約了一個姓關的律師到家裏來過幾次，只怕他已經有了遺囑，便宜了不相干的外人。」

原振俠更加反感：「那你們更不該逼問他，他有自己處理財產的權利。」

年紀最輕的那個忽然說道：「那個一直和爸在一起的大保險箱……」

三姊妹和原振俠是在病房的一角低聲談論著，那時厲大猷閉著眼，完全像是什麼知覺也沒有一樣。

可是他三女兒這句話還沒有講完，病床之上，突然發出了極可怕的聲音來，原振俠忙向床上看去——

看到厲大猷竟然掙扎著想要坐起身來，灰敗瘦削的頭臉上，青筋突起，樣子可怕之極。

厲大猷不但滿頭滿臉全是青筋，而且，手還劇烈地發著抖，指著他的三個女兒，雙眼睜得極大，看他的情形，分明是在盛怒的狀態之中，有什麼話要責問他的三個女兒，可是他的身體又實在太虛弱，所以除了用發顫的手指指著和不住地喘氣之外，什麼都不能做！

那時候，在他身旁的一個護士也嚇壞了，連忙去扶他，想把他顫動的身子按下去，但是厲大猷卻掙扎著，堅決要坐起來，護士沒有法子，只好扶著他坐了起來，當他勉強坐起來時，他全身的骨節都在發出「格格」的聲音來，那種發自一個垂死的老人體內的異音，聽了真叫人感到死亡之神已經直逼而來！

原振俠也忙到了病床旁，在他的背上敲著，示意護士也都那樣做。

三姐妹互相望著，神情既是驚愕又是惶然，她們還不知道自己做錯了什麼。

這時，原振俠也只認為，老人聽到了三個女兒在他的病床之前，公然討論他的遺產而生氣——這是垂死老人的通常反應。

過了一兩分鐘，厲大猷才緩過了一口氣來，顫聲道：「你……怎麼知道……有……一個大保險箱？」

三女兒望著自己的心口，一時之間，不知如何回答才好，厲大猷的聲音聽來短促而淒厲，簡直像是用哨子吹出來的一樣：「說！」

三女兒忙道：「是……我說，我說！有一次，我上三樓去……你在午睡……我當然看到了那個……放在你床邊的大保險箱！」

厲大猷的神情更加恐怖：「你……你……我不准你們上三樓……你上去……幹什麼？」

三女兒被她父親逼問得幾乎哭了出來：「爸，那是好幾年之前的事，我早就忘記為什麼要到三樓去了！」

厲大猷急速地喘氣，喘了好一會兒才停止，原振俠示意護士讓他躺下來，可是他卻不肯，指著原振俠，一面喘氣，一面道：「你們聽著，在這裏的人……全都聽著……全都……」

原振俠道：「有什麼話，慢慢再說！」

在他說了這句話之後，接下來厲大猷所說的話，真令他目瞪口呆！

厲大猷先是用力搖著手，表示他有話要說，而且非現在就說不可。

接著，他聲音尖利，道：「我那……口保險箱……和保險箱中的……的……」

那保險箱中有什麼東西，他似乎十分難以說出口來，「的」了很久，身子猛烈發抖，一口氣緩不過來，看來像是要就此嚥氣一樣。

這時，三位女士緊張之極，一起在床前，望著她們的父親。

原振俠知道這三位女士對父親根本沒有什麼感情，這時她們這樣望著老人家，絕不是關心老人，而是關心那口大保險箱中有什麼金銀財寶和他準備如何處理而已！

正當原振俠這樣想的時候，老人一口氣又緩了過來，說了一句大家絕不能相信自己耳朵的話來。

老人還是沒有說出保險箱中的是什麼，他只是努力把一直指著原振俠的手指，離原振俠更近了些，尖聲道：「我把那保險箱……送給你！一切歸你全權處理！」

接著他又道：「你們聽到了沒有，那口大保險箱和箱中的……的……全都屬於他所有！」

這兩句話一出口，不但原振俠錯愕之極，三位女士更是張大了口，合不攏來！

原振俠陡然一震之後，用力搖了搖頭，他做夢也想不到自己會捲入厲大猷的遺產糾紛之中，他在幾秒鐘之後就定下神來，忙道：「厲老先生，我不會要你任何東西的！」

厲大猷的喉際，發出了一下可怕的聲音來，顫抖的瘦得只剩骨頭的大手，一下子抓住了原振俠的手腕，手是冰冷的，在那一剎那間，原振俠在感覺上就像是被什麼鬼怪抓住了一樣。

厲大猷抓住了原振俠的手，又道：「我那口大保險箱是屬於你的，這是我的遺囑，現在有證人……聽到我這樣說，……我還會通知律師……正式……」

看厲大猷的情況，已沒有法子再說下去，只是喘著氣，原振俠向那三位女士望去，只見那三位女士都對他怒目而視。

原振俠心中，真是既好氣又好笑，心想自己真可以說是無辜之極了，他忙道：

「三位，你們放心，令尊的東西我絕不會要，當然歸你們所有！」

在三位女士還在回味著原振俠的話，考究是真是假之際，厲大猷再次尖叫：

「不，那是你的，是……你的……是我……」

第三部：「試管嬰兒」這名稱其實不對

厲大猷叫到這裏，顯然已超過了他體力所能支持的極限，身子一陣抽搐，雙眼向上一翻，原振俠忙道：「快，準備注射器！」

急需應用的藥品，就放在病房中，護士立即準備好，原振俠提起注射器，將藥物注射進了老人的手臂之中，老人總算不再翻眼，眼皮垂了下來，護士將他的身子慢慢放了下來。

原振俠看看病情暫時不會有什麼惡化，才吁了一口氣，向三位女士做了一個手勢，示意她們離開病房，走到了走廊的一端，雖然他心中覺得事情荒唐可笑，但他還是十分正色地道：「什麼大保險箱、小保險箱，我絕對不會要的，你們請放心！」

三位女士直到此際，才算心頭落了一塊大石頭，不約而同地一起鬆了一口氣。

原振俠又道：「從此以後，請你們也別在老人家面前，提起遺囑遺產的事了！」

三姐妹一起苦笑，大姐道：「原醫生，你不知道，爸爸……初到這裏時，還有不少祖產，可是……坐吃山空，已經只剩下一個空殼，我們三姐妹替他東挪西借，墊進去不少，這大保險箱是我們唯一的指望……」

原振俠聽到這裏，幾乎想要嘔吐反胃了，忙一揮手：「行了，還是你們的指望，別再多說了！」

大姐這才訕訕地住了口，一副不好意思的神情，可是卻又掩不住心中的高興。

在那次之後，厲大猷的情形更壞，很少講話，即使他在勉強有精神可以講話的時候，他也絕口不再提那口保險箱的事，原振俠自然更不會提，因為他根本沒有把這件事當真和放在心上。

又隔了若干天，原振俠和另外兩個醫生會診厲大猷，三位醫生心中都在搖頭，可是厲大猷那天，精神又特別好。三位醫生偶然地提到了一個醫學上的問題，有一些爭執。

他們偶然提到的問題，是「試管嬰兒」。

一個醫生不知是怎麼開始的，悶悶地便說了一句：「現在的所謂試管嬰兒，這一個名稱其實是不對的，其實還是母體嬰兒！」

那醫生道：「把卵子自母體中取出來，使精子和卵子在試管之中結合，然後，又把受了精的卵子，移植回母體的子宮去，讓受精的卵子仍然在母體的子宮內發育成長，再通過正常的生產程序生產出來，這難道就可以把嬰兒稱為試管嬰兒了？」

原振俠也參加了討論：「這名稱的確值得商榷。可是，生命最初形成卻又實在是在試管之中完成的，似乎也可以這樣稱呼。」

那首先提出問題的醫生道：「如果嬰兒從發育成長一直到成為正式的生命，我的意思是，到他可以用他自己的器官呼吸空氣，就像胎兒離開了母體之後的情形那樣之前，全是在試管中度過的，那這個名稱才正確！」

另一個醫生笑了起來：「這是人類的理想之一，將來，生命，下一代的生命全從培養器中培養出來，女人可以不必懷孕，不必再受分娩的痛苦，不會因為懷孕分娩而影響女性美妙的線條，哈哈哈，這多美妙，只不過，這不知道是多少年以後的事了！」

當他們說到這裏的時候，忽然聽到躺在病床上的厲大猷發出了「哼」的一下冷笑聲來。

那剛才打著哈哈的醫生還笑著問：「厲老先生，我說得不對嗎？」

這些日子來，醫院中的醫生都知道「怪老頭子」醫學知識之豐富絕不在專業醫生之下，所以對他都相當尊重。但當時那醫生這樣問，自然也不會有真正向厲大猷請教的意思在內，只不過是順口說說而已。

因為所謂「試管嬰兒」這種醫學上的突破，還是近幾年來的事，就算厲大猷曾攻讀過醫學院，那也是很多年之前的事了。在三四十年之前，那種情形，是想也不會有人去想到的，厲大猷當然也不會有什麼意見發表。

可是，在那位醫生一問之後，厲大猷卻道：「哼，只是將來的事嗎？」

他這句話，自然是針對那醫生剛才的那番話而說的，那醫生立即笑道：「不是將來的事，難道是過去的事了？」

厲大猷沒有再說什麼，閉上了眼睛，只是在他臉上流露出來的那種神情，卻是人人都可以看得出來，那醫生年紀輕，有點不服氣，還想再說什麼，可是原振俠卻做了一個手勢，阻攔了他。

那兩個醫生離去之後不久，原振俠還留在病房之中，卻聽得厲大猷又用德語喃喃地說了幾句話。

原振俠沒有留意去聽，只聽得像是在說什麼「沒有想像力，就不配做醫生之類」的話。

這樣子又過了半個來月，厲大猷已經進入神智不清的狀態之中了。

在醫院擴音器召喚原振俠到院長室去的時候，在電梯中，一個醫生提起「五樓怪老頭子不行了」，倒使原振俠想起怪老頭子入院後的種種神情來。

在這些日子來，原振俠對厲大猷倒是有相當程度的好感，至少，他是一個十分神秘的病人，不但被稱為「怪老頭子」，而且，使人感到一些神秘的事環繞著他，可是他自己的話，又令人莫名其妙，什麼他有一個兒子，又被他殺死了云云。

原振俠一面想著，一面來到了院長室的門口，他敲了敲門，聽到院長室中有個相當洪亮的陌生笑聲傳出來，當他推門進去時，看見了一個身形壯碩的西方老人，一頭銀髮，配著一件鮮紅色的襯衫，正一面笑著，一面和院長說著話。

原振俠雖然從來也沒曾見過他，可是這時，卻也不由自主地「啊」了一聲，立時叫出了他的名字：「馮森樂博士，你是什麼時候來到東方的？」

那個壯碩的西方老人，若是有現役醫生而不知道他的大名和未曾見過他的相片的，那情形就像是現役的職業圍棋手不知道林海峰一樣的不可思議。

馮森樂博士是德國人，當他以最優秀的成績在德國最著名的醫學院畢業之後，幾十年來，在人類醫學的發展上，不知作出了多少貢獻，贏得了舉世的崇仰和尊敬，是醫學界的巨人，難怪原振俠一看到他，就由衷地表示著自己的敬佩和高興。

馮森樂博士的地位雖然高，但是人卻十分隨和，呵呵笑著：「純粹是私人旅行——」他指著院長：「同時，也到處看看老朋友！」

原振俠陪著笑，搓著手：「能不能替我們作一個短短的講話呢？」

原振俠是醫院中醫生同樂會的幹事，他想趁此機會，請馮森樂博士對醫院的醫生講一次話，那肯定可以獲益匪淺。

但是馮森樂博士卻搖頭：「小夥子，讓我好好度一次假，好不好？」

原振俠當然不便勉強，院長已經道：「別打擾他，他也需要休息的。振俠，剛才接到報告，五樓的厲大猷已經在彌留階段了？」

這時，多半是為了禮貌，所以院長和原振俠之間的對話，也是用德語進行的。原振俠點頭：「是，就是今天的事情了！」

院長道：「應該通知厲大猷的家人！」

原振俠道：「是。已經在通知中。」

他們的對話之中，提到兩次「厲大猷」的名字，馮森樂博士現出了訝異和沉思的神情來，問：「厲大猷？那是一個中國人的名字嗎？」

原振俠和院長都想不出何以馮森樂博士會對一個垂死的病人的名字感到興趣，所以聽了他的問題之後，只是順口答應了一句：「是！」

原振俠在回答之後，本來已不必再留在院長室了，可是他覺得，能夠看到馮森樂博士，是一種難得的榮幸，所以依戀著不想就走。

馮森樂博士想了一想，拿起紙和筆，在紙上相當困難地寫起中國字來。

他雖然是人類歷史上最傑出的科學家，可是要一個西方人寫中國的漢字，其困難程度是可想而知的。

原振俠和院長都想知道他寫什麼，都用有趣的神情看著他，過了一會兒，看見他寫出了三個字來，除了中間一個「大」字，一下子就可以看得出來之外，另外一上一下兩個字，真認不出是什麼字來。

可是馮森樂博士卻一本正經地問：「厲大猷，中國字是這樣寫的？」

他這樣一問，原振俠和院長都不由自主地發出了「啊」的一聲，這實在是很令人驚訝的事，那另外兩個字本來是無法認得出是什麼字來的，可是這時，經馮森樂博士一問，看起來，一個真像是「厲」字，而另一個，也恰似「猷」字！

原振俠和院長互望了一眼，心中大是疑惑，因為即使是中國人，在聽到了「厲大猷」三個字之後，也未必能肯定寫得出這三個字來，何況是馮森樂博士！

原振俠首先覺得奇怪道：「博士，你怎麼會寫出這三個漢字來的？」

博士「啊」了一聲：「真是他，他快死了？我要去看看他！」

能夠使馮森樂博士這樣震動，這樣急於相見的人，絕不會是一個普通人，這一點，絕對可以肯定。可是厲大猷，他卻不過是一個怪老頭子而已！

在原振俠和院長還未曾弄明白是怎麼一回事時，博士已經是一副急不可待的樣子。

原振俠忙道：「請跟我來！」

他帶著馮森樂博士，向外走去。院長急急跟在後面。

博士一經過醫院的走廊，立時被人認了出來，造成了極大的轟動，不論是年長的還是年輕的醫生，都像被磁石吸引了一樣，跟在他們的後面，以致進電梯時，電梯中因為人太多而發出了過重的警告！

院長千勸萬勸，才勸得幾個人不情不願地離開了電梯，升向五樓。

在電梯中，博士道：「這位厲大猷先生，是我求學時期最要好的同學！」

原振俠是聽厲大猷自己說過，曾在德國讀過醫學院的，雖然這件事連他的三個女兒都不知道。所以這時原振俠聽了，並不感到十分意外。

博士繼續以感慨萬千的語氣道：「那時，大家都是那麼年輕！他是那麼出色，比我出色多了……」

博士一面說著，一面搖頭：「有一次，他和一位老教授發生了爭執，他堅持說，作為一名醫生，如果沒有想像力，就不配，而教授斥責他的那句話。啊！就是那句話，使我對醫學的觀念，起了極大的改變，我受了他的影響，才在醫學上有了成就！」

博士的那一番話，更是聽得人人目瞪口呆，沒有人想得到怪老頭子竟然有那麼大的來頭，連世界公認的當代最偉大的醫學家，都是因為在觀念上受了他一句話的影響，而才有今日的成就的！

博士繼續說著：「儘管他和教授之間經常有爭執，但他卻是如此出色，學校方面十分器重他，授權他可以單獨隨時使用學校實驗室的任何設備，對於一個還未曾讀畢課程的學生來說，這是開校以來，從未有過的殊榮，當時所有學生，誰不羨慕！」

博士說到這裏，電梯已到五樓，所有的人，又跟著原振俠走向厲大猷的病房。

那三位女士，這時正在病房的門外，忽然看到那麼多人洶湧而來，不知發生了什麼事，嚇得有點不知所措。

原振俠來到了近前，她們齊聲叫道：「原醫生！我爸爸……」

原振俠一面推開病房的門，一面示意她們三人跟進來，馮森樂博士一下子就來到病床前，先是呆了一呆，那是自然而然的反應，他們兩人當年再親密，這時，已分開了幾十年，而且厲大猷又垂死，樣子自然完全改變了，

博士在一呆之後，叫著：「大猷！大猷！看看是誰來看你？馮森樂！漢斯．馮森樂！」

然而，躺在床上的厲大猷，卻一點反應也沒有。

馮森樂博士翻開他的眼皮，看了一看，神情苦澀：「我……來遲了！」

就在這時，厲大猷的喉間發出了一下怪異的聲音。

博士嘆了一聲，拉起了床單，慢慢地蓋上了厲大猷的臉，這表示，病人已與世長辭了。

博士難過地搖著頭，轉身走了出去，原振俠忙道：「博士，我希望在你那多瞭解

一下厲先生當年在德國的事情！」

博士想了一想：「可以，我在院長室等你！」

原振俠本來還有點懷疑博士口中的那個厲大猷，是不是就是這個厲大猷，但在聽得博士提到了想像力和醫生之後，原振俠再無懷疑，因為同樣的話，他不止聽厲大猷說過一次了！

博士和院長離去，當病人死了之後，醫生需要做的事，只是簽發死亡證明而已，原振俠在病床前站了一會兒，嘆息了一下，耳中傳來那三姐妹毫無感情的哭聲，覺得很不是味道。

他吩咐了幾句，準備離去時，三姐妹中的大姐叫住了他：「原醫生，宣讀遺囑那天，律師說你必須在場！」

原振俠怔了一怔：「我什麼都不要，何必在場？」

大姐嘆了一聲：「爸那天在當眾宣佈之後，後來又把律師找來過，把……那保險箱的事，正式寫進了遺囑之中，所以律師說你必須在場！」

原振俠苦笑了一下：「好，我到一到就走！」

三姐妹的神情，像是還不是很肯相信原振俠真的肯放棄那只裏面可能有著巨大財富的保險箱，可是又不敢叫原振俠再一次保證，那種患得患失的尷尬神情，使原振俠絕不願再看下去，轉身就走出了病房。

當原振俠來到了院長室的時候，院長室中早已擠滿了人，博士正在說：

「看樣子，我再留在貴院裏，貴院的正常工作可能完全沒有辦法展開了，所以我還是快離開吧！」

擠在院長室中的人，一起發出了反對的聲音，可是博士已從人群中擠了出來，向原振俠眨了眨眼，原振俠會意，忙跟在博士的身後。

跟在博士身後的人很多，可是原振俠一直是最貼近他的一個，所以，當博士上了他自己的車子之後，原振俠立即跟了上去，車子立即發動，其餘的人，就只好頓足。

車子駛出了一會兒，博士才道：「這些年來，我一直在奇怪，厲大猷這個名字，應該是舉世皆知才是，何以竟然完全沒有人知道？你可知道他在幹什麼？放棄了醫生的職業了？」

原振俠道：「據我所知，他根本沒有當醫生，而這些年來，他什麼也沒做過！」

馮森樂博士用斷然的語氣道：

「不可能，當年在醫學院中，他曾有過三天三夜在實驗室工作不眠不休的記錄，這個人，醫學院上下，都稱他對醫學有狂熱，他則自稱只是對生命有狂熱，因為醫學是最接近生命的科學。這樣的一個人，怎麼可能放棄醫學？放棄行醫、放棄進一步觀察生命奧秘的機會？不可能！」

原振俠苦笑了一下：「聽你這樣說，我也覺得不可能，可是事實卻是，他的三個女兒，甚至不知道他曾留學德國，更不知道他學過醫！」

正在駕車的博士，一聽得這樣說，驚訝得目瞪口呆，車子幾乎撞上路邊的電燈柱！

原振俠接著，把他所知的，有關厲大猷的一切，都簡略地敘述了一下。

博士道：「他一定是在暗中研究什麼，只可惜沒有成功而已！」

原振俠搖頭：「雖然他長時間獨居，可是看情形也不像是他擁有一間私人的研究室！」

博士仍然驚訝不已：「為什麼，真怪，他的行為一直是十分怪異的，就像當時，還差幾個月就可以取得正式文憑時，他突然走了一樣！」

原振俠揚了揚眉，沒有插言。

博士又續道：「雖然，人人都公認，連學院的考試委員會也認為，對厲大猷的天才來說，有沒有正式的文憑是絕不重要的，憑他的研究，遲早，全世界醫學院都會樂意授給他任何榮銜，可是一聲不響就走了……唉，我一直以為那是由於戰爭的緣故，現在看來……不是很像！」

原振俠反問：「因為戰爭？」

博士道：「是，那時，中國正受到日本的侵略，而他又是一個熱情洋溢的人，我們都猜他一定是回國去貢獻他的所長了！」

原振俠喃喃地道：「熱情洋溢？」

他對這四個字的評語，實在無法不表示懷疑，因為就他所知，厲大猷完全不屬於那一類型的人物！

博士聽出了他語氣之中的疑惑：「當然是，他和女同學之間的浪漫史，多得數不完，而在離開之前大半年，他和一位金髮美女公然同居！」

原振俠「啊」地一聲，急忙問：「在他的眾多女友之中，或者是那位和他同居了半年的金髮美女，是不是有曾懷過孕的？」

博士半轉過頭，奇怪地望了原振俠一眼，像是覺得這個問題十分突兀。

原振俠解釋了一下，厲大猷曾提及過他有一個兒子，而他又殺死了兒子的話。

博士皺著眉，停了片刻，道：

「我知道，他曾經利用學院的實驗設備，替女同學做過幾次人工流產手術，那是輕而易舉的事，有幾次，不怕你笑，我們爭著做他的助手！」

第四部：人有沒有權力取代上帝職權

原振俠聽博士講得那麼坦白，他不禁會心地笑了起來，誰不曾年輕過呢？年輕人總有點胡鬧荒唐事的。馮森樂博士一直到現在都那麼開朗活潑，年輕時自然是學院中出名的搗蛋人物之一了！

原振俠忍不住問：「那麼，會不會是……在他進行的人工流產手術中，有的是他……的孩子？所以到了晚年，他因為沒有兒子，而形成了一種幻覺？」

博士遲疑了一下：「不能抹煞這個可能，可是……可是他是一個看得開的人，或許，人到了年紀大了，想法會改變？」

原振俠攤了攤手，這是一個無法回答的問題，他又問：「厲大猷的主修科目是……」

博士立即道：「產科，他主修產科的原因是，生命是從精子與卵子的結合開始的，他……有一次，對我說過一項他的幻想……」

博士說到這裏，頓了一頓，才又道：

「他說，婦女在懷孕、生育的過程之中，要忍受長時期的痛苦，這是男女不能平等的主要原因，他還說，在將來，人類生育下一代，一定會是在人體以外進行，胎兒可以在人造子宮之中發育成長，到了一定時候，再從人造子宮中取出來就是一個新生命！」

原振俠不禁聽得呆了，博士感嘆道：

「這種想法，在現在聽來，當然不算是什麼，可是想想，他是在半個世紀之前，已經有這樣的想法的，而且，他不但想，還著手研究過！他得到學院的允許，可以自由使用學院的一切實驗研究設備，他向我提到過在進行這方面的研究，可是詳情如何，卻不知道！」

原振俠想起有一次，在厲大猷面前，他和另外兩位醫生談及關於「試管嬰兒」的事情時，厲大猷曾發表過一點意見，當時一位年輕醫生還大大不以為然的那件事，背脊上不禁有點冒汗。

博士感嘆道：「如果他突然放棄了醫學，那一定是他曾遭到了極重大的打擊之故。」

原振俠道：「他一從德國回來，就回到鄉下老家，從此不再提他在德國留學的事，由此可知，如果他曾受到重大打擊的話，一定是在德國發生的。博士，你好好地想一下，他曾受到過什麼打擊？」

博士雙眉緊鎖：「我和他十分熟稔，他的一切，我就算不是全部知道，也知道大半，真想不起他曾受過什麼特別嚴重的打擊來……只是在他離去前的大半個月，他幾乎每天都喝大量的酒！」

原振俠忙道：「一個人心中若不是有心事或愁緒，是不會每晚都慣性地需要酒精的麻醉的！」

博士點頭，表示對原振俠的意見同意：

「是，當時我們幾個和他熟稔的同學，都曾問過他……對了，現在想起來，他那時的神情，真像是有著十分重大的心事……唉，可是當年年紀輕，只當他多半是為了失戀什麼的事，借酒澆愁！」

原振俠追問：「他當時的情形是……」

博士又想了一會兒：「好幾次，他欲言又止，好像有著難言之隱。有一次，對了，那是他唯一的，喝醉了酒之後肯講話的一次，那次，我們好幾個人在，他忽然問：『人有沒有權利，取代上帝的職權？』」

原振俠愕然：「這個問題是什麼意思？」

博士苦笑：「當時我們的反應就和你一樣，不知道他為什麼會這樣問。整個醫學院中的宗教氣氛並不是十分濃厚，但絕大多數同學都來自德國家庭，大都自幼受過宗教的薰陶，又素知他的為人，一聽到提出了這樣的問題，都唯恐他會發表褻瀆上帝的言論，所以完全沒有回答他！」

原振俠喃喃地把厲大猷當年的那個問題，重複了一遍，仍然無法明白他為什麼要這樣問。

博士的神情在拚命思索，想了片刻，又道：

「他沒有得到回答，又揮著手，像是演講一樣，叫著：『人，真是那麼偉大？人，只不過是靈長類的一種生物而已，連自己究竟是怎麼來的也不知道，真是上帝造的嗎？為什麼把人造得這樣脆弱？』他叫了之後，忽然又悲哀起來，十分哀傷地道：『人總是人，人要替代上帝的職權，是沒有可能的事！』他當時所講的就是這些，我幾乎每一字都記起來了！」

原振俠仍是愕然：「還是很不明白，聽起來……好像是……在某些方面，他和上帝起了衝突，而他……感到自己終究敵不過上帝，所以才難過！」

博士笑道：「好像是這樣。但是他再有天才，也不過是一個普通人，怎會和上帝起衝突呢？」

原振俠只好跟著笑：「是麼，那可能只是他情緒上的事情。」

博士嘆了一聲：「這次敘會之後的第三天，就不見了他，後來，才知道他是不辭而別了。從那次之後，直到今天，才見到他……他的外形……沒有半分似當年，可是，他為什麼要放棄了醫學呢？」

博士還在為厲大猷放棄醫學而可惜，原振俠感到，在厲大猷的生命歷程之中，一定有一件十分重大的事發生過！當然也是由於這件事，他才會回到鄉下去隱居起來，再也不提醫學的事！

在原振俠沉思中，博士已停了車：「我必須請你下車了！要是有答案的話，請寫信通知了！」

原振俠立即答應，打開車門下了車，博士又開動了車子，向前駛去。

那時候，原振俠的精神恍惚，許多疑問在他腦中打著轉，所以對周遭的情形，並不是太注意，他只是感到，博士的車一開動，另外一輛車立即也跟著發動，追了上去，像是在跟蹤博士的車子一樣。

可是，當他感到有這個可能時，博士的車子早已駛得看不見了。原振俠自然也沒有在意。沿著馬路，慢慢向前走著。

厲大猷竟然會是馮森樂博士這樣敬仰的一個人物，這是原振俠絕對未想到過的事，也使他充滿了好奇心，可惜厲大猷已經死了，不然，原振俠一定會向他追問何以忽然放棄了醫學的理由！

一直到回到醫院，原振俠精神仍然是十分恍惚，同事們都用羨慕的眼光看著他，因為他曾和醫學界的一個偉人，同車離去。

原振俠才走進醫院的建築物，就遇到院長，院長拉著他進了辦公室，神神秘秘地道：「如果博士對你說他這次東來的目的，你也千萬別對任何人說！」

原振俠一呆，博士半句也未曾對他提起過這次到東方的目的，要不是院長神秘兮兮地提醒他，他對博士是來度假的說法毫不懷疑！所以一時之間，他不知如何回答才好。

他一不出聲，院長卻會錯了意，以為博士真的對他說過了，就先行感嘆地道：「誰都知道，馮森樂博士近十年來，集中在研究如何防止人體細胞衰老，而且在理論和實踐上也取得了一定的成績，他這次來是要替一個大人物進行防止衰老的一種手術！」

原振俠「啊」地一聲，這才意識到自己無意之中，聽到了一個大秘密，他只好道：「我不會說，不會對任何人說起的！」

院長有掩不住的得意之情：「他在行事之前，居然還來徵詢我的意見，那真可以說是看得起我了！」

原振俠恭維了一句：「院長不必太客氣了，現在已相當普遍的羊胎素注射來維持老人健康的方法，你是首先提出理論上可行的醫生之一！」

院長的神情更是高興：「那不算什麼，在理論上肯定人體細胞可以接受某種激素的刺激而延長壽命，這並不是困難的事！」

原振俠笑道：「那也是不起的突破了！」

院長用力拍著他的肩頭：「老了，更多的新突破、新發現，要你們年輕人來擔任了！」

原振俠道：「謝謝院長的鼓勵！」

他離開了院長的辦公室，又去忙著簽發死亡證明，替厲大猷的屍體，作最後清理的一些瑣事去了。

三天之後，他得到了通知：明天下午三時，他必須到厲大猷的那幢屋子去，聽律師在那裏宣讀厲大猷的遺囑。

那屋子是在郊外的一處相當僻靜的地方。

原振俠本來不是很願意去，但既然曾答應過人家，自然也非去一次不可，所以第二天下午三時，他準時按址前往，到了那幢房子之前。

屋子的外形相當古舊，但卻也是西式的，並不是中國式的舊屋子，牆上攀滿了「爬山虎」，顯得十分氣派的樣子。

已經有好幾輛車子停在門口，原振俠下了車之後，一按鈴，就有人來開門，他才一進去，那三姐妹就把他包圍了起來。

原振俠又好氣又好笑：「放心，我不會改變我的主意！」

三姐妹大大鬆了一口氣，又介紹著她們的丈夫，原振俠也沒有留意他們的名字，只是客套了幾句，看起來，那三個男人都屬於沒有什麼特色的商人。

然後，由三姐妹帶頭，一行人等一起向樓上走去，屋中陳飾和屋子的外形相當配合，古舊而有氣派。一直到了三樓，才看到了另外兩個男人，一個五十出頭，另外一個則是年輕人，一介紹，才知道是關律師和他的助手。

然後，就進入了一間寬大的書房中。

一進入那書房，原振俠就不禁發出了「啊」的一聲驚嘆，忍不住向那三姐妹瞪了一眼，因為在她們的敘述中，只說她們的父親一個人住在大屋子的三樓，不許她們上去，從來也未曾提到過，在三樓有一間那麼大的書房。

而且四面全是重疊的，可以移動的書架，而在那些書架上都放滿了書！而那三姐妹注意的，只是她們父親臥室中的那個大保險箱！

原振俠立即走近書架，粗粗看了一下，發現大部分的全是醫學上的書籍。

那些書籍，有的是十分古老的了，也有的十分新，有一個書架上全是各國的醫學雜誌，收集之齊全，只怕連醫學院的圖書館也不如它了，在一張大書桌上，還有好幾包各地寄來，未曾開拆的書籍和雜誌，那自然是在厲大猷入院之後寄來的了！

一看到這種情形，原振俠幾乎想去找馮森樂博士，告訴他厲大猷並沒有放棄醫學！他對醫學仍然有著狂熱的愛好，如果不是那樣，決不可能有那麼多的醫學書本在他的周圍。

原振俠心中在想：那口大保險箱，自己倒一點不想要，也沒理由去要它的，倒是這麼多藏書，那三姊妹一定會將之當作廢紙賣掉，這實在太可惜了！若是全部給了自己，轉贈小寶圖書館，倒可以令小寶圖書館增色不少！

原振俠一進入書房之後，就到了書架前，書房中另外又發生了什麼事，他全然未曾注意，直到他身後猛然傳來了一個人的說話聲：「全是醫學上的書籍雜誌，真不少，是不是？」

原振俠一面由衷地答應著，一面轉過身來，看到說話的是一個精神奕奕的中年人，約莫五十出頭，可能還不止，但由於他的健康情況十分好，所以正確的年紀，十分難以估計。

這個中年人有著一種相當優雅的氣質，這種氣質是高級知識分子所應有的，原振俠才向他看了一眼，就對他有了好感，他和那三姐妹，是截然相反的兩種類型的人！

原振俠伸出手去要和那人相握，可是那人卻十分有禮地後退了半步，然後向原振俠微微彎腰鞠躬：「我是厲先生的管家，姓陳。」

他行動十分有禮，但是言談舉止之間，仍然不亢不卑，維持著他本人的氣度。管家，一般來說，是僕人的代名詞。

原振俠沒想到厲大猷有這樣出色的一個管家，他也客氣地道：「陳管家，幸會！幸會！」

他語氣中的真誠，對方顯然也聽了出來，所以也伸出手來，和原振俠握著手。

原振俠還想和他多說幾句，那邊廂三姐妹已叫了起來：「人全到齊了，關律師，請你開讀遺囑吧！」

原振俠一聽，只好找了張椅子，坐了下來，這時，所有的人都坐著，只有陳管家站著。

關律師向他看了一眼：「厲先生已經去世，陳先生，從此你不再是管家，你也坐下吧！」

陳管家的神情有些感傷，可是，聲音十分堅定：「不，在宣讀厲先生遺囑之際，我還是站著好，這等於是在聽他最後一次說話一樣！」

原振俠心想：從他的態度看來，他對厲大猷是有著極度的尊重。

那三姐妹臉上卻不約而同地現出不耐煩的神情來，顯然她們對這位管家沒有什麼好感。

原振俠心中又不禁覺得奇怪：這位看來像是一個學者一樣的管家，在厲大猷的生活之中，所扮演的是一個什麼樣的角色呢？

這時，關律師已打開一只大信封，抽出了一大疊文件來。

厲大猷的遺囑竟然有那麼多張紙，所有的人都現出驚訝的神色來。

關律師一頁一頁地讀著，開始的幾頁全是厲大猷把財產分配給他的三個女兒，看來，他有那麼多財產，他的三個女兒根本不知道，聽到一半，三姐妹已經忍不住發出了歡呼聲來。

厲大猷留給他的三個女兒的財產，真的不少，包括每人有一家營業狀況極佳的集團公司在內。

等到讀完，原振俠已給一連串的數字弄得頭昏腦脹，三姐妹也一副心滿意足的樣子。

大姐尖聲道：「爸也真是，十幾年來我們一直以為他沒有什麼錢了，誰知道有那麼多！還好我們一直孝心不減，不然……」

她說到這裏，吐了吐舌頭，沒有再說下去。

關律師喝了一口水，繼續讀著：

「我所有的藏書和我生前居住的屋子，都留給陳阿牛先生。另外，我百城銀行戶口中的那筆存款，也全部歸陳阿牛先生所有，數字是……」

原振俠聽到了數字，不多不少，大約是一百多萬美金左右，可是看陳管家的樣子，卻像是全然未曾留意數字多少，他雙眼潤濕，喃喃自語：「厲先生稱我『先生』！他稱我『先生』！」一副激動的樣子。

原振俠直到這時才知道，原來陳管家的名字叫陳阿牛。

那三姐妹剛才眉開眼笑，十分滿足，但一聽到陳管家得到的東西，又變得不滿意，低聲批評她們的父親太過慷慨。

雖然實際上，陳管家的所得，比起她們每人所得來，不過是十分之一而已！

關律師又喝了一口水，原振俠知道接下來，要讀出和自己有關的部分了。

關律師突然向原振俠望來：「我臥床之側，有一具大型保險箱，這具保險箱和保險箱中的一切，我贈給原振俠醫生……」

關律師才讀到這裏，三姐妹已急不可待地叫道：「原醫生！」

原振俠笑了一下：「關律師，那大保險箱和箱中的一切，我不要，請分給厲先生的三位女兒。」

原振俠話一說完，向陳管家揮了揮手，陳管家的神情相當欽佩驚訝。

原振俠已準備揮手告辭了，可是關律師道：「原醫生，等一等，我還沒有念完。」

原振俠只好在門口停了下來，關律師繼續念道：「如果原振俠醫生堅決拒絕接受，那麼，保險箱和保險箱中的一切，歸陳阿牛先生所有，不能隨原醫生的意志而轉移！」

這幾句話一念出來，所有的人，都發出了「啊」的一下驚呼聲來。

這實在是意料不到的事！

關律師做了一個手勢，示意各人安靜下來，可是那三姐妹一起站了起來，尖聲道：「不行，不行！這保險箱中的一切，可能比全部財產還要值錢，怎麼能給外姓人？」

陳管家走前一步，大聲道：「三位小姐，我不要，厲先生給我的已經太多了，我不會要！」

關律師有點惱怒：「我還沒念完，請先別爭吵好不好？」

三姐妹靜了下來，原振俠對陳管家也不禁十分欽佩。

正如那三姐妹所說，保險箱中的東西，可能比全部財產更多也說不定，而陳管家居然想也不想就拒絕了！

關律師等各人都靜了，才又讀了下去：

「如果陳阿牛先生也拒絕接受，那麼，就由關律師監視，把整個保險箱，運到海水深處——超過五百公尺處，將之沉於海底，一切費用由我三個女兒分攤之，而不能由陳阿牛先生的意志而轉移！」

關律師說到這裏，把手中的文件合了起來：「遺囑全部宣讀完畢了！」

在書房中的各人，你望我，我望你，都不知如何才好。

本來，以為是十分簡單的一件事，竟然會有如此意料不到的曲折，厲大猷在他的遺囑之中，竟然對那隻保險箱作了如此的安排！

不過，沉默並沒有維持多久，三姐妹中的大姐首先叫了起來：「那不行！那保險箱，說什麼也不能沉到海中去！」

關律師冷冷地道：「厲大猷先生的遺囑上，說得十分明白——」他一副律師的口吻：「在辭意上絕沒有含糊之處，也不致達成任何誤解，請快作決定！」

大姐尖聲道：「就算是沉進海中，我也不出任何費用，哼！」

關律師又笑道：「你不必出，我們會在你應得的項下扣除！」

大姐張大了口，氣得說不出話來，二姐道：「爸一定是老糊塗了，怎麼會立下這種遺囑！」

關律師不理會她們三姐妹，向原振俠望去，原振俠立即搖頭：「我拒絕接受。」

他心中雖然覺得十分奇怪，何以厲大猷要作那樣的安排，但是這並不影響他早已作下的決定，所以他回答得十分快而堅決。

關律師立時又向陳管家望去，陳管家的神情十分猶豫而難以決定。

如果他也拒絕，那麼保險箱就要沉進大海之中去了！

可是看他的神情，他又絕沒有貪心多得的意思。所以一時之間不知說什麼才好。

而在他沉默時，三姐妹都以十分不友善的目光望著他，更令得他有點侷促不安。

就在這時，關律師咳嗽了一聲，站了起來：「對不起，我到洗手間去一下！」

他說著，慢慢地走出了書房，並且把門帶上，一直沒有出聲的律師助手，這時突然開口：「其實，事情也很容易解決，陳阿牛先生可以接受那保險箱。」

三姐妹一起叫了起來：「不行，那太便宜他了！」

陳管家的臉紅了起來，顯然他的心中，相當惱怒，可是卻隱忍著，一句話也不說。

律師助手笑了笑：「陳先生，顯然不想要那保險箱，那麼，他接受之後，把保險箱打開，把裏面所藏的東西取出來，就可以隨便他處置，那是遺囑範圍之外的事。遺囑並沒有說取出裏面所藏的東西之後，陳先生不能處置。」

三姐妹一起「啊」了一聲，叫了起來，原振俠也覺得這是一個好辦法，看來這主意根本是關律師想出來的，但那多少有點狡猾，所以他藉故走開，由他的助手把這個方法提出來。

陳管家連考慮也未曾考慮，就道：「好，把保險箱中的一切取出來之後，我會全部分給三位小姐，我什麼也不要！」

那三姐妹對陳管家的話大表滿意，連連點頭，這時，關律師又推門進來，助手已經又在公事包中取出了一大疊文件來，請有關各人在文件中簽字。

原振俠看到沒有自己的事情了，又要告辭。

可是陳管家卻來到了他的身邊，低聲道：「原先生，看三位小姐的情形，十分急於得到保險箱中的東西，你是不是也留下來看一看？」

原振俠對這位陳管家很有好感，可是對他的提議卻沒有什麼興趣，他搖了搖頭：「既然不關我事，我想也不必留下來了。」

陳管家道：「厲先生特意要把那只保險箱留給你，可能有含意在，反正花不了多少時間，你說是不是？」

原振俠怔了一怔，心想陳管家的話也有道理。厲大猷為什麼明知自己不要，還要把保險箱留給自己呢？說不定他另有道理在！

他想了一想，無可無不可地道：「也好！」

關律師提高了聲音道：「陳先生，你應得的屋子，還要請你到辦公室來辦手續，現金和保險箱的鎖匙，請你收下。」

他把一只相當精美的盒子，交給陳管家，陳管家在接過盒子的時候，神情十分激動，雙手甚至在劇烈地發著顫。

原振俠注意到他的雙眼又潤濕了，由此可知，他和厲大猷之間的主僕感情十分深。

接過盒子之後，陳管家定了定神，才道：「三位小姐請跟我來！」

關律師和他的助手先離開，三姐妹看原振俠還在，很感到有點驚訝，原振俠可不像陳管家那樣，對這三位女士需要維持一定的禮貌，他不客氣地道：「陳先生邀我留下來看看，保險箱中究竟有什麼，厲老先生為什麼堅持要給我！」

他略頓了一頓，又補充了一句：「到現在為止，保險箱中的一切，還是屬於陳先生所有的，他完全有權利這樣做！」

三姐妹雖然有點不滿意，但是也無可奈何。

陳管家雙手恭恭敬敬地捧著那只盒子，走出了書房，三姐妹和她們的丈夫、原振俠都跟在後面。

那三姐妹所得到的遺產，數字十分鉅大，已經可以說是一輩子可以過上佳的生活了，可是她們和她們的丈夫那種貪婪之情，還是掩不住。看她們的神情，最好希望那保險箱中裝滿了鑽石！

出了書房，在走廊裏走了十來步，陳管家打開了一扇門，那是一間臥房。

臥房的陳設十分簡單，在床邊有一個可以推動的書架，上面放著許多書籍雜誌，那自然是供厲大猷在床上閱讀的。

而整個臥室之中，最礙眼的一件東西，自然就是那具大保險箱了。

這的確是一具非常大的保險箱，是十分老式的那種，比人還高，就放在離床不遠處，而且保險箱的門，是對著床的。

這樣大的一具保險箱，又放在臥室之中，裏面所放置的東西一定十分重要，那是可以肯定的了。那三姐妹和她們的丈夫不但神情緊張，連呼吸也不由自主地急促了起來。

陳管家把那只盒子放在一張小圓桌上，打開了盒蓋，盒子中有著絲絨的襯墊，放著七柄鎖匙。

陳管家顯然也是第一次見到這些鎖匙，他呆了一呆，原振俠也一呆，只有一只保險箱，為什麼有七柄不同的鎖匙呢？

那保險箱是十分老式的那種，有一個數字轉盤，只要對準了號碼，再用一柄鎖匙一開就可以把門打開來了，那麼，另外六柄，要來何用？

這時，三姐妹也注意到了這一點，大姐「啊」的一聲：「怎麼有七柄？是不是另外還有六只保險箱？」

她一面說，一面盯著陳管家。

陳管家鎮定地搖著頭：「我不知道，我只知道這一只，在我開始服侍厲先生的時候，它就一直在了！」

那保險箱，原振俠早就看出，至少是四五十年以前的東西了，這時陳管家那樣說法，可知保險箱真有那麼多年的歷史！

三姐妹互望著，神情還是十分疑惑，陳管家沒有再說什麼，只是看著盒子，盒子中除了七柄鎖匙之外，在盒蓋部分，有自一到七的號碼編著，在每一個大號碼之後，又有一組較小的號碼。

大姐又指著盒子，尖聲道：「看，明明是有七只保險箱，還有六只，還有六只……」

陳管家嘆了一聲：「大小姐要是不信我不知道，可以在屋子中找一找！」

三姐妹又互望了一眼，點了點頭：「一定要找一找，打開了這只再說！」

陳管家嘆了一聲，略想了一想，向原振俠望來，原振俠知道他決不定用哪一柄鎖匙和密碼，就道：「從第一號開始試，總有一柄是合適的！」

陳管家點了點頭，取起了第一號鎖匙，先插進了鎖孔之中，再去轉動數字鍵盤，那鍵盤顯然已有許久未曾轉動了，轉起來相當吃力，每轉了一個號碼之後，所發出的「格」的一聲，也相當響。

原振俠知道，第一號鎖匙，已經對了，這種舊式保險箱，要打開它，並不是什麼難事，原振俠估計自己就算不知道密碼，也很容易打得開它的。

陳管家很快就轉妥了密碼，他扭動鎖匙，鎖孔之中，傳來了鎖已被打開的聲音，那三姐妹在那時，一起向前擠來，你推我擁，幾乎怒目相向。

陳管家又嘆了一聲，握住了把柄，用力一按，再向外一拉，已把門打了開來。

那保險箱的門一拉開比人還高，原振俠和陳管家站在一起，那三姐妹擠在保險箱的面前，所以當陳管家拉開門來之際，他和原振俠兩人是在保險箱的門後面，比人還高的門，遮住了視線，使他們看不到保險箱內有著什麼東西。

可是他們卻可以看到那擠在保險箱前的三姐妹，盯著保險箱，現出了錯愕之極的神情來，無法想像她們看到了什麼情景，才會現出這種古怪的神情來的。

一看到這種情形，原振俠好奇心大增，連忙跨出了一步，一下子就看到保險箱中的情形，一看之下，他也不禁呆住了。

那大保險箱之中，是另一具保險箱。那另一具保險箱，恰好填滿了大保險箱的全部可容空間，幾乎是嚴絲合縫，在最上面，略有空隙，可是不見得可以插進一支火柴去，大保險箱之中，是一具較小的保險箱，這本來也是不成問題的，試用第二號鎖匙去打開它就是了，可是問題卻是，那具較小的保險箱，並不是面向著外面，而是背向著外面的！

在較小的保險箱背後刻著保險箱製造工廠的招牌，和它的出廠日期，如果不是有這些文字，還真不容易知道那是另一具較小的保險箱！

在這樣的情形下，要打開這第二號保險箱的唯一辦法，就是把它自第一號保險箱中取出來，不然，不會再有別的辦法！

第五部：八個人推不動那大保險箱

這時，陳管家也看到了這種情形，他指著第二號保險箱：「三位小姐，你們要找的另外六只保險箱，可能全在這裏面！」

大姐皺著眉：「這不是開玩笑嗎？」

二姐道：「如果是這樣，在七重保險箱之中的東西，一定……一定……」

她沒有說下去，可是人人都知道，如果什麼東西要用這樣方法保存的話，那麼其珍貴無匹，是絕對可以肯定的了！

原振俠搖著頭：「看來，先得把這第二號保險箱弄出來再說，看起來，這不是容易的事。」

要把第二號保險箱弄出來，誰都可以看得出不容易，因為完全沒有可供使力之處！

大姐忽然道：「陳管家，你到保險箱後面去推，把它推斜了，裏面的保險箱就會滑出來！」

原振俠一聽到她這樣吩咐，忍不住哈哈大笑了起來：「陳先生如果是超人，那就差不多！這種保險箱重量在一噸以上，如果有七只，至少有三四噸重，陳先生怎麼推得動？」

大姐漲紅了臉：「一個人推不動，我們一起來推！」

她說著，轉到了保險箱後面，用力推著，又叫旁人也來幫忙。

原振俠心想，這倒也不失為是一個辦法，所以他也去推，可是一共八個人，用盡了力氣，那大保險箱連晃也未曾晃一下！

原振俠首先放棄道：「看來，不動用機械的力量，是不可能的！」

各人也都住了手，那二姐急得團團亂轉，大姐問：「管家，這保險箱當年是怎樣搬進來的？」

陳管家搖了搖頭：「我不知道，厲先生派人到這裏來造屋子，造好屋子，他在離開家鄉時，派我去辦一件事，一個多月之後，我在外地接到他的通知，叫我不必回家鄉了，直接到這裏來，我來的時候，保險箱已在這個位置，未見移動過！」

三姐妹商量了一陣，陳管家道：「三位小姐，總有辦法的，要是信得過我，交給我去辦！」

三姐妹一聽，視線不約而同，一起投在那盒鎖匙上，陳管家立時道：「隨便哪一位小姐，拿去保險箱好了！」

三人又一齊伸出手去，原振俠忍不住道：「要打開這種舊式的保險箱，除了用鎖匙之外，還可以有超過一百萬種方法，不必搶了！」

那三姐妹猶豫了一下，縮回了手來，大姐道：「陳管家，在移動保險箱的時候，我們要在場！」

陳管家點頭答應，三姐妹一副心癢難熬的樣子，但是也無可奈何，原振俠估計了一下，要移動那只大保險箱，決不是容易的事，不但要勞動到大型的工程機械，而且看起來，至少還得拆去一堵外牆才成，他知道這一切，陳管家自然會去安排的，他看來是一個十分能幹的人。

他和陳管家互望了一下：「現在我可以走了！」

陳管家道：「自然，我送原先生出去！」

原振俠和陳管家一起向外走去，到了大門口，原振俠又和他握手：「陳先生，我十分欣賞你的為人！」

陳管家苦澀地笑了一下：「一切全是厲先生教我的。他對我太好了，我進厲家的時候，才十二歲，什麼也不懂，是一個無父無母的孤兒！這些年來，他從教我識字起，不知教了我多少！」

原振俠「哦」了一聲，心想厲大猷獨居寂寞，能把一個鄉下小孩子教育成一個知識分子，倒也是排遣時間的好方法。

可是，陳管家在繼續說著，原振俠卻是越聽越驚訝：

「厲先生不但教我中文，也教德文、日文和英文，他要我從最基本的醫學書看起，教我怎樣去認識人體內各種組織，一直到教我最高深的醫學理論……」

原振俠張大了口闔不攏來：「你是……說……厲先生是有意把你訓練成一個醫生？」

陳管家搖頭道：「我想不是，開始他多半只是為了好玩，可是後來看到我肯學就越教越多，幾十年下來，我和他空中樓閣，有時研究一項大醫院公佈的病例，就可研究好幾天，倒也是其樂無窮！」

原振俠又吞了一口口水，感覺奇妙之極，望著眼前這個叫陳阿牛的中年人，真不知說什麼才好，他知道眼前這個人，醫學知識之豐富，無與倫比，可是一切全是從書本上學來的，他甚至未曾有過最初級的解剖實驗！

這是一種什麼樣的情景呢？

像武俠小說中常見的，少林寺中的一個老和尚，一生與武林秘笈為伍，學了一身武功在身，可是卻從來也未曾和任何人動過手！

這不就是這樣的情景麼？

可是事情又和醫學有關，這真是令人難以想像的事情！

原振俠忍不住道：「你知道，你的情形，就像是身懷絕技而自己又不知道的武林高手一樣！」

陳管家笑了一下，欲語又止。

他在停了一下之後，才道：「厲先生說過，我可以應付世界上任何醫學院的最高級考試，但我卻連替人聽診都沒有試過，只是……理論，尤其是厲先生，啟發了我的想像力，在理論上我自己也有突破！」

原振俠不由自主地搖著頭，和陳管家一起走前了幾步，來到了車旁，在他打開車門的同時，他問：「那保險箱中究竟是什麼，厲先生沒有對你提起過？」

陳管家皺著眉：「沒有，厲先生好幾次，尤其是在他知道自己發生了肺癌惡疾之後，有好幾次，他對我說：『阿牛，你可以說是我一生之中最親近的人了，我什麼都對你說了，只有一件事沒有對你說！』我太瞭解厲先生了，我沒有問是什麼事，只是道：『厲先生，不方便對我說的話，還是別說吧。』」

陳管家講到這裏，神情茫然，嘆了一聲，又道：

「厲先生在聽了我幾次用同樣的話回答他之後，都沒有說什麼，也不提起，只有最近兩次，他在聽了我的回答之後，喃喃自語道：『阿牛，其實你是世界唯一能和我討論這件事的人了！』當他這樣講的時候，他曾伸手向保險箱，指了一指，像是他說的那件事，和保險箱有關。」

原振俠更奇怪，不知如何說才好，陳管家又道：「所以我想，保險箱中可能不如三位小姐所想的，有什麼寶物，所以……我才希望開啟的時候，有你在場！」

原振俠再度搖搖頭，因為事情怪異之極，他在紊亂的思緒之中，陡然想起了一個問題來：「陳先生，你和厲先生的感情非同泛泛，在他住院期間，你怎麼一次也沒去探訪過他？」

原振俠是厲大猷的主治醫生，陳阿牛去探望過厲大猷的話，原振俠是沒理由不知道的，而他們兩人之間的關係如此密切，陳阿牛在剛才表現出來的悲傷和激動，又絕不是假裝的，那麼，在相當長的一段日子中，他不去探望厲大猷，實在是不合情理之極的事！

陳阿牛一聽得原振俠這麼問，長嘆了一聲，怔怔了半天不出聲。然後，他才道：「那是厲先生吩咐的。」

原振俠搖搖頭：「厲先生沒有理由作這麼不近人情的吩咐，那太不合情理！」

陳阿牛道：「當時，我也和他激烈地爭辯過，這是我一生之中，唯一的一次，和他在學術之外的事，發生爭執，可是，最後我卻不得不聽他的話，非但人不去，連電話也不打給他。」

原振俠驚訝萬分：「為什麼？」

陳阿牛欲言又止，原振俠看得出他神情很為難，雖然他的好奇心強，但也決不會為了滿足自己的好奇心而去強迫他人說什麼，所以，他在問了一句之後，已做了一個手勢，表示如果不想說的話，千萬不要勉強。

陳阿牛吸了一口氣：「厲先生的理由很怪，可是，卻也很合理。」

他講到這裏，又頓了一頓：「他說，有一件事，他從來沒有對任何人說過，好幾次，想對我說，結果還是沒有說。我知道他指的，就是那件事。他說，他知道這次自己一進醫院，絕對沒有再出來的機會了，一個人心中有一件事，從來未曾對人說過，我又是他唯一的訴說對象，他怕自己忍不住會在他臨死之前見到了我，就會對我說出來，所以不准我去見他！」

原振俠用力一揮手：「那更不合理，他如果覺得要說出來，那就說出來好了！」

陳阿牛嘆了一聲：「問題就在這裏，厲先生說，他經過幾百次詳細考慮，結果還是不把這件事說出來的好，所以他絕不讓我去看他。」

原振俠悶哼了一聲，心頭的納悶，自然也達到了頂點，心中暗罵厲大猷這個人，婆媽得過了分，有什麼大不了的事，又想說，又不想說！

他想了片刻，自然茫無頭緒，又問：「厲先生說，他有一個兒子，他又殺死了兒子，這是怎麼一回事？」

陳阿牛皺起了眉：「是，我也聽他提起過幾次，多半是在心情極差的時候提起的，我也不知道，是什麼意思，可能是他心理上——」

接下來，陳阿牛講了一連串心理學上的名詞和形成這種情形的因素，其流利和純熟的程度，決不在任何一流心理醫生之下。

陳阿牛的結論是：「可能那是由於他沒有兒子，覺得是人生中一大缺陷，所以在晚年產生了一種心理上的幻覺。可能是！」

原振俠雖然是醫生，但不是心理專家，自然只好接受陳阿牛的意見，他想了一想，道：「前幾天，我見到了馮森樂博士——」

陳阿牛「啊」的一聲，現出了一種非常奇特的神情來，原振俠覺得他的神情有點奇特，但卻沒有追究下去，他想到的是，陳阿牛既然不斷在學著新的醫學，自然知道博士的名字，覺得驚奇，也就是很平常的事了。

原振俠繼續道：「原來，在德國醫學院的時候，馮森樂博士和厲先生是同學。」

陳阿牛「嗯嗯」地應著，有點心不在焉，看來他早已知道有那麼一回事，自然，當厲大猷開始向他灌輸醫學界知識時，陳阿牛經過一定的教育，已經是一個相當有識見的人了，厲大猷在德國學醫一事，自然不必瞞他。

本來，原振俠想告訴陳阿牛，厲大猷當年，曾有突然輟學之舉，但陳阿牛忽然現出一種相當古怪、看來像是熱切想知道答案的神情來，問：

「馮森樂……他到本地來幹什麼？」

原振俠怔了一怔，未曾料到陳阿牛會對馮森樂博士來本地的目的那麼有興趣，他在院長那裏，知道博士東來，有著替某國政要改善健康的責任，但院長又告訴他，這是秘密，不能對別人說，所以他一怔之後，立即道：「純粹是度假！」

陳阿牛像是不相信，雙眉揚了揚：「度假？」他接著又問：「你和他談過話？」

原振俠總覺得這時陳阿牛的神態，有一種說不出的古怪，可是卻又想不出是由於什麼來，他只好道：「是，我和博士，說及了許多有關厲先生的事。」

陳阿牛又急急地道：「他有沒有說起……」

可是，他無頭無腦地講了半句之後，又不再講下去了，頓了一頓，才道：「他……不準備在本地找一個人？」

這句話，更加莫名其妙，一時之間，原振俠連他這樣問是什麼意思都不知道，更不知道如何回答了，只好睜大了眼，望定了他。

陳阿牛用力揮了一下手：「算了，別理它。」

原振俠有點不高興，陳阿牛的神態，明明說明了他有什麼話，不肯爽直地說出來，吞吞吐吐，欲言又止。所以他悶哼了一聲：「陳先生，我以為我們可以成為很談得來的朋友！」

原振俠這樣講，當然是諷刺他有話不直說，陳阿牛也分明聽懂了，可是他立即岔開了話題：「厲先生在德國的時候，學業一定是很傑出的了？」

原振俠「唔」了一聲：「是，不過，他忽然什麼話也沒說，就離開了德國，你知道原因？」

陳阿牛立時搖了搖頭，沉默了片刻，才抱歉地一笑：「原醫生，我是有些事瞞著你，但因為那是有關於另外一個人的名譽，所以我才不說的。」

原振俠的心中，本來確已有相當程度的不滿，但這時陳阿牛既然已向他這麼說，而且說得如此坦誠，他心中的不快自然一掃而空。他伸手在陳阿牛的肩頭上拍了兩下，表示他並不在意。

陳阿牛道：「開保險箱的時候，我再和你聯絡！」

原振俠答應著，上了車，他看到直到自己駛遠了，陳阿牛才走回那幢屋子去。

一路上，原振俠想起陳阿牛這個人，真覺得有點不可思議，他本來是一個鄉下孩子，如果不是遇到了厲大猷的話，現在當然只不過是個普通的農民，可是如今……如今說他是什麼好呢？

毫無疑問，他是一個偉大的醫學家，雖然他一點臨床的經驗都沒有。

原振俠自然也作了種種設想，設想厲大猷在那保險箱中放了些什麼，可是全然不得要領，當他的車子駛進醫院的範圍中時，看到院長駕車直衝了出來。

院長平時很少自己駕車，而且他最反對開快車，可是這時，他的車子橫衝直撞而來，原振俠連忙扭轉駕駛盤，兩輛車子交錯而過時，車身已經互擦了一下，發出了一下刺耳難聽的摩擦聲來。

這一下意外，已經是意外之極了，可是接下來，院長的行動更怪，他陡然地停了車跳下來，又伸手拉開了原振俠的車門。

原振俠正想分辯幾句，剛才的意外錯全不在自己，可是院長打開了車門之後，竟然一下子就進了車廂，急急道：「快……快開車！」

原振俠愕然：「開車到什麼地方去啊？」

院長這才連連喘著氣，他看到已有很多人圍了上來，揮手：「先開出去再說！」

原振俠不知道發生了什麼事，連忙倒車，轉了一個彎，車子又駛出了醫院的大門。

直到這時，坐在原振俠身邊的院長這才伸手抹了一下汗：「糟糕，馮森樂博士叫人綁架了！」

他一面說，一面按下了車窗，轉過臉去，向著車外，聲音苦澀：

「綁架的歹徒說認識我，見到了我，就會和我們接觸！對不起……我心慌意亂，不會開車了，把你拖了進來。」

在原振俠的經歷之中，綁架這種罪行算是小事件，他並不在意，只是奇怪是什麼人綁架了博士！他保持著中等速度行駛，問：「是怎麼知道博士出了事？警方通知你？」

院長搖著頭：「不，電話，先是歹徒打來的，在電話中我也聽到了博士的聲音，要我一定去見一見他，救他，所以我才慌亂地開了車子出來！」

原振俠聽了，仍然莫名其妙，無法在院長簡單的敘述中聽出什麼來，他又問了幾句，可是院長也說不出更多的情況來了。

原振俠只好仍然向前，漫無目的地駛去，在十分鐘之後，他就看到一輛黑色的大車子，顯然是跟在自己的後面。

這時，原振俠心中陡然一亮，想起幾天之前他和博士分手的時候，彷彿覺得有一輛黑色的車子，跟蹤著博士的車，只不過當時完全未曾在意而已。

原振俠一面想著，一面道：「已經有人跟蹤我們了，我想駛向靜一點的道路上去，好讓他們下車，和我們聯絡。」

院長頻頻抹汗：「我沒有主意，隨便你吧！」

原振俠駕著車，轉了幾個彎，那輛黑色大房車果然一直跟在後面。

原振俠把車子駛進了一條僻靜的街道，停了下來，後面那輛黑色大房車也停了下來。

車門開處，下來了一個中年人，來到原振俠的車旁，躬身道：「院長請下車，我負責送你去見馮森樂博士！」

院長是一生之中，第一次經歷這樣的陣仗，連聲音都變了，一面連聲答應，一面斜眼向原振俠望來，一副求助的神色。

原振俠定了定神，向車外的那中年人道：「我是原振俠醫生，博士一定也樂於見到我！院長也需要我陪他！」

那中年人呆了一呆，彷彿自己也不能決定，做了一個稍等一下的手勢，又走回大車，打開車門，像是在向車中的人請示什麼。

原振俠趁機，向院長急速地道：「院長，鎮定些，看來，不像是簡單的綁架，鎮定些！」

院長才點頭答應，那中年人又走了過來，道：「原醫生可以一起去，請兩位下車！」

原振俠和院長下了車，院長驚慌得連站也站不穩，原振俠想去扶他，可是那中年人卻已搶先一步，扶住了院長，來到了那輛黑色大房車之前。

原振俠一來到了對方的車前，就先看了一眼對方的車牌號碼，記在心中。也就在這時，他看到了那中年人打開了車子前面的車門，示意院長坐在司機的旁邊。

原振俠怔了一怔。一般來說，院長的地位比較高，尤其是這樣的豪華大房車，應該讓地位高的人，坐在後排座才對。

原振俠剛想出聲，那個中年人已道：「原醫生，請你坐在後面。」

他的語氣雖然十分客氣，原振俠卻感到，不聽他的安排，只怕會節外生枝，所以也沒有說什麼，就伸手去開後排的車門。

一打開車門，他不禁又呆了一呆，在大房車的後座位上，早已有一個人在。這本來也不意外，因為那中年人曾走回車子，請示過了之後，才准他和院長一起去見博士的，可知車中當然有人。但是令原振俠感到意外的，坐在車後面的那人，是一個俏麗之極的妙齡女郎！

當原振俠打開車門時，那女郎也正轉過臉，向他看來，明眸皓齒，一股清麗，逼人而來。那是一個俏美之極的女郎，膚色膩白如玉，身材高，臉型充滿了古典的嬌婉，穿著一件古典化設計的衣服，更顯得她整個人像是從古代走出來的一樣！

原振俠一時之間，有點不知所措，那女郎十分大方地微笑著，用極動聽的聲音道：「原醫生，請進來啊！」

原振俠立即省起，自己這樣盯著人家看，實在太失態了，他一面進車子，一面道：「對不起，我以為……院長以為馮森樂博士被綁架了！」

他說著，人已坐了下來，把車門關上之後，他才覺得，身畔的女郎雖然如此清麗，似乎和綁架這種醜惡的事件發生不了任何聯繫。

可是這輛車子，卻似乎處處透著詭秘。

首先，車門一關上後，光線就陡然暗了下來，只有一小盞朦朧的燈發出光芒。原來一關上車門之後竟然沒有光線可以透進來，車窗是完全隔絕光線的，所以原振俠也根本無法看到車外的情形。

他不但看不到外面的情形，而且，他也看不到院長和那個中年人！因為在車子中間、前排座位之後，是被一排窗子阻隔著的，用來作阻隔的材料也是不透光線的，所以，原振俠也看不見前面的情形！

在他驚愕之際，他感到車子已經開始在行駛了，他忙叫道：「院長！」

他叫了兩聲，沒有回答，忽然看到一隻纖長細柔的手，伸了過來，在他面前的一個按鈕上按了一下。那隻手，自然是那個女郎的，令得原振俠看了之後不禁想：女性的手，美麗起來，竟可以美麗秀氣到這種程度！

他正想著，已聽到院長的聲音：「振俠，你怎麼樣？」

原振俠忙道：「我很好，院長你……」

院長的聲音有點無可奈何：「我也很好，不過雙眼被蒙住了，有點不習慣！」

原振俠還想說些什麼，那女郎又伸手過來，把對講機的掣鈕給關上了。

原振俠緩緩地吸了一口氣，一股極淡的幽香沁入他的鼻端，那麼令人心曠神怡的幽香，自然是從那女郎身上散發出來的了，他半轉過頭，打量那女郎，那女郎並沒有望向他，所以原振俠可以看到她的側面，在她抿緊的櫻唇上，是挺直的鼻子，再上面，長長的睫毛在閃動，看起來極動人！

可是原振俠當然可以肯定，這個俏麗的女郎絕不是普通身分的美女！

那女郎仍然不轉過頭來，她淺淺地笑著，有一個看來使她更純真稚氣的淺酒窩出現在她的頰邊，她道：「有過那麼多次不平凡經歷的原醫生，怎麼忽然驚惶失措起來了？」

她一開口就那樣說，令得原振俠十分窘，只好悶哼一聲，那女子仍然淺淺地笑著：「才從柬埔寨回來？那麼兇險的地方都不怕，現在怕什麼？」

原振俠心中「啊」了一聲，立即明白了一點：自己對人家的來路，一點也不知道；可是人家對自己的一切，卻一清二楚！

這是一個對自己十分不利的處境，但是自己只不過是一個普通的醫生，對方何必把自己調查得那麼清楚？原振俠心中急速轉著念，這時情勢雖然對他不利，但是他卻反而迅速地鎮定下來，也報以微笑：「或許，美麗的女人可怕，越美麗越可怕，你是最可怕的。」

那女郎緩緩地轉過險來，一雙黑白分明的妙目，正注視著原振俠，又說出了一句原振俠絕想不到的話來：「是嗎？照你的邏輯說來，我還以為你心中一定會以為黃絹是最可怕的！」

原振俠震動了一下，他感到自打開車門之後，這個女郎的每一句話都令得他無法招架！這時，他根本沒有機會去思索對方究竟是何方神聖，只好就著那女郎鋒利的言詞來對答。

原振俠直視著那女郎，緩慢而誠懇地道：「你們兩個的可怕程度，可以說是不相上下。但黃絹是現代的，有著表面上給人以野性侵犯的感覺，而你看來卻是那麼古典含蓄，會叫人全然不提防……比較起來……」

那女郎又淺笑著，接著道：「說來說去，還是我可怕一點？不過，那是真正的可怕，和美麗是無關的了？」

原振俠低嘆了一聲，女性的美麗是多樣化。兩個美女，當她們美麗的類型截然不同之際，其實是根本無法作比較的，只有憑他人的主觀願望來決定。可是，似乎所有美麗的女人都有一個通病，想知道自己是不是比別人美麗！

如果她們有一面「魔鏡」的話，她們一定會每天向魔鏡問上幾百遍：世上是不是有女人比我更美！

原振俠只是低頭嘆了一聲，並沒有再發表什麼其他的意見，那女郎沉默著。

原振俠的心中充滿了疑問，他卻只是淡然道：「小姐，你認識黃絹？」

那女郎頷首，表示她是認識黃絹的。

這時，原振俠可以感到，車子十分平穩地向前駛著，雖然那車子處處透著詭異，那女郎又俏麗得令人心折，神秘得無法想像，但至少暫時沒有什麼危機，所以他儘量使自己放鬆，裝著完全是在閒談一樣，他一看到那女郎點頭，就立即追問：「你是她的……」

他故意不再講下去，如果那女郎是黃絹手下的話，她應該知道問的是什麼。

那女郎嫣然一笑：「不是，我和她一點關係都沒有，只不過是認識。」

原振俠攤了攤手，在輕描淡寫之中，把話引到他想知道的方面去：「對不起，不過你也不能怪我，因為你的行事方法和她相似！」

他說著，指著車子，相信對方可以明白他的意思。

那女郎略想了想，當她凝神的時候，她美麗的臉龐，看起來雍容靜謐，如同女神一樣，然後她才道：「我們在進行一件不想為世人所知的事，所以，一切全要進行得秘密一些。」

原振俠有點放肆地哈哈大笑了起來：「其實也不用守什麼秘密，一個有權有勢的老人，想改善自己的健康狀況，這是自然而然的事，無可非議！」

那女郎微皺了一下眉，立時又恢復了常態：「哦，原來馮森樂博士向你說了？這是他又一次違反我們之間的協定了！」

接著她又撇了一下嘴，現出了一個十分嬌媚，但是表示不屑的神情來：「這個人，可以說是浪得虛名的典型！」

原振俠聽得那女郎這樣批評馮森樂博士，自然大是愕然：「小姐，博士在醫學上的成就，是舉世皆知的！要不然你們何必請他去？」

那女郎重複了一下剛才嬌媚的神情：「或許是我們犯了錯誤！」

原振俠一時之間，猜不透她這樣說是什麼意思，而在剛才那一番對話中，他至少已經知道了，那女郎是某國政要員——那個需要醫學上的幫助來改善健康狀況的大人物的手下！

多半是極高級機密的特工人員！

在猜到了那女郎的身分之後，他又忍不住打量對方，心中頗有「卿本佳人，奈何作賊」之感，在不由自主之間，搖了搖頭。

那女郎像是知道他心中在想什麼一樣，又皺了皺眉，維持了一個短暫時間的沉默，原振俠才笑了一下：「好像很不公平，你對我的一切，都知道得很清楚，我卻連你的名字都不知道。」

那女郎輕輕道：「我叫海棠！」

原振俠十分不客氣地問：「海棠？那是你的代號？」

他因為已猜到了那女郎的特殊身分，所以才有此一問，也好讓對方知道他不是那麼容易被欺瞞的。

她在聽了之後，一點也沒有異常的反應，只是淡然道：「不，我姓海，單名棠。」

姓海的人不是很多，最為人知的，自然是明朝那個膽敢批評皇帝的海瑞。

而姓海名棠，這是多麼美麗的一個名字，原振俠不由自主地發出了一下讚嘆聲來：「好別緻美麗的名字。」

海棠微笑著，笑容之中，像是蘊育著一絲淡淡的無可奈何，可是又藏得很深，叫人不易捕捉：「剛好姓海，不然也就沒有什麼特別，而姓什麼，是不能由人自己作主的，碰到姓什麼，就只好姓什麼了！」

原振俠隱約感到，海棠的話中，大有深意在，他想了一想才回答：「但是，人至少可以選擇一個名字去配合自己不能作主的姓。」

原振俠也採用了隱喻式的談話，但自然是在暗示，一個人的命運，其實並不是那麼不由自主，多少也可以作點主的。

海棠沒有再說什麼，只是微仰著頭，抿著嘴，過了一會兒，才道：「原醫生，你的出現對我來說，是一個意外。」

原振俠一笑：「可是你顯然十分歡迎，那又是為了什麼？」

海棠笑了起來：「你，作為一個冒險家，比你是一個醫生更成功，你的一些傳奇性的事，知道的人不少，想見你，或者是因為好奇心！」

原振俠攤開了手：「嘿，真不知道是褒還是貶！」

他才講完了那句話，車身陡然震動了一下，停了下來。

車子雖然停了，可是仍然有震動的感覺，原振俠略想了一想，就知道車子是駛進了一座升降機之中！

在原振俠已經知道了海棠的身分之後，對於如今這樣的處境，他也不覺得奇怪，他所奇怪的只是不知道何以海棠所代表的力量，既然請了馮森樂博士這樣的醫學權威來，企圖使那個年老的首腦的健康情況有所改進，卻又在言詞之間，對博士不是十分恭敬，甚至使用了「浪得虛名」這樣的形容。

原振俠這時，更可以肯定的一點是，海棠對他和院長都不會有什麼惡意，雖然這樣的「請客」方式，令人覺得很不愉快，可是有這樣的一個美女坐在自己的身邊，似乎也足以補償了！

原振俠坐在海棠的身邊，他幾乎所有的時間，都保持著同一姿勢：側著頭，有點肆無忌憚，姿意地打量著，盯著海棠。

在原振俠這樣的注視下，海棠似乎也有點沉不住氣，她的呼吸，略見急促，有點不自然，這令得她豐滿的胸脯起伏加劇，看起來十分誘人。

她又不斷地變換著雙腿交疊的方向，每當她這樣做的時候，原振俠都不由自主地在心中發出由衷的讚美聲來，海棠的衣服開的叉相當高，她腴白而線條美麗的修長玉腿，在衣襟下掩映，直可以使人目眩。

海棠曾好幾次用眼色瞪視他，可是，原振俠只當看不見。

如果海棠只是一個普通的美女，原振俠自然不會這樣無禮，海棠的地位可能很高，但是她的身分在原振俠的心目中，並不屬於值得尊敬的那一類，所以，他才會有這樣的行動。

等到輕微的震動停止時，海棠的神情多少有點嗔意，原振俠卻認為，略帶嗔意，使海棠看來更加動人。

海棠冷冷地道：「好了，可以下車了！」

原振俠笑了一下──他這種笑容也是相當輕佻的，他舉起雙手，表示不知如何開車門。就在這時候，車門自外被打開，原振俠下了車，海棠跟著下了車，原振俠先看到院長也下了車，正迫不及待把臉上的眼罩取下來，神情充滿疑惑。

第六部：取消我們之間的一切協定

他們的確連人帶車都在一架巨大的升降機之中，這時，在升降機中，又多了幾個大漢，升降機的門打開，升降機外，是一條走廊，也有彪形大漢守著，海棠沉聲道：「請跟我來！」

她向前走去，原振俠跟在她的後面走著，又不由自主地發出了一下讚嘆聲，她顯然曾經受過嚴格的儀態訓練，走路的姿態是如此之美妙！纖細的腰肢，絲毫不誇張，看來令人心曠神怡的適度擺動，整個人在走動之間，彷彿就是一首美妙動人的韻律！

由於只顧欣賞海棠走路的美姿，以致那條走廊究竟有多長，原振俠全然未曾留意。連朱院長在他身邊，頻頻向他投以疑惑詢問的眼光，他也未曾留意。

直到海棠在一扇門前停了下來，原振俠才吁了一口氣，海棠打開了那扇門，做了一個請進的手勢，原振俠和院長走了進去，裏面是佈置極舒服豪華的一間起居室，他們也立即看到了馮森樂博士。

可是這時，馮森樂博士，這個舉世知名的醫學權威，卻像是鬥敗了的公雞一樣，雙手托著頭，眼神渙散，只有當一個人在完全喪失了自信心的情形之下，才會如此！

原振俠一看到這種情形，就用相當嚴厲的目光盯了海棠一眼，海棠立即明白了原振俠的意思：「你們可以看到，也可以問博士，他在這裏，有沒有受到任何虐待？」

馮森樂博士陡然站了起來，雙手揮動著，聲音聽來相當嘶啞：「取消一切，取消一切我們之間的協定！」

海棠美麗的臉龐上，出現了近乎殘酷的神情，說了一句原振俠和院長都不是十分明白的話：「博士，你一定知道，取消我們之間的一切協定，也等於是取消了你在醫學界數十年的聲譽！」

博士陡然張大了口，大口喘著氣。海棠的話聽來是十分無理的，但是博士竟然不知如何回答才好！

原振俠大為不滿，基於對博士的崇敬，他重重地道：「小姐，你太過分了，博士在醫學界的聲譽……」

海棠卻用一聲冷笑，打斷了原振俠的話頭：「你自己去問他吧！」

海棠的態度更令人反感。

原振俠來到博士面前：「博士，根據你近幾年來，有關延遲人體細胞衰老的報告，你可以輕而易舉地完成你的任務！」

朱院長也在一旁，大點其頭。

馮森樂博士望著他們，口唇顫動著，欲語又止，過了一會兒，才道：「其中還有一個主要的關鍵，未……未有……結論！」

原振俠道：「是啊，那是如何使人體細胞的分裂次數超過五十次的激素，可是在上次的論文之中，你已經公開聲稱，這種激素的合成方法已完全掌握，只在實驗中合成而已！」

馮森樂博士又劇烈地顫動口唇，可是隔了好久，也沒有說出一句話來。海棠嘲弄似地笑了一下：「博士，照我看，事情總是要戳穿的，這裏的幾個人都是瞭解你的，有什麼話不能說？」

海棠一再對博士表示了極度的不客氣，可是博士卻像是全然沒有反擊力一樣，只是頹然地、重重地坐了下來。原振俠知道其中必有蹊蹺在，不然，海棠他們有求於博士，怎敢對他這樣無禮！

朱院長也疑惑莫名，趨前道：「博士，全世界都在等著你發表那種激素的合成式，你……」

馮森樂博士忽然十分反常地笑了起來，他雖然是在笑著，卻充滿了哭音。然後，他止住了笑聲：「我……沒有收到它。」

博士所說的是一句極其簡單的話。可是這句話，卻聽得原振俠和朱院長兩人瞠目結舌，全然不知道那是什麼意思。所以兩人立時齊聲問：「什麼意思？什麼叫你未曾收到它？」

博士雙手抱著頭，神情痛苦，聲音更嘶啞：「叫我怎麼說？叫我怎麼說？」

海棠嘆了一聲：「博士，你要是自己不方便說的話，是不是要我代說？」

博士雙手緊捂著耳朵，神情態度，消極得怪異莫名。

海棠昂了昂頭：「這是馮森樂博士最大的秘密，要不是他一再推宕，延遲啟程去執行任務的日期，又突然以度假的名義來到這裏，這個秘密是不容易被人發現的。」

海棠講到這裏，頓了一頓，原振俠和院長兩人駭然互望，海棠講述的自然是事實，因為博士一點也沒有企圖為自己爭辯的意思！

海棠繼續道：「他來到這裏，不是度假，而是緊急求救，他想找一個人，這個人在過去近二十年中，不斷把他在醫學上的大膽設想和研究，寄給馮森樂博士，這些新理論全是馮森樂博士再努力也想不出來的，而博士卻把這個人提供的一切據為己有，建立了他在醫學界的地位！」

原振俠和朱院長兩人，都聽得呆若木雞！

這實在是不可能的事！可是從博士灰敗的臉色來看，海棠所說的卻又一定是事實！

真是難以想像，鼎鼎大名，近二十年來，每一篇論文的發表，都足以震撼全人類的醫學界的偉大人物，他發表的一切全不是他自己研究出來的，而是一個不知名的人提供給他的！

這真是太不可思議了！

然而，「太不可思議」的感覺，在原振俠的腦際只不過持續了幾秒鐘，他突然想起了一個人來，當他一想到那個人之際，他不由自主，發出了「啊」的一聲呼叫聲來！

陳阿牛！

厲大猷的那個管家，陳阿牛！

現在，原振俠完全知道，何以自己在陳阿牛的面前提及馮森樂博士之際，他的神情如此古怪，陳阿牛又曾問馮森樂博士是否在找一個人！

就是他，就是這個陳阿牛！他把自己的設想和創見提供給馮森樂博士，由馮森樂博士在實驗中完成了種種震驚世界的發現和創舉！

真正人類醫學界上的偉人是陳阿牛，或是陳阿牛加厲大猷，馮森樂博士只不過是一個空殼，並沒有內容的架子！

原振俠因為知道有陳阿牛這樣一個人在，所以他立時知道了事實的真相。

但是對院長來說，那仍然是不可思議的，他絕不知道陳阿牛的環境，怎麼能想像，會有一個「無名氏」創作了醫學上許多權威性的理論，卻輕易地將之交給別人！

所以，院長的神情十分激動，他大聲叫了起來：「不可能，不是這樣，不是這樣！」

他一面叫著，一面雙手按著博士的肩頭，用力搖撼著，原振俠嘆了一聲，過去拉開了院長。

博士答非所問地道：「我……在開始的時候，實在不是故意這樣做的，一直到我積聚了超過五篇……醫學上的新發現、新設想……我不知道是誰寄給我的，他又在信中說希望通過我來實踐這些設想……我知道，這些文章一發表，我就可以成為權威中的權威……」

他斷斷續續地講著，院長已經聽得呆住了。

博士在繼續著：「沒有人可以受得起這樣的引誘，至少，我無法抗拒這樣的引誘！」

院長的聲音，聽來像是在說夢話一樣：「這……竟然全是真的？」

博士仍是自顧自的在說下去：「我知道事情總會有被揭穿的一天的，但我想，就算在三、五年之間，讓我嘗嘗做超級權威的滋味，那也就夠了，如今……如今……」

他說到這裏，情緒反倒平靜了下來，深深地吸了一口氣，語音也恢復了正常：「如今我享了盛譽超過了二十年，也到了應該真相大白的時候了！」

他雙手攤了開來，表示從此之後，他將會變得一無所有了。

原振俠嘆了一聲：「博士，你不要以為在所有醫學創見中你一點力量也未曾貢獻，那位……先生，提出的只不過是設想，是理論，而你卻做了許多實際上的工作，使這些理論得到了實現，所有的榮譽之中，你至少可以佔有一半！」

馮森樂博士不由自主地眨眨眼：「可以有這樣的說法？」

原振俠十分誠懇地道：「當然，任何人都會承認你有一半功勞，你不必太自怨自艾，當初你的做法或許不是太誠實，但是，你曾經努力促使理論變成為事實，這是功不可沒的，誰也不可否認！」

馮森樂博士長長地吁了一口氣，顯然，二十多年來，他雖然得享盛譽，但是心理上的負擔，自然也壓得他喘不過氣，直到這時，事情的真相為人所知了，他反倒真正地鬆了一口氣！

海棠在一旁，一直未曾出聲，她用一種十分疑惑的眼光望著原振俠，心中不明白何以原振俠一下子接受了幾乎不能接受的事實。

原振俠故意避開了她的這種目光，馮森樂博士的自尊心和自信心迅速恢復，他對海棠道：「即使沒有那種新的激素，要使老人得到絕佳健康狀況方面，現代醫學也已有了極大的成就！」

海棠緩緩地搖頭：「注射羊胎素？全身換血！我們所需要的，不是普通的方法，我們要使一個八十歲的老人有充沛的精力進行思考和應付繁重的工作！我們的醫生研究過你上一篇論文。」

她故意在「你上一篇論文」中加重了語氣，令得博士神情尷尬：「我們的醫生也知道這是極可行的方法，問題只要能有那種激素！」

馮森樂博士攤開了手：「可是，那位先生沒有繼續把他的研究結果寄給我！」

海棠的聲音聽來更加殘酷：「你愚弄了我們，我們一定要把你欺世盜名的事實，公諸於世！」

博士的身子有點發顫，原振俠嘆了一聲：「我說過，越是美麗的女人越是可怕！」

海棠倏地轉過了身子來，狠狠盯著原振俠，在那一剎那間，她看起來實在有點令人心寒，原振俠甚至閉上了眼睛不忍去看她。

過了一會兒，他才聽得海棠道：「你不知道我會因此而受到什麼樣的懲罰！」

海棠的聲音甚至也是發顫的！原振俠陡然睜開眼來，由衷地抱歉：「對不起，我沒有想到你的處境！」

海棠咬著下唇，轉過身去，顯然是她倔強的性格，使她不願意在他人面前表示她自己心中的恐懼。

望著她苗條動人的背影，原振俠道：「事情其實相當容易，只要給我一點時間，我去叫那位先生把重要部分告訴馮森樂博士。」

他才講到這裏，所有的人全部驚訝地叫了起來，海棠轉過身來，長睫毛閃著，神情激動，她明亮清澈的眼睛之中，有著顯然的淚花。

原振俠做了一下手勢，阻止了他們的發問：「我一定可以做到，請相信我！」

博士和海棠兩人齊聲道：「你要什麼酬勞，只管說！」

原振俠在突然間，起了一陣衝動，轉向海棠：「讓我親吻你一下！」

在這樣的時刻，原振俠提出了這樣的要求，真是叫人震動的。

海棠深深的吸了一口氣，半閉上眼睛，微昂起了頭，原振俠走過去，就在她半閉的眼睛上，親了一下，然後，他們互望著，足有半分鐘之久，海棠才慢慢轉過身去。

就在這一剎那間，原振俠心中不禁有點後悔，後悔自己性格中，孟浪和不在乎的一面又發作了。能不能使馮森樂博士獲得新激素的合成式，在海棠的心目中，是生死攸關的大事，這樣的大事，他所要的酬勞只是輕輕在眼上的一吻，這種行為，原振俠在一想到之際，只覺得有趣，因為對他來說，事情並不是太難。

然而在一吻之後，三十秒的對視之中，他卻在海棠充滿異樣深情的眼光之中，發現這位美麗的女郎內心深處對自己的感情，這種感情，要是熾熱起來，真足以把人燒成飛灰！而原振俠本來是無意造成這樣的局面的！

若是能使美麗如海棠這樣的女郎對自己有深切的情意，那自然是任何年輕人夢寐以求的事，但是，海棠卻是一個有著特殊身分的人，她的權力、野心，或者不如黃絹，但也絕不是普通的女郎，原振俠心中感到悔意的，就是這一點！

但是在如今這樣的情形之下，他自然不能解釋什麼，他只好暗中輕嘆了一聲，心中想，以後事情發展，只好聽其自然了，或許，在這次相遇之後，和海棠再也不能相會了！

在原振俠發怔的時候，馮森樂博士激動之極，抓住了原振俠的手：「你認識那位先生？快帶我去見他！」

原振俠想了一想：「我認為你們兩人相見，十分有必要，但是事先，我必須先徵求那位先生的同意！」

博士連聲道：「當然！當然！」他又對海棠道：「有了原醫生的保證，可以恢復我的自由了吧？」

海棠轉回身來，看來她已完全控制了她的情緒，又回復了極度典雅的神態：「這樣交涉的結果，自然再好也沒有，不過……原醫生的承諾……」

她似笑非笑地望向原振俠，原振俠笑了一下：「我還有一個請求，請別派人跟蹤我！」

海棠連想也沒有想，就爽快地答應了下來。

一行人等，離開了房間，進了升降機，之後，就登上了車子，和來的時候一樣，海棠和原振俠坐在車後座，博士和院長，另外有車子送他們回去。

在車門關上之後，原振俠和海棠一起處身於這個狹小的空間之中，原振俠反倒目不斜視起來，過了好一會兒，才聽得海棠發出了一下輕笑聲，原振俠向她望了一眼，看到她的俏臉上，現出極甜蜜的笑容。

當車子終於停下之際，海棠伸出手來：「希望我們能有再見的機會！」

原振俠點頭：「希望！」

他下了車，那輛神秘的大房車，載著神秘的海棠，疾馳而去。

原振俠在路邊呆了半晌，剛才的一切，對他來說，簡直像是夢幻一樣，可是剛才一握手之間，他的手中，似乎還留著海棠纖柔玉手所給予的暖和舒暢的感覺。

呆了片刻，他才召了一輛街車，向厲大猷的大宅駛去，他必須立刻去見陳阿牛，請他繼續把自己的創見和發明交給馮森樂博士。

當他來到大屋之前，敲了好一會兒，才有人來開門，開門的正是陳阿牛。

原振俠開門見山：「陳先生，我什麼都知道了，馮森樂博士，這些年來的成就，原來全是你的成就！」

陳阿牛一聽，神情忸怩得像是做了什麼惡作劇而被人抓到了的小孩子一樣，連連搖著手：「幸好厲先生死了，他要是知道我這樣做，會把我罵死！」

原振俠笑了一下：「如果你想出名，博士肯公開這個大秘密，你就立刻成為……」

陳阿牛不等他講完，就大搖其頭：「不！不！我不要成名，厲先生大有成名的機會，連他都放棄了不要，我要來幹什麼！」

原振俠吸了一口氣，凝視了對方一會兒，直到肯定對方這樣說，全然出於誠意，並無虛偽做作在內，他才點了點頭，說道：「那麼，請你幫忙到底，把那種新激素……」

陳阿牛道：「真不好意思，由於厲先生入院，我心慌意亂，所以忘記了！」

原振俠實在想發笑，可是事情又和醫學上的如此重大發現有關，他又笑不出來。

過了半晌，陳阿牛又道：「厲先生在生之際，只准我專研理論，不讓我從事任何實驗，現在，他已去世了，屋子又那麼大，我想利用來建造一個實驗室，不知道他會不會反對？」

原振俠十分高興：「不會的，一定不會見怪的！」

以陳阿牛這樣的奇人，自然應該直接參加實驗室的工作，所以他又補充：「我可以幫你建立這樣的實驗室。」

陳阿牛也十分高興，握住原振俠的手，搖了又搖，道：「我已經請工程公司的人來過了，先要拆掉臥室的外牆，才能把保險箱吊下來。」

拆了牆之後，保險箱在起重機的操縱下，被緩緩吊到屋旁的空地上，已是三天之後的事情了。

當天，原振俠就在陳阿牛處取得了馮森樂要的合成式，這是可以使任何人獲得諾貝爾醫學獎的重大發現，可是陳阿牛連想也不想就給了別人，令得原振俠對他更是欽佩不已。

保險箱吊下來的時候，厲家三位小姐和她們的丈夫，自然在場，才獲得了豐厚遺產的三姐妹，仍然一副貪婪焦急的神情，希望保險箱打開之後，能給她們帶來更多的財富。

陳阿牛和原振俠離得較遠站著，看著工程人員把第二號保險箱自第一號之中，傾了出來，扶直。

三姐妹爭先恐後，打開了第二號保險箱，不出所料，裏面又是一具較小的保險箱。

就這樣，一具又一具，一直到最後，第七號保險箱從第六號保險箱中傾了出來，那已是一具相當小的保險箱了。

看那三姐妹和她們丈夫的神情，越來越興奮。

本來，一切全是在空地上進行的，但到了第七號保險箱被取出來之後，他們商量了一陣，就命人把保險箱抬到屋子裏去，而且吩咐所有工程人員離開。在所有行動過程之中，她們像是根本不當有陳阿牛的存在一樣，陳阿牛一點都不在乎。

原振俠有點看不過眼，他大聲提醒她們：「三位不要忘記，至今為止，保險箱的一切，還全是陳阿牛所有的……」

三姐妹怔了一怔，用充滿了敵意的眼光盯著原振俠，陳阿牛淡然一笑，揮手道：「由得她們去吧！反正我沒打算要保險箱內的東西，現在又沒律師在場，由得她們去吧……」

三姐妹擺出一副勝利的姿勢來，監視著把保險箱抬進了屋子。

陳阿牛遣走了工程人員，看起來，他對於厲大猷生前用了那嚴密的方法，收藏在保險箱中的東西，一點興趣也沒有。

一個人，若不是有著高雅之極的品格，自然很難做到這一點。這時，連原振俠也無可避免地在想著：厲大猷堅持要把那具保險箱和其中的一切都送給自己，在保險箱之中，究竟是什麼呢？

他轉頭，望向那巨宅的入口處，他知道，那三姐妹在保險箱一抬進去之後，一定迫不及待，就在進廳之中，把它打開來。

這上下，應該已經打開了，保險箱中是什麼東西，自然也已揭曉了。

原振俠才想到這裏，就聽到在廳內，傳來了一下由好幾個人一起發出來的呼叫聲。乍一聽到那呼叫聲，很難判斷這發出呼叫聲的人，是為了什麼而發出來的，但可以肯定的是，那斷然不會是由於歡欣而發出來的。

陳阿牛和原振俠互望了一眼，原振俠心中充滿了疑惑，陳阿牛的神態卻依然恬淡：「看起來，保險箱中的東西，很令他們失望的。」

這時，在廳內，又傳出一陣急促的爭吵聲，但聽不清楚他們在吵什麼。

原振俠向陳阿牛投以詢問的眼色，但陳阿牛卻顯然無意介入，他緩緩地搖著頭，但就在這時，三姐妹一起出現在門口，齊聲尖叫：「陳管家，你過來看看，這是什麼？」

陳阿牛皺了皺眉頭，這時，他的身分已不再是「管家」，但是他顯然是念在厲大猷生前對他的恩情份上，還是走了過去，原振俠忙跟在他的後面。

一進門，果然那小保險箱已被打了開來，在小保險箱之旁，是一隻相當精緻的小箱子，那自然是從小保險箱中取出來的。

地上，散滿了木糠，那些木糠，可能是從木箱取出來的，在木糠之上，有著一樣東西，那東西，卻是原振俠再也熟悉不過的，那是一支圓筒形的玻璃標本瓶！

任何一個醫生，一生之中，不知接觸過多少次這樣的標本瓶，就算是普通的中學生，也必然一下子就可以認出，那是一支標本瓶，而不會將之誤認為是一支糖果瓶的。

尤其是，一眼就可以看到，在那支標本瓶中，充滿了一種極淺的黃色液體，而在液體之中，也浸著一個標本。那標本不是十分大，但是一時之間，看不出是什麼標本。

但是一般來說，用這種方法保存的標本，一定是某種動物的標本。

標本瓶中的那種淺黃色的液體，自然是俗稱「福爾馬林」的甲醛的百分之四十的溶液了，生物標本的固定和防腐，一直以來，都是使用它來完成的。

當原振俠和陳阿牛看到了這種情形之後，他們兩人，也不由自主地，發出了一下驚訝的呼叫聲來。醫學知識豐富如陳阿牛，自然也可以知道那是什麼，剎那之間，他神情之疑惑，尤在原振俠之上，張大了口，盯著那標本瓶，神態不知所措之極。

三姐妹中的大姐，指著那標本瓶，尖聲問：「這是什麼東西？」

陳阿牛沒有立刻回答，走過去，把那標本瓶捧了起來，舉到面前，仔細看著。

當標本瓶被舉起之際，原振俠已經可以看清楚，浸在甲醛溶液裏的標本，像是一個脊椎動物的胚胎，大約是在最初一個月到兩個月之間的形成狀態之中。

脊椎動物的胚胎，在最初的形成階段，形狀都十分相似，雞的胚胎，魚的胚胎，兔子的胚胎，乃至靈長類動物，包括人的胚胎，形狀就大致相同，要在日後的發展上，才能分辨出是什麼動物來。自然，胚胎的形狀儘管相似，但至少有體積上的差別。

照標本瓶中浸的那個胚胎形狀大小來看，可以確定那是某種獸類的胚胎，可以是一隻狗、一隻熊、一隻猩猩等等。

原振俠心中的疑惑，到這時，也升到了頂點，這樣的一個脊椎動物胚胎的標本，是沒有什麼價值的，甚至，也沒有什麼學術上的意義。可是厲大猷卻將之用那麼奇特的方式，保存了起來，保存了幾十年之久！

不但保存了幾十年，而且在厲大猷這個怪人心目中，這個胚胎標本，顯然重要之極！

因為在他臨死之前，他的三個女兒之一，只不過略提了一提，他的反應之激烈，難以形容。

而且他還特地為這個胚胎標本，訂下了內容十分古怪的遺囑！

可是，實實在在，那只不過是一個胚胎的標本，在稍具規模的中學生物實驗之中，就可以找到不止一個這樣的標本！

可是厲大猷對之卻如此重視！這個胚胎標本，原振俠可以肯定一定有極其異常之處，可是他一點也看不出特異在什麼地方！三姐妹得不到回答，又在連連發問，陳阿牛仍然不回答，只是盯著標本看。

那三姐妹的聲音實在不是很動聽，陳阿牛又像是發了呆一樣的不作聲，原振俠不想她們吵下去，答道：「這是一個生物胚胎的標本！」

三姐妹齊聲問：「那又是什麼？」

原振俠耐著性子解釋：「是在母體子宮內，還未曾成長完成的胎。」

三姐妹又驚異又失望：「是什麼東西的胎？」

原振俠答道：「單是這樣看，很難看得出來，可能是一隻狗，可能是一隻猴，也有可能是一個人！」

當原振俠講到這裏時，他心中陡然一動，模模糊糊，像是想到了些什麼，可是卻又沒有什麼明確的概念。

那三姐妹聽他說及可能是一個人之際，不約而同地現出駭然、厭惡的神情來。

一個人道：「老頭子一定是神經病了，真會開人玩笑！」

另一個指著標本瓶：「這東西值多少錢？」

原振俠又好氣又好笑：「一錢不值！」

一個道：「好像聽說，胎……可以做補藥，也很值一點錢的！」

原振俠嘆了一聲：「小姐，做補藥的是胎盤，叫紫河車，就算是人的胎盤，也不值什麼錢！」

那三姐妹互望著，神情還有點疑惑，她們的丈夫，多少比她們有點知識，已經連聲在催她們離去，三姐妹還不死心，又在木糠之中，找了一會兒，希望可以找出一點什麼來。

可是她們失望了，那些木糠，放在木盒之中，顯然只是為了穩定那支標本瓶，並沒有任何藏寶的作用在內。

三姐妹神情悻然，一面低聲責備她們的父親戲弄了她們。

原振俠冷冷地道：「三位，這東西厲老先生本來就不是給你們的，他已經留給了你們夠多的財產，你們也該心足了！」

三姐妹擺出一副「關你什麼事」的神氣來，冷笑著：「好，那就給你吧，哼！」隨著冷笑聲，他們一起走了出去，不一會兒，就聽到汽車發動的聲音傳了過來，接下來，便是極度的寂靜。

陳阿牛一直盯著那標本瓶在看，原振俠也在看著，他知道陳阿牛和自己一樣，一定心中翻來覆去，問了幾十遍：「為什麼？」

陳阿牛在過了足有半個小時之後，才問了出來：「為什麼？」

原振俠苦笑了一下：「有太多的為什麼了，你問的是哪一方面的為什麼？」

陳阿牛深深地吸了一口氣，神情一片迷惘。

原振俠道：「我和你一樣，心中充滿了疑問，我們不必站在這裏，何不到三樓上去。」

陳阿牛茫然點了點頭，仍然雙手捧著那標本瓶，在他們上樓之際，他們都不說話，直到到了三樓的書房中，在書桌旁，面對面坐了下來，把標本瓶放在他們的中間，原振俠才道：「或者，我們一步一步來討論？」

陳阿牛像是沒有什麼主意，一面盯著標本，一面連連點頭道：「首先，標本瓶裏的東西是什麼？」

原振俠苦笑了一下：「中學生都能回答得出這個，這是一個脊椎動物胚胎的標本！」

陳阿牛又問：「哪一種脊椎動物？」

原振俠手指在桌上輕輕扣著：

「這，一下子不易回答，可是可以通過極簡單方法確知的，例如把這標本作切片，在顯微鏡下觀察，或作簡單的化驗，可以肯定那是一個什麼樣的生物胚胎。」

陳阿牛喃喃道：

「看起來，和人的胚胎比較接近，那是人的兩個月左右胚胎的形狀。」

原振俠剛才，也曾向那三姐妹提及過，那有可能是人的胚胎標本，在那時候，他就有一種模糊的感覺，感到自己應該知道什麼，可是又無法確切地捕捉，這時，這種感覺又來了！

他想了想，仍然不得要領，他同意：「是的，很像是人的胚胎。」

陳阿牛抬起頭道：「為什麼？為什麼一個人的胚胎，厲先生要用那麼獨特的方法來保存？一個胚胎，對他來說，又為什麼那樣重要？」

陳阿牛在發著一連串的問題，原振俠也就在此際，心中一亮，本來模糊的感覺，變成了實在的想法，他吸了一口氣：「陳先生，我想有答案了！這的確是一個人的胚胎，如果有機會成長、出生的話，那麼，他應該是厲先生的兒子！」

在過去這幾天之中，原振俠和陳阿牛已成了很好的朋友。兩人之間，無所不談，厲大猷當年在醫學院的情形，原振俠在馮森樂處獲知，也全告訴了陳阿牛，所以這時，原振俠一提出這一點來，陳阿牛立時明白，那是什麼意思！

陳阿牛自然也聽過厲大猷說起過他「有一個兒子」、「又殺了他」。

情形本來是純然不可思議的，但這時，卻像是一下子就變得十分簡單明瞭了！

連厲大猷的奇怪語言，都有了解釋。

情形可以大致推測出來！

厲大猷在醫學院求學時，相當風流，曾和一個金髮美女同居過，這表示，他和某一個女士之間，如果有了愛情結晶，是一件十分平常的事。

而根據馮森樂所說，在求學期間，厲大猷就不止一次，替懷了孕的女士進行人工流產手術。那麼，當時他曾為那位「某女士」進行墮胎，也不是什麼奇怪的事。

當時，厲大猷是學生，不能負擔風流的代價，進行手術，把自己的孩子胚胎自母體中取出來，也並非不可理解的事。

或許是基於對某女士的懷念，或許是他認為這個雖然發育未成的胚胎，但仍是他自己的骨肉。所以他才將之鄭而重之地保留了起來，作為紀念。

而到了晚年，他一直在想念這些事，心理上可能起了內疚之感，所以才變成了「我本來有一個兒子，可是，我殺了他」的說法。

原振俠和陳阿牛兩人，只花了幾分鐘，就把整個情形概括了出來，原振俠感到相當滿意，吁了一口氣：「原來是這樣！」

陳阿牛在剛才猜測是怎麼一回事之際，意見和原振俠是相同的，可是這時，他又現出了猶豫的神情來，指著瓶中的標本，問：「原醫生，人工流產的手術……能使一個未成形的嬰兒，保持著這種完整的形態，離開母體的子宮嗎？」

原振俠一聽，不禁發出了「啊」的一聲低呼聲來。

陳阿牛問得對：能嗎？

他沒有回答，又向陳阿牛望去，因為他知道，陳阿牛的醫學知識遠在他之上，而厲大猷當年在醫學院，又是專修婦產科的，在過去幾十年之中，他自然把婦產科方面的豐富常識傳授給了陳阿牛。

陳阿牛緩緩地搖頭：「刮子宮手術是萬不能保存胚胎的完整的……」

原振俠接上去道：「負壓吸宮術，也無法令胚胎保持這樣完整，你看水囊引產法呢？」

陳阿牛搖頭：「一則，有經驗的婦產科醫生不會在六周到八周的妊娠期間使用這個方法；二來，即使是水囊引產，也必然……」

他講到這裏，又搖了搖頭，原振俠明白他的意思，答案是「不能」。

原振俠緩緩地吸了一口氣：「那麼，就是進行剖腹手術取出來的了。」剖腹手術是相當巨大的手術，剖開子宮，取出胎兒。原振俠在這樣說了之後，自己也不禁搖了搖頭。陳阿牛望了他一眼，像是在怪他會這樣說。

因為剖腹手術，那是最後的手段，在有其他辦法可以使用之際，不會使用。妊娠期在八周左右的胚胎，是不必勞動這種大手術的。

可是，除非是進行這樣大的手術，而且還要極小心的進行，不然，何以能使胚胎保持這樣的完整狀態？

兩人又靜了下來，原振俠攤了攤手：「厲先生是這樣優秀的一位醫生，他總有辦法的，事實上是一個完整的胚胎，變成了標本！」

陳阿牛「嗯」了一聲，又指著標本瓶：「原醫生，這個標本的臍帶，你有沒有注意到，好像有點不正常，請你仔細看！」

原振俠湊過去，轉動了一下標本瓶，注視著，他立即看出了不正常之處來。

胚胎在這個時期，還未曾可被稱為胎兒，臍帶的發育還未能算是完成，但是有經驗的醫生當然可以看得出來。原振俠這時，看到的不是正常的臍帶。

正常的臍帶表面光滑透明，可是這個胚胎標本的臍帶卻看來呈橢圓形的小球狀，表面十分粗糙。而且，在這個小球上，有著相當明顯的三個小孔。

這種情形是原振俠從來未曾見過的，他神情疑惑：「這個小孔……如果是一種病變性的穿孔，這個胚胎早已不能生存了……」

陳阿牛道：「是。」他抬了抬頭：「原醫生，我總覺得我們剛才的設想雖然合理，但是不一定是事實，你再看這胚胎的頭部，真是人的胚胎？」

原振俠不由自主地嚥了一口口水：「陳先生，你的意思是……」

陳阿牛道：「厲先生對這個標本重視到了異常的程度，總是有原因的。我這裏沒有什麼實驗設備，你服務的醫院方面——」

原振俠明白了陳阿牛的意思：「沒有問題，我可以請准院長，任由你使用醫院中的任何設備！」

陳阿牛的神情，猛然有點忸怩：「不瞞你說，我的知識全是理論上的，實際上的操作……例如，我就只會做簡單的顯微鏡切片……」

原振俠笑道：「我來負責一切實際操作。」

陳阿牛側頭想了片刻：「如果那……標本真是厲先生的……我們對之進行研究，厲先生會不會不高興？」

原振俠道：「不會吧，至少，他自己也曾研究過，不然，這種程度的胚胎，是無法用肉眼來辨別性別的，他卻知道那是他的『兒子』！」

陳阿牛的神情像是十分焦慮，喃喃地道：「我直覺感到……會有什麼事發生，可是又一點頭緒也沒有，這個胚胎標本……」

原振俠看到他這種憂形於色的樣子，不知如何勸他才好，也不知道他何以會有這樣的「直覺」。他只好道：「不如立刻開始，很快就可以有結果的。」

陳阿牛又舉高了標本瓶來，看了半晌，又放了下來，搖頭道：「算了，我決定什麼都不動，還是將它放回保險箱去。」

原振俠叫了起來：「這算什麼，明知大有值得研究之處，怎可以放棄？可能厲先生把這標本留給我，正是想我來研究它……」

第七部：標本瓶底貼著一張小小的標籤

陳阿牛的神情仍然猶豫不決，可以看得出，他雖然是一個不世的醫學奇才，但實在不是一個十分有決斷力的人。

他望了原振俠一眼，才十分勉強地點了點頭，原振俠怕他又變卦，一伸手，自他的手中，接過標本瓶來，他把標本瓶捧得高了一些，看到在瓶底，貼著一張小小的標籤，由於標本瓶的瓶底相當厚，如果不是舉起瓶底來，是看不到瓶底的標籤的。

原振俠忙湊近來看，看到上面，用細小的字，寫著兩組數字：

「一九三〇、八、九——一九三〇、九、一」。

陳阿牛也看到了這組數字，和原振俠互望了一眼！

「看來，像是日子，記的是這胚胎生存的日子？一共是二十二天？不對啊，二十二天的人類胚胎，不可能發育到這種程度！」

原振俠點點頭：「對，人類的妊娠期相當長，如果二十二天……那可能根本不是人的胚胎，要不，就是這個日子，另有用意的。」

陳阿牛道：「還會有什麼別的用意？這自然是日期，一九三〇年，已經是五十多年前的事情了，那時……」

他講到這裏，陡然停了下來，現出一種十分難以形容的神情來，皺起了眉，像是在突然之間，想到了什麼重要的事情一樣。

原振俠忙接上去：「那時，厲先生應該在德國？」

陳阿牛並沒表示什麼，只是含糊地應了一聲。

和陳阿牛認識以來，原振俠雖然驚詫於陳阿牛的驚人學識，也對他的人格高尚十分欣賞。

可是不止一次，原振俠感到陳阿牛的性格，不夠爽朗，和他自己的性格不合，像這時，那種分明有話要說但是又欲言又止的情形，也不是第一次發生了。

原振俠知道追問也沒有用，而且，人總有保持一點秘密的權利的，原振俠很懂得尊重他人，所以他放下了標本瓶，順手去揭開了瓶蓋。

在發現了這只標本瓶之後，他們都沒有試圖去打開過它。因為在他們的專業知識，一支標本瓶是十分普通的物件。

而且，他們也知道，浸標本的甲醛溶液的氣味不是很好聞，所以他們都沒有想去打開它。

這時，原振俠順手揭開了瓶蓋，也只不過是由於他們即將帶著瓶子到醫院去，原振俠想肯定一下瓶蓋是否牢固，以防在半途中傾瀉而已。可是，他一揭之下，陡然呆了一呆！

瓶蓋一動也不動！

原振俠呆了一呆之後，陳阿牛也「啊」了一聲：「這瓶蓋……經過特別處理，是和瓶子融在一起的！」

原振俠已看清楚了，的確，瓶蓋在當年蓋上之後，曾用高溫的吹管吹燒過，使得瓶蓋和瓶子聯結部分融化，而後又凝固在一起。

那也就是說，現在，要取出標本來，非把瓶子打破不可，不然，就沒有第二個法子！

陳阿牛又喃喃地道：「為什麼？為什麼厲先生那麼小心處理這個標本？」

原振俠自然答不上來，他道：「我們走吧，只要通過一些簡單的化驗，就可以有結果了！」

陳阿牛卻突然雙手捧住了標本瓶，把標本瓶移近他的身子，看起來像是怕原振俠下手去搶一樣，當原振俠向他望去之際，他甚至漲紅了臉，支支吾吾地道：

「原醫生……我想厲先生……多半不會喜歡他收藏得這樣嚴密的東西被人……再弄破……我想先從肉眼可以觀察得到的……來確定那是什麼胚胎……如果達不到目

的，再去化驗！」

原振俠誠懇地道：「那是一件相當困難的事！」

陳阿牛忙道：「我這裏參考書多，我想可以的……這樣，你給我三天時間，三天不行……就到你的醫院之中去化驗！」

當他這樣講的時候，他甚至把標本瓶緊緊抱在懷中！

原振俠實在有點啼笑皆非之感：「你放心，我不會和你搶的，好吧，我們再聯絡！」

陳阿牛現出一種十分抱歉但又無可奈何的神情來，原振俠心中自然不是很高興，但也無可奈何。

「那我告辭了！」

陳阿牛一副心神恍惚的樣子，不住地道：「謝謝，謝謝你！」

原振俠笑道：「你謝我幹什麼？倒是馮森樂博士如果沒有你的幫助，不知如何下台，他曾對我說過，要求和你見面的，你想不想見他？」

陳阿牛道：「不必了吧，原醫生，我想和你再次聯絡的，你……」

當他在說話的時候，他一直把標本瓶緊抱在懷中，原振俠甚至可以肯定，他對於整件事，一定已想到了一個重大的關鍵，只是不說出來而已。

原振俠向門口走去，陳阿牛送了出來，原振俠忍不住道：「你準備抱著標本瓶送我到門口？」

陳阿牛聽到原振俠那樣說，才如夢初醒地「啊」了一聲，小心地把標本瓶放在桌上，陪著原振俠下了樓，一直送到門口。

原振俠在這一段時間內，又對他說了幾句話，可是陳阿牛心不在焉，全然答非所問。

原振俠離開之後，也一直在想著厲大猷何以如此處理一個生物胚胎標本的原因，可是不論他怎麼設想，也想不出一個合理的解釋來。比較起來，還是第一個設想最合情合理：那胚胎，是厲大猷的骨肉！

原振俠並沒有主動和陳阿牛聯絡，他以為最多三天，陳阿牛一定會和他聯絡的，可是，五天過去了，陳阿牛音訊全無。

到了第六天早上，原振俠撥了陳阿牛的電話，可是電話響了很久，都沒有人接聽，他心中感到有點納悶，但是未曾想到會有意外發生。

第七天，他再試圖和陳阿牛聯絡，而電話仍然無人接聽，原振俠感到事情有點不對頭了。陳阿牛的生活範圍十分狹窄，厲大猷生前，他和厲大猷生活在一起，如今，他簡直是一個人生活的，沒有任何親戚朋友，所以也無法在任何其他人處，打聽到他的行蹤。

放下電話之後，原振俠想了一想，決定在下班之後，去看他一次，一個沉緬在學術研究中的科學家，有時不接聽電話，也不算什麼奇特的事。

可是當天，在他快要下班的時候，他卻接到了馮森樂博士的電話。

馮森樂博士的聲音充滿了感激與興奮：

「謝謝你那位朋友，新激素合成之後，經過試用效果非常良好，我的任務已經百分之百完成，各方面都十分滿意，我自然也得到了可觀的酬勞，你那位朋友，我已經決定了，就算因之令我的名譽受到損害，我也要請他出來，和我一起進行日後的研究工作。」

原振俠苦笑了一下：「這位先生是一個怪人，我不能肯定他是否肯答應你的要求！」

馮森樂叫了起來：「世上沒有人可以拒絕名譽、崇高的社會地位和大量的金錢的！」

原振俠想一想：「不是沒有，只是很少！」

他自然而然地想到了陳阿牛的一生，一個無依無靠的鄉下孤兒，奇蹟般地遇上了厲大猷，他對於自己的遭遇已經心滿意足，不會再有什麼奢求了！有的話，也就是希望自己在醫學上的創見得到實現，既然可以通過馮森樂來進行，他又何必再去追求什麼？

馮森樂自然不知道原振俠在想什麼，他在電話中繼續道：

「不行，我一定要見那位先生，我的專機今晚可以到，一下機我就會來找你……說實話，有一個十分重要的計畫，我需要他參加。」

他講到這裏，頓了一頓，才又道：「自然，我也會邀請你參加。」

原振俠感到十分好笑，馮森樂博士的功利主義和太過市儈的處世方式使他有點反感，所以他回答的語氣，十分冷淡：「謝謝，我不會有興趣！」

馮森樂大聲道：「你會有興趣的，這是一個有著十億美元經費的龐大計畫！」

原振俠更加反感：「我以為，科學研究多少和商業行為有點不同！」

馮森樂「嘖嘖」連聲：「小夥子，我可以告訴你，那一定是空前的科學研究。請你告訴我，如果沒有龐大的資金，怎麼進行科學研究？」

原振俠淡然道：「好，那等見了面再說。」

他放下電話，心中想：

自己對馮森樂士的態度，何以竟有了那麼大的改變？若是在以前，博士居然要邀請他一起參加研究，他只怕會高興得直跳起來！是不是因為知道了博士的成就，一大半是來自陳阿牛的緣故？

他搖了搖頭，也找不出正確的答案來。所以這一天下班之後，他暫且不去找陳阿牛，回到住所，想靜下心來，聽聽音樂，可是怎麼也無法集中精神，撥了幾次電話到陳阿牛處，依然沒有人接聽。

到了晚上十時左右，門鈴響起，原振俠把門打開，他在開門的時候，以為那一定是馮森樂博士來了，可是門一打開，眼前一亮，鼻端聞到了一股淡淡的幽香，他整個人都不禁呆住了，在柔和的燈光之下，站在門外的竟然是海棠！

海棠穿著十分淡雅的便裝，隨然的站在那裏，可是看起來，就是那麼美麗優雅，整個人，散發著自然而然的一種無形的光輝！

原振俠看得呆了。海棠淡然笑著：「來和你商量一點事，不準備請我進去？」

原振俠忙道：「請進！請進！」

海棠輕盈地走了進來，室內正充滿了動人的豎琴音樂，海棠整個人，給人的感覺就像是無數優美的音符的化身一樣，原振俠吸了一口氣，海棠轉過身來：「或者說，是請求你一件事！」

原振俠本來想毫不考慮地說：「不論什麼事，我都可以答應。」但是他突然之間，想到了海棠的身分，那令得他不由自主地嘆了一聲，而改口道：「請說。」

海棠來回走了幾步，然後，在原振俠面前站定：「馮森樂博士會受邀請主持一項研究計畫，他會邀請你參加這個計畫。」

原振俠點頭：「下午，他提起過。」

海棠的神情有點緊張：「他提及了計畫的內容？你答應參加了？」

原振俠搖頭：「你這兩個問題，我的答案都是否定的。」

海棠皺起了眉。當她皺眉沉思的時候，原振俠真想伸手出去，輕輕將她眉心的結揑平——這是絕對沒有任何目的的。

男人都有助強扶弱的心理，眼看著這樣美麗動人的女郎眉心打著結，總會十分不忍，激於義憤，定有要令她解愁的願望。

原振俠揚了揚手，又垂了下來：「博士說今晚由你們的專機送他回來，一下機就會來見我。」

海棠點了點頭：「我知道——他邀請你參加的目的。我也知道，對不起，可能很傷你的自尊心，他不是要你，而是想通過你，邀請這些年來一直提供醫學創見給他的那位醫學奇人！」

原振俠淡然道：「我不會介意，我很早就料到他的目的是這樣！」

海棠突然踏前一步，幾乎和原振俠是面對面了，原振俠在一剎那間，簡直就像是遭了電殛一樣，一動也不能動。而海棠又伸出自己的雙手來，握住了原振俠的雙手，握得相當緊。

原振俠手心中，這時冒出汗來，他已情不自禁要把海棠拉過來，輕輕擁在懷裏了，可是海棠的幾句話，卻令得他自一個美妙的、色彩幻麗的夢境之中，回轉到現實中來，而且，現實竟是如此的醜陋！

海棠半仰著頭，用極迷人的目光望著原振俠：「博士來了之後，答應參加他的計畫，並且，定期把研究計畫的內容告訴我們！」

原振俠又感到一陣僵呆。

這次的僵呆和上次的是完全不同的，在剎那之間，原振俠心中的失望，令得他不知如何是好，海棠卻還在繼續著，她的聲音仍然極其悅耳：「當然，你要什麼報酬，我們都可以答應！」

海棠在這樣講的時候，她美麗的臉龐上所現出來的神情，是一種強烈的、挑逗的暗示，那令得原振俠不由自主地閉上眼睛！而且，不由自主地長嘆了一聲，他是為事實的醜惡和幻象的美麗之間的距離，竟然是如此遙不可及而嘆息！

海棠，在外表上看來，是如此優雅動人的一個女郎，可是這時所做的事，卻要引誘他做間諜特務！

在原振俠閉上眼睛的那片刻，他感到海棠柔軟身體靠了過來。原振俠震動了一下，拒絕這樣一位美麗異性的投懷送抱，簡直是違反生理的行為！但是他還是輕輕地推開了她：「好的，我先決定是不是參加，再談別的！」

海棠怔了一怔，原振俠是在推宕，她自然聽得出來，所以她立時後退了一步，低下了頭，神態方面，表示了失敗後的一種屈辱。

原振俠心中不忍起來：「請問，為什麼你們會對博士的研究計畫感到興趣？」

海棠仍然低著頭：「因為那研究計畫……」

她只說到這裏，就發出了無可奈何的苦笑：「算了，別提了，就當我沒來過好了！」

她說著，轉過身，就向門口走去，動作十分快捷，到了門口，她手已握住了門柄，才又突然冒出了一句話來：「不過，我知道你一定會參加這個計畫的，不是為了我，你有一定會參加的原因！」

原振俠怔了一怔，在還不知道她這樣說是什麼意思之際，她已經打開了門，走了出去。

門關上之後很久，她帶來的那股幽香，仍然在室內飄盪，原振俠也一直呆呆地站著，思緒極度混亂，直到門鈴聲又響起，原振俠才如夢初醒一樣，走過去開門，這次，在門外的是馮森樂博士。

博士用力拍著原振俠的肩頭，呵呵大笑著，走了進來。

原振俠走過去，把早已唱完了的唱片收起來，博士開門見山：「走，帶我去見那位先生！」

原振俠搖搖頭：「我要先取得他的同意，這幾天，我一直無法和他聯絡。」

博士十分失望，但轉眼之間，又興高采烈起來，壓低了聲音：「你將看到一份極端機密的文件，我早在一個月前收到的，關於一個研究計畫，你可以看！」

他說著，鄭而重之地把一個信封自上衣口袋取了出來，交給原振俠。

原振俠取出信封中的信件來，看完之後，他呆住了，明白了海棠臨走時候那句話的意思！

那封信十分簡單，為了表示這是重要之極的信，信上的文字是用一種特殊的有立體感的膠質墨水寫成的，書法文體極其優美。

信的內容是：

「本國擬進行一項空前的、人類歷史上從未有過的科學研究計畫。本國的秘密財政預算，可以為這項研究提供不少於十億美元的研究基金。

由於計畫中的研究課題，和閣下一直在研究的有一定關連，而且閣下被公認是這類研究的權威，所以本國元首決定請閣下主持這項研究。閣下若主持該項研究，不但可以成為本國上下一致崇敬的人物，且可以任意動用該計畫之研究基金。

閣下之答覆，可與本國任何駐外使館聯絡。由於計畫在極度秘密情形之下進行，閣下若無意參加，請嚴格保守秘密，勿在任何場合之中提及。

國家元首　　卡爾斯將軍」

原振俠是在看到了「卡爾斯將軍」的署名之後，才感到震動的！

卡爾斯將軍！這個世界公認的狂人，會對什麼科學研究有興趣？只怕他連什麼叫科學都不知道！所謂「科學研究」，其中一定大有文章！

而原振俠更知道，如果卡爾斯將軍真要實行這個計畫的話，計畫的真正主持人，一定是黃絹，不可能是別人。海棠至少是知道這一點的，知道他為了黃絹，會參加那計畫，所以臨走時才那樣說！

剎那之間，原振俠的思緒更亂，海棠的那一方面，想知道研究計畫的內容，自然是由於卡爾斯這個緣故，卡爾斯和他的國度在世界各地支援恐怖活動，野心勃勃，唯恐天下不亂到了極點，即使同樣具有野心的國家，對他也一樣頭痛，全然無法測知他在下一步會玩出什麼新花樣來。

像卡爾斯那樣的獨裁者，如果忽然對科學研究有了興趣，有一件事幾乎可以肯定，那就是這種「科學研究」必然有助於他的野心活動！

卡爾斯將軍才不會關心什麼人類的科學前途，他只關心他自己的野心計畫，是不是能得到實現！看到博士一副興奮莫名的神情，原振俠指著簽名：「這位將軍怎樣一個人，你一定知道？」

博士點點頭：「不管他是怎樣的人，能有這樣的機會，我不會放過。我已經和他們一個大使館聯絡過，表示我十分有興趣。我得到的答覆是：我必須到他們的首都去見卡爾斯將軍，面談細節問題。和我通話的竟然是一位女郎，卻有著將軍的銜頭，她的名字是黃絹。」

雖然原振俠一點也不意外，但是在聽到了黃絹的名字之後，仍然不由自主地發出了一下低微的呻吟聲來。

馮森樂博士道：「我不知道他們想研究什麼，信上只說是和我的研究有關，我自己知道，近幾十年來，我的研究……」

他說到這裏，又顯出尷尬的神情來，用力一揮手，說道：「所以我立時想到，要把那位先生找出來，和他一起參加那個計畫，恰好又有人請我去維護健康，所以我來到東方，主要是想找那位先生，我還以為那是十分渺茫的事，誰知道你竟然認得他！」

博士連連搓手，神情之中，充滿了期待，望定了原振俠：「當然，宏大的研究計畫，需要許多人參加，你可以成為我和那位先生的主要合作者。」

他把他的手重重地按在原振俠的肩頭上：「小夥子，這是任何人在一生之中，絕難再有的第二次機會，絕不能錯過的！」

原振俠的思緒十分亂，他低嘆了一聲，坐了下來，雙手托著頭，半晌，才道：「博士，那位先生是不是肯參加，我一點把握也沒有，明天我去……」

博士打斷他的話頭：「現在……現在就去，我在你這裏等他，你能把他帶來，那就最好！」

原振俠本來就急切想再見陳阿牛，博士的提議，他倒也不反對：「好，我這就去找他！」

博士十分熟絡地在沙發上半躺了下來，原振俠打開門走出去，到了屋外，他深深地吸了口氣，馮森樂這樣熱衷名利，那倒也並不意外，惹人尋味的是：卡爾斯想進行什麼樣的研究？

他一直在想這個問題，可是卻沒有什麼結果，因為像卡爾斯這樣的狂人，可以有任何念頭。可以肯定的只是一點，這個念頭和他的野心有關。

車子在郊區行駛，公路十分寂靜，原振俠又不由自主地想起海棠來，他想著：海棠、黃絹全是在外形上給人以如此美麗感覺的女性，可是她們的內心世界究竟是怎樣，只怕根本沒有人可以瞭解她們。

人的內心世界是不因外形的美醜而轉移的，有時，反而越是美麗的外形，越是包含著醜惡的內在！

等到了駛近那幢巨宅之際，原振俠心中已經隱隱感到有點事發生了，因為整幢房子，一點燈光也沒有，在黑暗中看來，像是一頭碩大無朋的怪物一樣。

一點燈光也沒有，這實在是不合理的事，再加上這些日子以來，都無法和陳阿牛在電話上取得聯絡，原振俠自然感到事情有點不對頭，他加快了車速，把車直駛到巨宅門口，急急打開車門。才來到門口，還未曾伸手按鈴，他就看到了放在門鈴旁的那只信封，雖然光線很暗，但是他還可以看到信封上的字：

留交原振俠先生。

原振俠呆了一呆，取下了這封信，後退了幾步。四周圍一片寂靜，屋子一片漆黑，他一面打開信封，取出信紙來，一面向車子走去，開著了車燈。

信自然是陳阿牛留給他的，原振俠看完之後，看了看日期，信是在好幾天之前寫的，算來，是上次和陳阿牛分手之後的第三天，陳阿牛並沒有遵守他的諾言！

原振俠而且可以強烈地感覺得到，上次分手的時候，陳阿牛已經有了欺騙他的打算，他一定已經想到了什麼，所以才不願把那胚胎拿去化驗！

陳阿牛的信寫得很委婉，措詞也很客氣，可是原振俠在看了之後，仍然無法壓抑被欺騙的憤怒，他用力一拳打在車子的座位上，向著巨宅大聲罵了起來：「陳阿牛，你是卑鄙小人！」

他這樣對著空屋子罵，當然一點用處也沒有，只是為了洩憤而已。

以下是陳阿牛的信：

原醫生，請無論如何，接受我的道歉，你一定要明白一點，我知道我的行為是不應該的，但是我必須這樣做。我們以後，不會再有見面的機會——是我決計不會再和你見面。這幢房子，我已經委託人出售，屋中的一切藏書都歸你所有，我之所以要躲起來，是有一個特殊原因，這原因特殊到我無法和你解釋，只能請你原諒。

陳阿牛

原振俠又在車座上重重地打了一拳，雖然陳阿牛在信中什麼也沒有說，但是他知道，一定是為了那個胚胎標本，但是究竟有什麼特異之處，要令得他這樣避開，「永遠不再見面」？

隔了好一會兒，原振俠憤怒的情緒漸漸平復了下來，他開始想這個問題，他曾仔細觀察過那胚胎標本，可是一點頭緒也沒有。

這時，他所想到的只是一點：這個胚胎標本會令人突然離開一處地方、到另一處地方去！厲大猷當年突然離開德國，是不是也是為了這個胚胎標本呢？

厲大猷的心中一定有一個大秘密，不然，他不會在臨死之前，連個電話也不讓陳阿牛打去！

第八部：一個卑鄙的特務其實也是人

陳阿牛很聽厲大猷的話，在厲大猷入院之後，未曾和他進行過任何聯絡，那麼，厲大猷的秘密，應該沒有對任何人說過，厲大猷的秘密，是不是和那個胚胎標本有關？就算有關，陳阿牛也沒有理由知道，他為什麼又突然離去了呢？

原振俠思緒之亂，真是無以復加，他想起馮森樂博士還在家裏等著他，看來博士要大失所望了。

他無精打采地抬起頭來，就在這時候，他看到在巨宅的牆角處，距離他約莫二十公尺處，有一個人站著。初一看到在這樣的環境之下，有一個人一動不動地站在屋角處，那著實令人吃驚，可是他隨即看清楚，那是一個長苗條的人影。他甚至立即可以肯定，除了海棠之外，不可能再有什麼女人，就算是站在如此孤寂的黑暗之中，都會那麼好看！

海棠，在他駕車前來的時候，還一直在想著的海棠，竟然會在這裏出現！

不過原振俠一點也不覺得奇怪，以海棠的身分和她想要知道些什麼，她不斷地跟蹤他，那應該是意料之中的事！

剎那之間，原振俠感到有一股難以形容的疲倦。

海棠站在那裏，一動也不動，雖然距離很遠，原振俠不可能看到她臉上的神情，但是他彷彿仍然感到她那大而充滿魅力的眼睛正充滿了期待，這簡直是無法抗拒的！

原振俠嘆了一聲，把車頭燈連閃了三下，示意海棠過來。

當海棠在黑暗之中無聲無息地走過來、她美麗的身形離他越來越近之際，原振俠真的無法肯定，向他走來的是一個仙女，還是一個女巫。

海棠來到車前，並不彎下身來，此時，原振俠打開車門，海棠才在他的身邊坐了下來。兩人誰也不說話，過了好一會兒，海棠才道：「一個卑鄙的特務，其實也是人。」

她的聲音之中，充滿了幽怨，令人聽了心碎，原振俠苦笑了一下：「你這種話，如果給你的上司聽到了會有什麼結果？」

海棠震動了一下：「上司……也是人！」

原振俠嘆息著：「可怕就在這裏！每一個人全是人，但是當這些人在一個組合之下生存之際，人就不再是人，為了一個目標，人只不過是各種各樣大大小小的工具！」

原振俠側過頭看著海棠，海棠的口唇掀動了幾下，沒有發出聲音來，又沉默了半晌，她才伸手指了指門：「原來使馮森樂博士成名的人，就住在這屋子裏，對不起，早幾天，我已看了他留給你的信！」

聽了海棠的話之後，原振俠的反應，只是凝視著她。

海棠忽然輕笑了起來：「你以為，我會覺得慚愧？不會的。」

原振俠無目的地揮著手，不知道說什麼才好。

海棠又道：「沒有了陳阿牛，馮森樂博士還會不會讓你參加那項計畫？」

原振俠仍然不作聲，海棠輕輕地吸了口氣：「計畫，實際上，是由黃絹主持的。」

原振俠也吸了一口氣：「我和你，如果不是討論這個問題，那有多好？」

原振俠在這樣講的時候，是十分由衷的：夜空全是閃爍的星星，四周那麼寂靜，一個這樣美麗的女郎在身邊，可是卻談論那樣的話題！

原振俠的語調是無可奈何的，他也感到心情上的極度無可奈何，當他想到黃絹時，他的心境如此，現在，又也是如此。

海棠靜了片刻，卻並沒有改變話題：

「別以為我們獲得情報，只是為了政治集團的利益，有時，也是為了全人類的利益！」

原振俠有點不耐煩地挪動了一下身子，海棠又道：「據我們已經獲得的一點資料來看，黃絹將要主持的那個計畫，是瘋狂絕倫的！」

原振俠揚了揚眉：「瘋狂到什麼程度？」

海棠低嘆一聲：「可惜我們對計畫的內容，一無所知，只知道這個計畫對人類會造成極大的災害，比當年製造核子武器，還要瘋狂可怕！」

原振俠搖搖頭：「你既然不知道內容，怎知道那個計畫的瘋狂可怕？」

海棠壓低聲音：「那是從一些文件上知道的。如果你能參加……」

原振俠陡然發動了車子：「你要回市區？要不要我送你一程？」

他知道海棠接下去，又要重提她的要求了，所以他截住了她的話頭。

海棠居然點了點頭：「好，我要回市區，謝謝你！」

原振俠發動了車子，一路上兩人都不說話，直到可以看到市區燦爛的燈光時，海棠才道：「他們請了不少醫學界著名的人物去，馮森樂博士是最近才受邀的一位，你能設想他們的計畫，想研究什麼？」

原振俠也一直在想著這個問題。他沒有立即回答，過了半晌，才道：「或許卡爾斯將軍像當年的秦始皇一樣，在追尋長生不老的方法，想永遠活下去！」

海棠皺了眉，緩緩搖著頭：「不是的，一定不是！」

她否認了原振俠的答案，可是顯然也設想不出一個答案來。兩人之間又維持了片刻沉默，海棠才道：「請停車，謝謝你！」

當原振俠一停下車，海棠就打開車門，飄然地下了車，原振俠望著她的背影，呆了片刻，才繼續駕車回去。

當他回到住所，把陳阿牛留下的那封信給馮森樂博士過目，博士神情之失望，真是難以形容。

原振俠反倒安慰他：「反正以你的聲望，有了這筆研究基金，可以不知道請多少人材了！」

博士沉吟了半晌，才道：「那麼，你……」

原振俠搖了搖頭：「我沒有興趣，真的！」

聽到原振俠一口拒絕，博士大有鬆一口氣之感，這令得原振俠更加反感，博士又說了幾句不相干的話，就告辭離去。

接下來的日子，原振俠也曾努力過去找陳阿牛，可是一點結果也沒有。

不到半個月，馮森樂博士就任卡爾斯將軍那個國家的科學研究院院長的消息，很令醫學界轟動了一陣子，馮森樂也邀請了不少知名的醫生參加他主持的研究工作，不過，他們進入了那個國家之後，銷聲匿跡，再也沒有任何消息，就像是在世界上消失了一樣。

不過，這也沒有引起世人多大的注意。連原振俠在開始幾個月還時時在設想，卡爾斯將軍究竟想研究什麼，那胚胎標本究竟有什麼奇特之處，陳阿牛為什麼要躲起來等問題，但想得雖多，答案卻一直懸空著，他也就不再想下去了。

四個月之後，原振俠得到通知，厲大猷的那幢巨宅已經售出，請他去處理所有的藏書。

原振俠在律師辦公室去辦理手續之際，順口問了一句：「請問你們可知道屋子的主人陳阿牛先生的通訊地址？」

那律師搖了搖頭：「不知道！」

他不等原振俠再問，又道：「售出屋子所得的款項，我們代屋主存入瑞士銀行的戶口裏。」

原振俠苦笑了一下，他當然不會蠢到向瑞士銀行方面去查詢銀行顧客的地址。他聯絡了小寶圖書館的職員，花了足足三天時間，才把巨宅中的書全搬走，他在最後一天，等書全搬完了，在書房留了一會兒。

對著四壁已空空如也的書房，原振俠相當感嘆，想像著多少年來，厲大猷如何在這裏傳授陳阿牛知識的情景。

他可以肯定，陳阿牛不可能對這間屋子沒有感情，但當他走得如此徹底，自然是有原因的，是什麼原因呢？他又兜回老路來了，不會有答案。

又過了大半個月，小寶圖書館的一個職員打電話告訴他：「所有厲先生的藏書，大致都已整理就緒了，我們發現，其中一本醫學大辭典有點特異之處，那是德國一九二八年出版的那本……」

原振俠自然知道那本醫學大辭典，那是一本十分權威的醫學工具書，他問：「有什麼特異？」

職員回答：「那本大辭典又厚又大，可是中間是挖空了的，看來是要隱藏什麼秘密的東西，可是又沒有東西在裏面。」

把一本厚書的中間挖空了來作為放一些秘密的東西之用，那也不是什麼特別的事情，所以原振俠只是隨便答應了一聲。

那職員又道：「看起來，那是放一本日記簿的。」

原振俠不禁失笑：「你是怎麼知道的？」

職員道：「有一張已經發黃的小紙條留在那被挖空了的空間中，上面用德文寫著：『但願永世沒有人看到我這本日記。』」

原振俠陡然怔了一怔：「日記……那本日記不在了？是不是有可能在別的藏書之中，請你們留意一下！」

那職員道：「多半不會，因為我們把每一本書都打開看過，如果有日記的話……」

原振俠隱隱感到，如果厲大猷有一本日記留下來的話，那麼這本日記之中，一定有十分重要的記載，自然也極有可能和他心中那個大秘密有關，所以他又急急道：「請你們再查一遍，這事情十分重要！」

職員停了極短的時間，才道：「好！」

原振俠放下了電話，呆了半晌，有這樣的一本日記在，陳阿牛是不是知道呢？日記不在了，是不是陳阿牛拿走了？陳阿牛是不是在看了厲大猷的秘密日記之後，才突然失蹤的？他帶著那胚胎標本失蹤，和日記有關？

推測起來，像是已有了一條線索，可以將各個疑點串起來了，這使原振俠興奮了幾天，直到圖書館的職員又告訴他：「原醫生，沒有發現那本日記。」

原振俠苦笑了一下，這件事，看起來已無法追究下去了。

世界上的事，往往是這樣！當被認為再也無法發展下去，無論從各方面來看，都不會有什麼突破之際，就會有意外的轉折。

這件事也是這樣，已經是在陳阿牛失蹤之後快半年了，原振俠下班回到住所，才一出電梯，就看到他住所的門虛掩著，兩個大漢站在門口，神情嚴肅，穿著黑衣服。

這種服飾的大漢，他絕不是第一次看見，那是黃絹的保安侍衛！黃絹在裏面！

剎那之間，他的心狂跳起來，平時他是動作如此敏捷的人，可是這時在跨出了電梯之後，他竟然有點手足無措起來。那幾個大漢看到了他，神態十分恭敬，向他點著頭，又做了手勢，示意他進去。

原振俠深深地吸了一口氣，來到了房門口，又停了一停，聽到了裏面有悠揚的音樂傳了出來。他一推開門，就看到黃絹，依然是長髮及腰，依然是充滿了野性感——她這時，蜷屈著身子坐在沙發上的神態，看起來就十足是一頭隨時可以撲躍而起的山貓！

從黃絹的動作，一看就知道她在竭力掩飾自己內心的感情，她有點造作地掠了掠頭髮：「對不起，未曾有你的同意，就擅自進來了！」

原振俠吸了一口氣，走到了酒櫥前，倒了一杯酒，一口喝乾，才緩過一口氣，一開口，居然語氣十分鎮定：「很高興又見到你！」

他在說了那句話之後，才轉過身，面對著美麗而野性、可能是世界上有數的擁有那麼高權力的黃絹，但黃絹看來還是美麗的，那是一種令人窒息的美麗。

當原振俠望向她的時候，她做了一個手勢，示意原振俠坐到她的身邊去。原振俠拿起了兩隻酒杯，提著酒，在黃絹的身邊坐了下來，他們默默地呷著酒，好一會兒，兩人都不出聲。

黃絹一直在緩緩地轉動著酒杯，用她深邃的目光，凝視著酒杯之中琥珀色的液體。一直等到唱片轉完了，她才低低地吁了一口氣：「好久沒有享受這樣的寧靜了！」她的聲音是這樣柔和，原振俠把手輕輕地按在她的手背，黃絹震動了一下，神情有點苦澀：「享受寧靜，對我來說，太奢華了！」

她甚至不讓原振俠接口，就接著坐直了身子：「我這次來，是要你告訴我一個人的下落。」

原振俠揚了揚眉，他早知道，黃絹決不是為了想見他才來的。

黃絹在他的住所中出現，必然有目的，這一點，他可以肯定，但是，「告訴他一個人的下落」，那是什麼意思呢？原振俠一時之間有點不明白。

黃絹向他望來：「請你告訴我，使馮森樂博士成名的那個人，在什麼地方？」

原振俠「啊」地一聲，黃絹要找的是陳阿牛！

他迅速地轉念，黃絹為什麼要找陳阿牛？是不是馮森樂的研究遇到了什麼阻滯？但是他沒有進一步想下去，他立時搖著頭：「那位先生，我沒有他的消息，也已經足足半年了！」

黃絹沉聲道：「可是，你是知道如何才可以找到他的，是不是？」

原振俠的回答十分直接：「不是，我曾努力找過他，可是他像是消失得無影無蹤一樣！」

黃絹閃過一絲疑惑的神情，又把自己的身子靠向沙發的靠背：「我們一定要找到他，你可以有什麼提議？」

原振俠嘆了一聲：「我能有什麼提議的話，我自己早就去做了，他的失蹤……我真不明白他是為什麼忽然避開了我的！」

黃絹略覺訝異：「他是為了避開你才消失的？」

原振俠皺皺眉：「可以說是，我推測，他是不願意那胚胎標本受到檢查！」

黃絹的反應之激烈，出乎原振俠的意料之外：「什麼胚胎標本？怎麼一回事？馮森樂怎麼什麼都不知道？你快說說！」

原振俠淡淡地道：「這其中的經過，你未必有興趣！」

黃絹一伸手，抓住了原振俠的手，用極熱情的語調道：「你錯了，我不但有興趣，而且太想知道了！」

事情說起來相當長，原振俠也樂意可以再和黃絹作娓娓長談的機會，於是，他又在杯中斟滿了酒，把事情的始末詳詳細細地講敘著。

黃絹真是表示了極大的興趣，她聚精會神地聽著，很少說話，只有當聽到保險箱被一層一層打開，裏面竟然是一只浸著一個胚胎標本的標本瓶之際，她的神情異樣而複雜，喃喃地道：「原來厲大猷早就在做了！」

原振俠怔了一怔，不明白她這樣說是什麼意思，他停止了敘述，望著她。

黃絹揮了揮手：「這厲大猷是一個天才，可惜他早了幾十年，在觀念上還存在著人不應向上帝爭權力的概念，其實，人和上帝有什麼不同，只要做得到，人就是上帝！」

原振俠不禁呆了半晌，他仍然不是很明白黃絹這樣說的意思，但是他想及在馮森樂提起厲大猷在學校中的情形，曾有一段人和上帝之間的談話，他剛才也引述了那段話，黃絹自然是由於這段話，所以才有感而發的了。他對黃絹的話相當反感，因為那是一個典型的野心家的想法。

所以，儘管他不是一個虔誠的宗教信仰者，他還是道：「歷史上，很多野心家都夢想可以替代上帝的地位，可是全失敗了！」

黃絹一揚眉，在剎那之間，有幾分惱怒之意，但是隨即一笑：

「不再和你爭論這個問題，以後呢？」

原振俠再喝了一大口酒，繼續敘述著以後發生的事情，全都和那個胚胎標本有關，黃絹聽得更是入神，等到原振俠講完，她一昂頭，把杯中的酒全都喝完，她雙頰不知是興奮還是有酒意，泛起了兩團紅暈，她陡然站起來，道：

「我明白了！他要是一直做下去，會成功的，可是他不敢，他有這個能力，而他不敢做下去！」

原振俠訝然：「你說什麼？」

黃絹道：「他中止了行動，那等於說，他殺死了他！他曾說過什麼？他說——他殺死了自己的兒子?那麼他一定是用自己的……」

黃絹說到這裏,陡然停了下來,用一種十分佻皮的眼神望著原振俠。

原振俠並不是一個頭腦不靈敏的人,可是他實在無法理解黃絹那一連串的話,是什麼意思。如果說,黃絹在聽了他敘述之後,就知道了一些他一直解不開的謎團,那更不可思議了!

他在等黃絹繼續說下去,可是黃絹卻不再說什麼,只是不住地在來回踱步,步伐輕快矯捷得如一頭豹子。

然後,她停了下來:「厲大猷一定有一本日記,詳細記述著當年所發生的事,陳阿牛看了這本日記之後,就不願再和你相見了!」

原振俠攤著雙手:「為什麼?」

黃絹「格格」笑了起來:「你太缺乏想像力了!厲大猷說得對,作為一個醫生,一定要有想像力,非凡的想像力才行!」

原振俠漲紅了臉:「我不相信你已經知道了其中的秘密!」

黃絹望了原振俠片刻,柔聲道:「並不是你笨,而是恰好,我們要做的事,厲大猷早就做過了!」

原振俠疾聲問:「什麼事?」

黃絹皺著眉,想了一想:「我現在不能告訴你,這樣,好不好,我們大家一起努力去找陳阿牛，找到了陳阿牛，我會讓你們知道一切！」

原振俠悶哼了一聲，他心中疑惑到了極點，可是他卻決不會再向黃絹問什麼，他不是習慣於低聲下氣的人，不說就不說好了，別人能想出為什麼來，他也可以想得出！

屋子中一下子靜了下來，原振俠現出倔強而固執的神情，像是一個頑固的少年人一樣。黃絹突然道：「你現在的神情十分可愛，你知道不？」

原振俠低嘆了一聲，口唇掀動了一下，沒有說什麼。

黃絹又道：「原，記得，一有陳阿牛的消息，立即通知我！你有我的直撥電話號碼的，二十四小時，都有人聽那個電話的。再見！」

黃絹竟然說走就走，一陣風一樣，捲了出去，原振俠想留住她，卻只留住了那股幽淡的香味。在門外，響起了一陣腳步聲，接著，一切全都靜了下來，就像什麼也未曾發生過一樣！

原振俠悵然地坐了下來，過了好一會兒，他才能集中精神，再去想一想，黃絹明白了什麼。

可是在接下來的幾天之中，原振俠還是和過去一樣，茫無頭緒，不過，也不是全無線索的，因為在所有的報章之上，都刊出了大幅的啟事：

「陳阿牛先生，不論你在何處，在做什麼，請立即和我們聯絡，不單是為了整個人類的文明，也為了厲大猷先生——你的恩人的未竟之志，不論你有什麼條件，都可以提出來，請立即和我們聯絡，不要把能改變人類歷史的工作輕易放棄。」

啟事中所列出的聯絡地址，是卡爾斯將軍那個國家駐各地的外交機構和商務機構。

不多久，原振俠也知道了，同樣的啟事，不但刊登於世界各地的報章上，而且，還刊於世界各地，各種大大小小的醫學雜誌上，不論這份醫學雜誌是舉世推崇的權威雜誌還是根本不為人注意的小刊物，全都有著同樣的啟事。

這份啟事很引起了醫學界人士的注意，大家議論紛紛：一則，陳阿牛這個名字，誰也未曾聽說過；二則，啟事中所用的語句十分空泛，所有的人，議論儘管議論，卻一點頭緒都沒有。

只有原振俠，多少在這個啟事之中，得到了一點啟示。

從那則啟事之中，原振俠至少知道了如下幾點：

一、黃絹真是十分急於找到陳阿牛。

二、黃絹找到了馮森樂，進行一個空前龐大的研究計畫，這個醫學上的研究計畫，一定遇到了困難，那麼非要依靠陳阿牛的豐富醫學知識幫助不可。

三、這個正在進行的龐大研究計畫，幾十年之前，厲大猷已經在醫學院的實驗室中進行過，但是厲大猷進行到一半就停止了。

四、厲大猷的研究，和那個神秘的胚胎標本有關。

這四點是可以肯定的，但是明白了這四點，對瞭解整個事情，並沒有什麼幫助。

原振俠甚至沒有再作進一步的努力，去尋找陳阿牛，因為他知道，陳阿牛如果肯和人見面，在看到了這樣的啟事之後，一定會自己現身出來的。在啟事出現的幾天之後，原振俠才從一家唱片店出來，就有人叫住了他，他回頭一看，看到了穿著十分樸素、看起來像是一個女學生一樣，清麗無比的海棠。

海棠在叫了他一聲之後，就向前走著，原振俠默默地跟在後面，一直來到了一座公園中，他們一起在一張長凳上坐了下來。

海棠先開口：「黃絹來找過你，陳阿牛的故事，她全知道了。」

原振俠點了點頭，這時正是夕陽西下，金黃色的陽光映著海棠的臉頰，原振俠側著頭，可以清楚地看到她頰上細小柔和的汗毛。

海棠緩緩地道：「自從馮森樂去了北非之後，我們一直在留意，他們研究計畫的內容究竟是什麼。」

原振俠仍然只是點頭，沒有接口。

海棠接著，說出了一連串醫學界著名人物的名字：「這些人，全是馮森樂出面請去的，一到了目的地之後，外界就未曾再見過他們，看來，研究工作真是繁重得很，這些人，全是……」

原振俠自然知道那些人的身分，所以他接了一句話：「全是人工培育胚胎、試管變性繁殖，和研究生命起源方面的專家。」

海棠緩緩地吸了一口氣：「是，而且那個研究院，向外購買設備和藥物，表示他們需要大量的促進生長的激素、各種內分泌和許多輸送管道，他們還向比利時一家精密儀器製造廠訂購了一百副微電波測量儀，那是專門記錄胚胎發育過程之用的，作為醫生，你猜想他們在研究些什麼？」

第九部：他們在試圖製造生命

原振俠深深吸了一口氣，海棠提供的資料雖然不多，但是要得出結論來，實在並不是什麼難事！

這時，他們並坐在夕陽之中，面對著公園中的花園，看來是一對普通的情侶一樣，只怕誰也想不到，他們談話的內容是如此驚人！

原振俠嘆了一口氣之後，道：「他們在試圖——製造生命！」

海棠立時道：「是，看起來，還像是製造高級生物的生命，例如，脊椎動物，甚至靈長類動物，甚至，人！可能是試管中製造，人工培植，也可能是採用細胞複製，他們是在製造人！」

原振俠在剎那之間，感到了一股極度的寒意，他自然而然地脫口道：「那——是在侵犯上帝的權利了！」

海棠含有深意地望了他一眼：「奇怪，你怎麼會有這種感覺？」

原振俠伸手在自己的臉上撫摸著，苦笑：「這是自然的反應，在我們這個時代，我們所受的教育，我們的思想方法，一知道了有這樣的事情，這是自然而然的反應。」

海棠道：「那麼，五十年前的厲大猷不但會有這樣的反應，而且在他的內心世界一定也起了極其激烈的鬥爭。」

原振俠「啊」地一聲，海棠的話提醒了他，厲大猷一定在幾十年前，就進行著同樣的研究！

正因為黃絹知道他們進行的研究是什麼，所以她才會一下子知道了厲大猷曾做過什麼樣的研究！這也是為什麼她要把陳阿牛找出來的原因之一！

原振俠喃喃地道：「要在實驗室……製造……高級生命……製造人……這真是太可怕了！」

他說著，又抬起頭來：「我真不明白，卡爾斯將軍製造了人，有什麼用，他國家的人口密度還不夠麼？」

海棠苦笑了一下：「卡爾斯是一個狂人，誰也不知道他有多少狂野的念頭，現在可以肯定的是，這個研究計畫有著極其可怕的內容，不應該讓它實現！」

原振俠嘆了一聲：「對我說起這些，是沒有用的，我只是一個普通醫生，既無力量使那個計畫成功，也無法對之進行破壞。」

海棠靜了片刻，才道：「我們研究的結果是，陳阿牛如果知道了厲大猷當年進行什麼研究，他一定會受不住引誘，而去做同樣的研究。」

原振俠嘆道：「是啊，對一個醫學家來說，揭開生命的奧秘，是最高的目標了！」

海棠猛然輕笑了一下：「這情形，倒有點像武俠小說中常有的情節。」

原振俠向她投以詢問的眼色，海棠又輕笑了一下：「一個武學高手，如果得到一本武學秘笈，哪怕秘笈上所載的全是有多麼可怕的後果，他都會去練的！」

原振俠想了片刻：「是，陳阿牛在這些日子來，可能正在埋頭研究。」

海棠輕輕撥了一下被風吹亂了的頭髮：「只要他在進行，不論他是成功還是失敗，他必然有要找一個對象訴說一番的衝動，而對他來說。除了你之外，不會再有更合適的對象了。」

說到這裏，原振俠才算真正明白了海棠來找他的意思：「你是說，陳阿牛如果來找我，我要阻止他參加那個研究計畫！」

海棠妙目盼兮，以如水波蕩漾的眼神注視著原振俠，緩緩地點了點頭，那種神情，實在令人難以拒絕她的要求。

可是原振俠想了一想，還是道：「如果有這樣的情形出現，我會根據自己良知去判斷怎麼做，而不是接受任何人指示或請求！」

當原振俠這樣說的時候，海棠直視著前面花葉之中在飛舞的一雙蝴蝶，也不知她心中在想什麼，過了一會兒，她才道：「當然，至少，我相信你的判斷一定是正常的。」

她說著，盈盈地站了起來，在暮色之中，慢慢地走了開去，原振俠一直到看不到她的背影，才收回視線來。那時，他心緒極亂。製造高級生命，極可能是在實驗室中製造人，這真是震撼人心，可怕到無法想像的事！

人，一直都是通過自然方法出生的，即使是試管嬰兒，也在母體的子宮裏完成發育過程——原振俠陡然想起了那次在病房中，和厲大猷就試管嬰兒發生的爭論，厲大猷當年就曾經進行過母體之外的培育生命的過程，那是毫無疑問的事了。

然後，原振俠當然想到了那個胚胎，那麼完整的一個胚胎，不可能是用人工流產術自母體之中取出來的。

胚胎根本沒有進入過母體，是全然在人工的培養器中成長起來的，那是世界上第一個人工培育器中成長發育的胚胎，人的胚胎！

但是，厲大猷為什麼又中止了這個胚胎的發育呢！為什麼他停止了自己的計畫！

原振俠越想越是紊亂，厲大猷中止了胚胎的發育，自然等於殺死了胚胎。

厲大猷曾說：「我有一個兒子，可是我殺死了他！」那自然是指這件事而言的了。

原振俠又明白了一點，黃絹是一聽到就明白了的。

當時，黃絹說：「原來他用他自己……」

話講到一半，就沒有再講下去。

毫無疑問，厲大猷是用了他自己的精子來進行實驗的，令得生命有開始，必須是精子和卵子的結合，厲大猷當年，採用了哪一位女性的卵子？就是他那個金髮密友？

而最令人不明白的是，為什麼他中止了胚胎進一步發育成長，而造成了他殺死了自己的兒子這樣的結果？是怕這個胚胎在成長之後，終於成為一個和普通嬰兒沒有什麼不同的嬰兒之後，在他那個時代之中，太過驚世駭俗？

原振俠這時，所設想到的，只止於此，他自然無法設想，當年厲大猷在做的事，簡直驚人之極的，是極端不可思議的，所以才逼得厲大猷這種想像力豐富到極點的人，也無法繼續下去，而逼得中止！

原振俠這時，雖然未曾想到那些，但是他心中驚駭也已不可名狀，他雙手甚至冒著冷汗，當他站起來之際，他在衫腳下擦著手汗。

事情已經漸漸明朗化了！

別說早在五十年前，即使是現在，純用人工的方法來培育一個人，使得生命從最初的形成，一直到發育成熟，都在實驗室中進行，而不是在母體內成熟的想法，也同樣要引起嚴重的道德觀念的衝擊，雖然這種設想如果普遍化，可以使女性由分娩、懷孕的痛苦中解放出來，但是人類是不是能普遍接受那嶄新的觀念呢？

原振俠抬起頭來，天色已完全黑了下來，星星在天際閃耀著，他又想到，陳阿牛一定知道了這個秘密，所以才躲起來的！

當原振俠一想到這一點的時候，他隱隱地感到，整件事，一定還有一個關鍵問題，是他未曾想到的，可是他卻又無法捕捉到那是什麼。

因為，即使人工培育胚胎，相當駭人聽聞，但那並不是太過荒誕的設想，就算陳阿牛知道了這個秘密，又何致於要與世隔絕呢！

而且另一個疑問是：這樣的研究，對卡爾斯將軍的野心，又有什麼好處呢？

原振俠一面想著，一面走著，不知不覺間，已經來到了鬧市之中。

那是一條他平時很少經過的街道，街兩邊的霓紅燈閃著奪目的光彩，幾乎全是中下級的酒吧。原振俠原是信步走來的，並無目的的，他保持著不急不緩的腳步向前走著。

突然之間，在一間酒吧之中，傳出了喧鬧聲，緊接著，一個人踉蹌跌了出來，而隨即又有兩個人追了出來，將那個顯然已喝醉了的人，一下子推跌在地。

原振俠甚至沒有停下來，那是一宗尋常的酒吧毆鬥，這種事，在這樣的街道上，一天不知道要發生多少次！

那個酒鬼跌倒在地上，還在大聲叫道：「我是上帝，我是上帝！」

那另外兩個人，看來像是酒吧雇用的打手，皺著眉，把那酒鬼架了起來，看來是準備把他架到較遠的地方去，別在酒吧門口吵鬧。

當時，原振俠恰好在他們三個人面前走過，那酒鬼一看到原振俠，陡然叫了起來：「原振俠，告訴那些人，我就是上帝，我有上帝的能力！」

原振俠陡然呆了一呆，向那酒鬼望去，那酒鬼掙扎著向他走來，一身都是酒氣，滿面都是鬍子，顴骨高聳，看來十分瘦削，雙眼之中，全是紅絲，是一個典型的酒鬼，原振俠記不起什麼時候見過這個人，心想可能是自己眾多病人中的一個。

那酒鬼不但說，而且一伸手抓住了原振俠的衣服。

兩個打手一見這種情形，就道：「這個人是你的朋友？他喝醉了胡言亂語，還要人家承認他是上帝，不然就要和人打架，你快送他回家去吧！」

原振俠想分辯幾句，說自己並不認識這酒鬼，可是那酒鬼自己幾乎將整個身子都靠在他的身上，那兩個打手也回到了酒吧中。

原振俠十分厭惡地，把那人推開了一些，道：「先生，我認識你嗎？」

那酒鬼用十分嘶啞的聲音道：「當然認識，我們是好朋友！我看，只有你，才會相信我真正有上帝的能力！」

他一面說，一面身子東倒西歪，而且，還十分用力地在原振俠的肩頭上拍著，一面不斷噴著酒氣，打著酒呃，看來真是醉得可以。

原振俠心中暗叫了一聲倒楣，其勢又不能把他推倒在路上，那醉漢伸手拍著自己：「你真不認識我了？我知道自己瘦了很多，可是，你應該認識我的，我是陳阿牛！」

醉鬼雖然大著舌頭，口齒有點含糊不清，可是，「陳阿牛」這三個字，原振俠還是可以聽得清楚的。剎那之間，他所受的震動極大，幾乎沒有和醉鬼一起跌倒。他連忙扶起對方的身子，仔細看著，他才依稀在對方臉上，找到一些他印象中陳阿牛的影子！

他真沒有想到，和陳阿牛分別不過大半年，在大半年之中，一個人竟然可以變成這個樣子！

他還是有點不敢相信，連忙用德語問了一句：「你怎麼會變成這個樣子？」陳阿牛立時回了一句德語的俗語，那是「一言難盡」的意思。

原振俠再無疑問，又問：「你現在住在什麼地方！我送你回去！」

陳阿牛一聽，陡然尖聲叫了起來：「不要，我不要回去，我……那地方……是地獄，我創造了一個地獄，我是地獄之主！」

原振俠深深地吸了一口氣，他知道，一定有極不尋常的事發生在陳阿牛身上，卡爾斯將軍的手下，又不惜一切代價要找到他。

這樣在街頭上糾纏下去，不是辦法，他忙扶起陳阿牛，走出了幾步，然後，截停了一輛街車，到了他自己的住所。

還在車中，陳阿牛已經鼾聲大作，要把一個醉人弄到樓上去，真是不容易的事，原振俠把他負在肩上，進了屋子，就放他在沙發上，弄了一盆冰水，替他在臉上用力拭抹著。

可是陳阿牛一直沒有醒來。

原振俠無可奈何，只好由著他沉睡，等到自己也要入睡時，心想陳阿牛酒醒了之後，可能連身在何處都不知道，還是讓他一醒就看到自己的好，所以他就在沙發前的地毯上躺了下來。

原振俠不知道自己在什麼時候朦朧睡著，他是被一陣聲響吵醒的，睜開眼來，只見陳阿牛已經打開了門，正要走出門去！

原振俠大叫一聲，跳了起來：「陳阿牛，你別走！」

他叫了一聲，陳阿牛的動作更快，一下子就出了門，可是原振俠也跳了過去，一把把他抓了回來，用力把他推跌在沙發上。

陳阿牛雙手捂住了臉，在他的喉際發出了一種痛苦的呻吟聲來，原振俠還沒有開口，他就道：「別問，什麼都別問，你還是不知道答案的好！」

原振俠誇張地「哈哈」一笑，而且，近乎粗暴地把他捂臉的雙手，拉了下來，直指著他：「你聽著，我不但要問，而且，什麼都要問！大不了是人工培育生命，也不是什麼大事！」

陳阿牛強烈震動了一下，用發顫的聲音問：「你……知道了？你知道了……多少？」

他一連問了兩個問題，身子在發抖，原振俠高聲道：「知道了很多！」

陳阿牛震動了一下，但是他隨即狂笑起來，指著原振俠，一直笑著，原振俠一點也想不出他何以狂笑，連連喝止。

陳阿牛還是足足笑了好幾分鐘，才因為嗆咳而止住了笑聲，指著原振俠：「你什麼也不知道，要是你真知道了，我絕不相信你還能好好地站在這裏！」

原振俠吸了一口氣：「我應該怎樣？」

陳阿牛嘆了一聲，看來他的頭腦完全是清醒了的：「你，就會和我一樣！」

原振俠心中的疑惑實在太多，以致一時之間，不知如何問才好。

陳阿牛苦笑了一下：「是你自己說的，要知道答案，也好，厲先生有過地獄般的感受，我是下在地獄之中，哈哈，不妨把你也拖下去！」

原振俠直視著他，一點也不知道他這樣說是什麼意思，陳阿牛站了起來，拿起一瓶酒，對著瓶口，喝了一兩口。

原振俠並沒有阻止他，陳阿牛喝完了酒之後，用手背抹著口角，簡單地道：「跟我來！」

他筆直向外走去，原振俠看了看時間，正是凌晨二時，他也忙跟了出去，陳阿牛在電梯中道：「你還記得厲先生那大房子嗎？我就住在那裏！」

原振俠道：「那屋子，你不是賣了……」

他只說了一半，就沒有再說下去，陳阿牛所弄的狡獪，他已經完全明白了！他如果要躲起來，不讓人家找到他，那麼，最好的所在就是他賣出去的房子，誰也不會再到那地方去找他，以為他一定遠離那屋子！

陳阿牛笑了一下，他在變瘦以後，笑容變得相當難看：「你還可以考慮，其實，你真的不知答案，還比較好些，真的！」

原振俠笑了起來：「嚇不倒我的，就算你已經以人工方法製造了人，我也不會害怕！」

陳阿牛突然又震動了一下，緊抿著嘴，不再說什麼，他的沉默一直維持到原振俠駕著車到了那大屋之前。

大屋子還是老樣子，一路上，原振俠問了他很多問題，他都是以點頭或搖頭來作答。例如，原振俠問他，有沒有看到那則尋找他的啟事？他就點頭。

又問他，是不是厲大猷有一本日記，他是看了之後，才決定自己躲起來的，他也點頭。

下了車，陳阿牛取出鎖匙來開門。原振俠看到他的手在發抖，心中還只是想到，那可能是近期他酒喝多了之後的癥象。

門打開，屋子中一片漆黑，原振俠跟著陳阿牛走了進去，這屋子，原振俠並不是第一次來，可是這時，在黑暗之中，他卻有一股異樣的陰森之感。

那是一種十分奇妙的直覺，那令得他十分不舒服，他停了一停：「你先把燈開亮吧！」

陳阿牛卻說：「等到了三樓再說！」

原振俠什麼也看不到，陳阿牛伸手過來，抓住了他的手臂。

屋子中極靜，正是由於十分靜，所以，即使是低微的聲音也可以聽得到。

在向前走去之際，原振俠似乎聽到了一些細微的氣息聲。在他聽到了那種聲音之後，那種陰森感覺更甚，甚至令他感到了一股寒意。

他問：「你養了狗！」

陳阿牛對這句話反應不但強烈，簡直超乎常理之外，他陡然震動了一下，隨即斥道：「別胡說！」

然後，他不由自主的呼吸急促了進來：「你……你怎麼會這樣說？」

原振俠道：「我好像聽到，在黑暗之中，有什麼東西在……是狗或是貓……」

陳阿牛發出了一下呻吟聲，急急道：「先到三樓再說！」

他一面說著，一面加快了腳步，原振俠急急跟著，在上樓梯之際，由於實在太黑，幾乎絆了一跤，他身子往前一閃間，抓住了前面的陳阿牛。

可是，就在此際，他聽到了陳阿牛的腳步聲，至少離他已有七、八級樓梯了！

在那一剎那間，原振俠感到了極度的震慄！他在黑暗之中抓住了一個人，可是又不是陳阿牛，那是什麼人！他陡然喝起來：「什麼人？」

他一面叫，一面放開了手，雖然是在黑暗之中，但是他還是可以感覺到，有一個人在他身邊，迅速掠了過去，他反手一抓，卻沒有抓中，原振俠扶住了樓梯的扶手，叫：「陳阿牛！」

陳阿牛的聲音，聽起來像是在哭一樣：「求求你，快點上來好不好？」

原振俠一面急急向上走去，心頭那種駭然之感，越來越甚：「這屋子……究竟發生了什麼事？」

陳阿牛喘著氣：「你……很快就可以知道，求求你，先上來再說！」

原振俠一直向上走著，不一會兒，就到了三樓，陳阿牛一直不肯開燈，到了書房門口，原振俠聽得他用鎖匙打開了書房的門，拉著他走了進去，立時又把門關上，一連串的動作，透著莫名的詭異。

書房門關上之後，陳阿牛才亮著了燈，由於在黑暗中久了，燈光一著，原振俠閉了眼一會兒，才睜開眼來，他看到陳阿牛的臉色，蒼白得可怕。

書房還是老樣子，但四壁的所有書籍，全早已搬空了，故之顯得有點空洞。

陳阿牛指著一張椅子，示意原振俠坐了下來，他自己來到了書桌前，打開了抽屜，取出了一本本子來。

當他取出本子來的時候，他的手又在發著抖。原振俠忙問：「這就是厲先生的日記？」

陳阿牛把手壓在日記上，口唇哆嗦著：「我早知道厲先生有一本這樣的日記，但是厲先生曾說過那是『魔鬼日記』，我也不知道是什麼意思。看他人的日記是一個壞習慣，何況日記是我一生之中最敬愛的人寫的，我當然不會去看它。」

他講到這裏，喘了幾口氣，臉色更是灰敗：

「那天晚上，我們研究那個胚胎標本……在你離去了之後，我突然想起，厲先生不知會不會把一些事，記在他的舊日記之中？於是我就把它找了出來，就坐在你這個位置上，把厲先生的日記看完。」

原振俠雖然也心急於看看厲大猷當年的日記，但是他看出，陳阿牛的神態凝重之極，他也耐著性子，等他把話講完。

陳阿牛長嘆了一聲：「看完了日記之後，我整個人就像是入了魔一樣……我實在不必多說什麼了，你自己去看吧！」

他說著，把那本日記簿在桌面上推了過來。原振俠一伸手，取了過來。

陳阿牛向外走去，原振俠忙道：「你上哪兒去？」

陳阿牛在門口道：「我有點事要做，看完之後，你可以到樓下找我，日記並不是太長，不花你太多時間的，上天保佑你！」

陳阿牛打開門走了出去，原振俠忍不住笑了一下，只是看看幾十年之前的舊日記，就算日記的內容再恐怖，又何須到要上天的保佑？

原振俠一面笑著，一面打開日記本來，在扉頁上，有相當潦草的字跡，寫著：

我為我自己想做的一切，做過的一切，請求上帝的寬恕。

原振俠聳了聳肩，仍然想不透有什麼嚴重的事，厲大猷就算用人工的方法培養了一個胚胎，也不必要這樣子。

他在開始看厲大猷的日記之際，心情甚至是輕鬆的，可是一頁頁看下去，他才知道事情是多麼可怕，看到後來，他甚至身子把不住發著抖，他想大聲叫陳阿牛，可是由於過度的震驚，當他張大口時，只發出了幾下難聽的嘶啞的叫聲來。

他要用盡所有的勇氣，才能把日記看完，日記記述的，是厲大猷當年在醫學院中所做的一些事，時間不過是兩個月。

日記自然是一天一天記下來的，但是為了容易瞭解整個事實的真相，所以不妨整理一下，用完整的形式引述出來。還是保持著原來日記中第一人稱的方式，日記中的「我」，是厲大猷先生。

以下，是厲大猷當年的那日記：

今天真是高興極了！

沒有人知道我近大半年來在研究什麼，這是極駭人的研究課題，我一直設想，所有的生物，應該是可以互相交配生殖的，不單限於同種類和生物才能，馬和驢交配，產生騾，馬和雞交配呢？會產生什麼來？

自然，馬和雞，是無法交配的，但是我可以在試驗室中，完成馬的精子和雞卵子結合的工作！

最難突破的自然是兩種生物的細胞結構截然不同，看來是全然不能結合的，但是有了設想，總可以去進行。各種不同生物的細胞結構有不同之處，但是也有相同之處。今天最大的高興，就是我找到了其中共同的蛋白酶細胞的構成式，並用那種蛋白酶形成的激素，可以使不同種類的生物細胞的結構趨向一致，而又各自具有原來的遺傳基因，這可以說是人類最偉大的發現！

本來，應該立即公佈這個發現，但還是要實驗成功了再公佈。

先把哪兩種不同的生物來進行實驗呢？其中一種，當然是人！好的，就先用人，最理想的人選，自然是我自己！

哈哈，用我自己的精子，和什麼生物的卵子結合呢？狗？貓？兔子？白鼠？自然是選擇胎生的生物，比較成功的希望大得多，胎生生物的結合實驗成功之後，可以再試卵生的，甚至，連昆蟲，將來也可以拿來和脊椎動物的精子相結合，那會產生出什麼樣的新種生物來？簡直是無窮無盡的！

新產生出來的生物，會是什麼樣子的呢？能想像蒼蠅而有人的手、腳嗎？還是一隻雞有著一顆人頭？美人魚自然是十分普通的了，那不過是人和魚結合而已。神話中的一切，都可得到實現，希臘神話之中，角馬是希望能得到實現的象徵，那又有什麼稀奇？把山羊和馬結合起來，就可以得到角馬了！

啊啊，想像力簡直是無窮無盡的，為什麼只是不同種類的動物的結合？動物和植物，又何嘗不能結合？綿羊的身上不單長羊毛，也可以長出桃子來；或者，桃樹上，長出肥腴的羊肉來！

任何科學都需要豐富的想像力，有了豐富的想像力，才能有異樣的突破！

掌握了這種激素，我能夠創造新的生命，創造神話，改變整個人類的發展史，改變整個地球上生物分配的均衡！料想到自己的真正偉大之極，這不就是上帝的工作麼？我掌握了如同上帝一樣的能力！

單是在理論上確定這一點是沒有用的，我必須造出一個世界上從來未有的新生物來，向世人證明上帝並不很遠。或許，所謂上帝，根本就是一個和我一樣有著豐富想像力和成就卓越的科學家！他創造了那麼多的生命，我要創造得比他更多！

這幾天，忙於新蛋白酶的合成，結果十分順利，在新合成的激素的刺激之下，不同生物的細胞，呈現一種明顯的共同性，在哲學上來說，本來全是生命，有什麼分別？

我又改進了一些程式，使得新激的作用更合乎理想，除非再有新的發現，我可以肯定，我的發現是極完善的，現在，我小心地把有關新激素的一切，記錄下來，任何有普通醫學常識的人，都可以根據我列出來的方法，在設備簡單的實驗之中，製造出這種新的激素來。

到了重要的時刻了，我該作決定了，利用人的精子（我的精子），和什麼生物的卵子相結合呢？這一點實在是煞費思量的事。

第十部：決定了把人和青蛙結合

在我委決不下之際，恰好收到了一籠用來作實驗的古巴牛蛙，那是一種體型相當大的蛙類，我盯著牠們看，突然有一種怪異的感覺，青蛙的身體結構和人的身體結構雖然大小懸殊，但是卻有著許多相類似的地方，尤其是骨骼的結構方面，這就是青蛙總是在中學生的生物科上擔任被解剖的角色的原因。

青蛙，為什麼不是青蛙呢？

我又想到，在神話中，很奇怪，「青蛙」老是和王子連在一起的。當王子受到了巫師的詛咒之後不變作別的生物，老是變成青蛙，而且，神話故事中，也都有美女和變成了青蛙的王子的戀愛故事，就讓我來把神話變成事實吧。

決定了，把人和青蛙結合。

我開始了行動，這是人類歷史上，不，是整個宇宙文明的發展上，最重要的一剎那！

真是緊張之極的時刻！在顯微鏡下看起來，作為萬物之靈的人的生命起源，男性的精子和低級生物的生命形式毫無分別。真是有點難以想像，那麼簡單的一個單細胞生命，不知是憑什麼知覺，竟會瘋狂地向卵子進攻，與卵子結合，去開始新的生命！

這就是生命的奧秘吧？只怕沒有人可以解釋，連我也不能，一個單一的生殖細胞，憑著什麼，驅使它們去完成它們的使命？

在顯微鏡下看來，單一的生殖細胞，就是單一的生殖細胞，人和青蛙的根本沒有什麼區別。

由於精子和卵子，都曾在新激素的培養液中，經過了一定時間的培養，所以它們都已經起了一定程度可以結合的變化。

我寫有詳細的實驗工作記錄，那是純實驗工作的記錄，不同於日記，日記裏記載的，是我的感受和我無比的想像力。

我的雙眼發痛，因為已經有六小時雙眼未曾離開顯微鏡了，一連六次的失敗，難道我的設想有錯誤？新的激素不能起到預期的作用？還是人類的精子對青蛙的卵子根本沒有興趣？

六次的失敗都是一樣的，這實在是令人沮喪的事！

最偉大的時刻終於來到了！

在略為稀釋了的新激素的培養液之後，在顯微鏡之下，我清楚地看到，一顆精子攻進了卵子，而卵子也在短時間內開始變化，這是歷史性的一刻，一種從來也未曾有過的生命已經發生了！

我日夜不眠地注視著受精卵的發展，它的分裂很正常，由兩個變四個，四個變八個，以幾何級數的速度進行著分裂和成長。

啊啊，那真是太偉大了，太偉大了，我利用新激素作培養液，細胞分裂的速度，比普通的分裂快得多，生命在進行，生命在發展！

我興奮得睡不著，人把時間浪費在睡眠上，實在是十分不智的，我要每分每秒都注視著這個奇妙的生命成長！奇妙的生命一直在發展著，我一直在注視。

生命仍然在進展，我……我……

我忽然想到了一個我真的不願意去想的問題，我創造的生命已經有了生物的胚胎的雛形了，它正在以驚人的速度成長著。

於是，我不能不想到那個我不願意去想的問題，這實在是十分惱人的，不去想它，卻偏偏不能不去想它！

這個生命……在發育成熟之後，當它可以離開培養液而獨立生活的時候，它會是什麼樣子？

人和青蛙的結合，有著人和青蛙的遺傳因子決定它的形狀，從雛形的胚胎中，是看不出它將來的形狀的。但是它將來一定有一種特異的形狀，不是人，也不是青蛙，是人和蛙的結合。

它會有如蛙一樣的皮膚——可以通過皮膚來呼吸？它的頭部形狀是蛙還是人？四肢又怎樣？眼睛是可怕地凸出，還是另一種形狀？它的舌頭是不是又長又可以彎曲？它會有體毛嗎？在花紋斑駁光滑的蛙的皮膚上，長出體毛來，這是一種什麼樣的令人戰慄的情景……

不！不！我必須不再想下去，想下去是沒有用的，只會使人感到極度的震驚和害怕。

我獨自去喝酒，竟然喝醉了，在醉中，我一閉上眼，就看到各種各樣的怪物，人和蛙的組合，可以組合出上萬種不同形狀來，每一種都是這樣可怕！

在酒精的刺激下，我不但頭痛欲裂，而且，眼前那些紛到遝來的怪東西，像是要把我吞噬了一樣——一個和人一樣大，張開口來，吐出長長舌頭的半人半蛙的怪物追逐著我，要把我吞噬下去，我拚命跑著，可是我跑得精疲力竭，它只要輕輕一跳就發出怪異的聲音，在我的頭上掠過，用它銅鈴似的眼睛瞪著我。

它發出那種怪異的聲音，像是在笑，笑我怎麼逃也逃不過去！

啊啊，我想起來了！這個我創造出來的生命，它的智力程度怎麼樣？

要是它有人的智力，這樣的怪物而有人的智力，天，我創造了什麼，我創造了一個精怪，我自己的精子造成的怪物，一個精怪，一個青蛙怪？傳說之中，尤其是中國傳說中的那麼多的精怪，全是這樣來的？在我之前，已經有過這樣的情形發生？

它會不會在一段時間之內，用人的形態出現，而在某種情形之下，又以青蛙的形態出現——傳說中的精怪就是那樣的，著名的白蛇精，在普通的情形之下，是一個美麗的女人，但是喝了雄黃酒之後，就變成了蛇！啊啊，精怪都是有法力的，神通廣大的，那是不是代表它們的智力特別高，超乎人類的智力。

不要想了，真的不要再想下去了！

帶著宿醉，我仍然長時間在顯微鏡下，觀察著這個新生命的成長，不論如何控制自己的情緒，我都無法摒除「精怪」這個詞。

一個精怪，在我的悉心培養之下，迅速成長著！

說起來，真是一個大大的調侃，本來我認為我正在做的事，成功之後，就可以令全世界震驚，但現在，還未曾到完成階段，我自己就已經感到了極度的震驚！

我為什麼會震驚呢？我實在不該怕什麼的，這個生命的完成與否，完全掌握在我的手裏，我只消隨便動一動手指，這個生命，就算它將來會是一個翻天覆地的精怪，也就立刻死亡了，我怕什麼，根本不用怕，我是掌握了生命的人，創造在我，毀滅也在我！

昨夜又喝醉了，醉後的幻象更加可怕，一隻巨大無比的青蛙跳躍而來，背上長著人的手臂和手，掐住了我的脖子，闊大的口中，發出了令人心肺俱碎的聲音，向我道：「我是你的兒子，是你的兒子，咯咯，你只能創造我，不能毀滅我！沒有人會殺死自己的兒子！」

在一身冷汗之中，由幻象裏驚醒過來。我的兒子，一點也不錯，那……精怪，自然是我的兒子，它是我的精子和蛙卵結合的，我是它的父親，它那不可測的生命源自我！

我真的不能毀滅它？一毀滅它，我就是殺死了自己的兒子？

我感到事情越來越嚴重，這精怪竟然有它出生的權利，竟然在它離形的胚胎時期，已經懂得利用人類的道德觀念來束縛我的行動？竟然可以對抗我的行動，使我自己對自己的行為受到約束，哼，我決不會屈服，只不過是一個胚胎，怎能影響我？

胚胎的發育，以超速度進行，已經不再是雛形了，已經可以看出，是一個脊椎動物的胚胎。

估計，從現在起，到它發育完全，至多只需要一百天，一百天之後，一個精怪，就可以脫離培養液，運用它自己的器官，呼吸空氣，攝取食物中的營養，而單獨生存了，一百天……

酒越喝越多，我必須藉酒精來麻醉自己，雖然醉後的幻覺是越來越可怕，可是清醒時，想到一切，卻更加令人戰慄！

隨著胚胎發育的增進，我製造出來的精怪，面世的日子越來越近了！它面世之際是什麼樣子，全然是無法想像的！

我寧願它像我在幻覺中見過的許多可怕的形象之一，但那還是可想像的，最可怕的是，出世之後的精怪是一種全然無法想像的，那真令人戰慄。我開始想到，我是不是在侵犯上帝的職權，所以應該受到如今這樣的懲罰？

我把我的想法提出來和同學討論過，但是卻得不到答案，他們根本不知道我做了什麼，把他們倒吊起來，也不會想到我在做些什麼！

日子越來越近了，我必須要有決定，再過幾天，精怪的胚胎就會漸漸成形，我不能忍受一個半人半蛙的怪物出現在我面前。

天，我該怎麼辦？

我真正感到了人的渺小，不過是一種從未出現過的生物罷了，可是我竟然無法忍受下去！我有這樣高超的科學才能，可以在實驗工作之中，使我的才能得到發揮。可是我的心靈竟然如此脆弱，無法承受自然給人的才能之外的額外負擔！

越來越多的夢幻，給我的壓力實在太大了，我知道，我唯一可做的事，就是終止這個胚胎的生命，不然，不等這個胚胎成長面世，我的精神便會處於徹底崩潰的狀態之中。

我決定了，即使這個精怪是我的兒子，我也要把它殺死，殺死！或者說是中止它的生命，中止它的發育成長，但那有什麼不同，總之是我要殺死它！

我終於做了！

容易，把它自培養液中取出來，浸入甲醛的溶液之中，我相信，生命在一秒鐘之內停止。純粹是人的胚胎的話，是絕不會有任何痛苦的，但是半人半蛙的精怪呢？我不知道，我發誓不是眼花，我看到它扭動了幾下，像是在表示它的痛苦和垂死的掙扎。

但也不過是扭動了幾下而已，想要和我對抗，那是絕無可能的。

它還只是一個胚胎，等到它真的成了精怪之後，會怎麼樣？

這個問題，永遠不會有人知道了，因為它沒有成長的機會，而我相信，今後人類之中，也不會再有像我這樣具有豐富想像力的天才。

就算有，連我在心理上也無法承受這樣的壓力，旁人當然更不成功！

精怪沒有出世就死了，它是我的兒子，我殺死了它，它究竟會是什麼樣子的？我也不知道，根本不想知道，只當沒有這回事吧！

我已厭倦了，或許是我在心理上再也無法承受，我決心離開，一聲不響地離開，但我會保存那個胚胎，用最妥當的方法保存它。

但願，世人不會有人知道我這個秘密，這不是人力範圍內的事，是神力範圍內的事，我們不論如何解決，畢竟是人，無法和自然的規律違拗的！

願上帝原諒我所做的一切！

厲大猷的日記到此為止。那自然是他當年突然放棄了學業，回到了故鄉的原因。

原振俠在看完了日記之後，全身軟癱在椅子上，只覺得一陣一陣的寒意襲了過來！令得他極度驚駭的還不單是厲大猷在日記中記述的事，而是他在看到了一半之際想到的一件可怕的事！

厲大猷在日記中記載的事固然令人震驚，但那畢竟已是多年之前的事情了，而且，那「精怪」的胚胎也停止了生長，雖然留給人們十分恐怖的想像，但究竟未成為事實。

原振俠在看到了一半的時候，就不期而然地想到了海棠的話來：

「就像是武俠小說之中常見的情節：一個武林高手得到了一本武功秘笈，內容全是他以前未曾接觸過的，他一定會不顧一切後果地去學秘笈中的武功……」

等到原振俠看完了日記之後，他心頭的震駭更是無出其右。

應該有的那種激素的合成方法不在了，厲大猷當年的實驗記錄也不在了，自然是陳阿牛拿去了。陳阿牛從看到這本日記之後，到現在，已經有大半年了！

如果他照厲大猷的方法，使不同種類的生物的精子和卵子結合，那麼，他已有足夠的時間，培養出許多不知是什麼樣子的精怪來了！

厲大猷當年，在心理上承受不了違反自然的壓力，看來陳阿牛也沒有例外，他外出買醉，自稱上帝，又自稱地獄之主，全然是精神崩潰的前奏！更令原振俠毛髮直豎的，是陳阿牛稱這大屋子為地獄！

那是什麼意思，是不是意味著在這大屋子之中，已經有了許多精怪？

他為什麼不開燈？為什麼在黑暗中求自己快點上樓？為什麼三樓書房門要鎖著？為什麼自己在樓梯上，曾觸到過另一個人的身子——那種軟綿綿、滑潺潺的感覺，倒真有點像是一隻奇大無比的青蛙！

原振俠雜亂無章地想著，在極度的震驚、恐懼感之下，有著強烈的想嘔吐的感覺！

四周圍靜得出奇，陳阿牛說有點事要做，不知道是做什麼。

原振俠連吸了幾口氣，他的身子才算恢復了活動能力，他張口叫了幾聲，可是聲音卻出奇的嘶啞，他這才發現，自己口乾得出奇，他勉強潤濕了喉嚨，向門口走去。

他想打開門，再出聲叫陳阿牛，可是，當他的手才碰到門柄時，卻聽得門外，傳來了一陣聲響，那種聲響不是太響，可是也足以令人遍體生寒。

那像是一種爬搔聲，像是有什麼東西在門上抓著，一下又一下，聽起來，像是那不知什麼東西，不是在抓著門，而是在抓著人的每一根神經一樣，令人不由自主地發抖或戰慄！

原振俠在陡地一呆之下，不由自主地大叫起來：「別進來，別進來！」

他實在是一個十分大膽的人，他過往的經歷可以證明這一點，可是這時候，他也感到真正害怕，唯恐一個根本無法想像，不知是什麼樣子的精怪，突然出現在他的面前！

他一面叫著，一面神經質地用力向門上踢著，發出「砰砰」的聲響，一則可以將那種爬搔聲蓋了過去，二則他想藉此把外面的東西驚走——他知道外面一定有什麼東西在，只不過全然無法想像那是什麼而已！

這真是他從來也未曾有過的驚恐：一個活生生的生命，其中一半來自人，而另一半，不知道陳阿牛用了什麼，是像厲大猷一樣用了青蛙，還是別的？人和兔的結合，人和雞的結合，不論是和什麼東西的結合，都是令人難以想像的，不單是恐懼，而且還給人以一種極度的噁心之感，不論從直覺上還是觀念上，從道德概念或科學觀點上，都難以令人接受！

可是，就是這樣的事實，就在門外！

原振俠也記不清自己在門上踢了多少下，他終於停了下來，大口地喘著氣。門上不再有爬搔聲，四周圍靜得出奇，原振俠吞了一口口水，喉頭仍然像火燒一樣地乾渴，他勉強鎮定心神，強迫自己向比較好的一方面去想：或許陳阿牛在看了厲大猷的日記之後，並沒有照著去做，他不是只精通理論，不會動手的嗎？

他如今的震驚，酗酒，只是因為知道了厲大猷曾做過這樣的事？

要是陳阿牛並沒有照厲大猷的方法做過什麼，那麼，事態的可怕程度當然減到最低了！

原振俠想到這裏，長長地吁了一口氣，情緒也從極度的驚恐之中，緩緩恢復了過來。

他乾咳了兩聲，正想打開門，出聲叫喚陳阿牛時，忽然聽到陳阿牛的聲音，隔著門傳了過來。

陳阿牛並不是在大聲說話，但是古老的房子的木門，也沒有什麼隔音設備，所以原振俠還是聽得見他在說什麼，他聽得陳阿牛的語氣像是在責備一個孩子：「叫你不要亂走，你還是要亂走，你最不聽話！」

一聽得陳阿牛這樣說，原振俠整個人又像是浸進了冰水之中一樣！陳阿牛是在對誰說話？一個調皮的小孩子？在這屋子裏，是不可能有一個小孩子的！

而且，陳阿牛說：「你最不聽話」，如果是小孩子的話，屋子裏還不止一個！屋子裏當然不會有不止一個小孩子的，那麼是什麼？

才往好的一方面去想，寬了心的原振俠，身子不由自主地發起抖來。他明知道，自己只要打開門，就可以看到陳阿牛是對什麼東西在說話了，可是他卻實在提不起勇氣來！

這實在不能怪原振俠的，當他想到，他一打開門，可能對著全然和人類自有文明以來的一切相違背、如此不自然的現象之後，任誰都會提不起勇氣來的！

而且，這時，原振俠的思緒混亂之極，許多莫名其妙的想法都湧了上來，他忽然想到，如果是人和蛙的結合，那麼，在生命的發展過程之中，是不是會經過蛙必須經過的蝌蚪階段呢？如果經過蝌蚪階段，那麼「蝌蚪」是什麼樣子的？一個人頭，後面拖著一條尾巴？在水裏生活？

想起了這許多怪異的念頭，令得原振俠全然無法集中精神去做一件事，即使是旋轉門柄、把門打開來那樣的小事，他都無法完成。

或許，是由於在他的潛意識之中，充滿了恐懼，根本不敢去打開那扇門！

由於當時的思緒實在太紊亂，所以即使在事後，原振俠也無法肯定自己，究竟是為了什麼，才沒有及時去打開門。

等到他略為定過神來之際，他聽到了腳步聲，這腳步聲，一聽就可以聽出，是從樓梯上傳來的，那說明，陳阿牛到了門口之後，又下樓去了！

在這時候，原振俠陡然震動了一下，疾吸了一口氣，把門打了開來。

門一打開，整個屋子，仍是一片漆黑，但是書房的燈光射了出來，可以在黑暗之中，依稀看到一些東西，原振俠看到了陳阿牛的背影，正在向下走著，在陳阿牛的前面，或者還有著什麼，可是被陳阿牛的身子遮著，卻無法看得見。

原振俠立時叫：「陳阿牛！」

他一面叫，一面向下便追。剛才，他猶豫著沒有勇氣開門，這時，他鼓足了勇氣追下去，不論將要面對的現實多麼可怕，他都準備去面對了，可是，他卻再度犯了一個錯誤。

他奔出門去的速度太快，手一帶，書房的門陡然關上。

書房的門一關上，便隔絕了光線，眼前陡然黑了下來，變得什麼也看不見了。而當時，原振俠只是想著，只要追上了陳阿牛，就什麼都可以清楚了，他也不在乎是不是黑暗。

自然，以後發生的事，全是出乎他意料之外的，若是他有多少預知能力的話，當時他感到在陳阿牛的身子前面，有著什麼東西在，他根本不必追去，只要站在書房門口不動，等到陳阿牛到樓梯的轉彎處之際，他就一定可以看清楚在陳阿牛身前的是什麼東西了！

這時，在黑暗之中，他追了下去，他對那大屋子不是很熟悉，樓梯在什麼時候轉彎，他也不清楚，速度自然慢了一些。

而陳阿牛卻是在這屋子中度過了半輩子的，對屋子中的一切，自然再熟悉也沒有，原振俠一面喘著氣，一面向下奔著，好幾次踏空了腳，險些自樓梯之上直栽了下去，他只聽得陳阿牛的腳步聲離他越來越遠，不論他如何叫，陳阿牛都不回答。

等到原振俠感到，自己已經下了三樓，到了最下的一層大廳之時，他又叫了兩聲，仍然得不到回答。而當他靜了下來之際，又變得什麼聲音都聽不到了！

不但什麼聲音都聽不到，而且，四周圍一片漆黑，什麼也看不見。

原振俠呆了一呆，陳阿牛到什麼地方去了呢？他總不會離開屋子的，他又叫了一聲，仍然沒有任何回答，黑暗像濃漆一樣包圍著他，原振俠突然又感到了一股寒意：在這屋子之中，不單是黑暗和寂靜，還有著許多精怪在！

是不是在黑暗之中，這時就有許多不可測的精怪，在窺視著他？

原振俠一想到這一點時，真是渾身起雞皮疙瘩，他先是雙手無目的地揮動著，想把可能就在他身邊的怪物驅開去，但接著，又立時停下了手來，因為他不知道如果真的碰到了精怪的身體時會怎麼樣。

這時，他又想到，精怪的外形是不可測的，那還不是真正可怕，可怕的是它們的智力程度如何？行為如何？在傳說中，精怪總是容易和邪惡結合在一起，培養出來的精怪是不是就是邪惡的化身，在黑暗中隱藏著，隨時準備攝取人的生命？

原振俠這時，真正感到了想像和現實之間是有很大距離的，他能想像精怪，可是當困在黑暗的屋子之中，屋內又有著精怪之際，就完全不是那麼回事了！

原振俠又大叫了一聲，屋子中甚至響起了回聲，但是卻聽不到陳阿牛的聲音，他僵立著，一時之間，不知如何才好。

就在這時，他突然聽到，前面傳來了「答」的一下響，像是有人關上了門的聲音。原振俠並不知道那是什麼所在，他深深吸了一口氣，向前跨出了一步，才陡然想起，自己身邊有打火機，為何不取出來照明？真是笨得可以！

但他想到這一點的時候，他心又不禁苦笑了起來！是真的因為笨而想不起來呢？還是根本因為潛意識中的恐懼而不敢去想！

原振俠的手心冒著汗，揑了打火機在手，鼓起了最大的勇氣，他才打著了火，然而，在火光一閃的剎那間，他不由自主地緊緊閉上了眼睛，因為他自己對於火光一閃之下，看到四周圍全是奇形怪狀的精怪時，能否保持足夠的鎮定，實在沒有什麼把握！

他閉上眼，定了定神，才又睜開來，他處身於大廳之中，打火機的火頭並不穩定，發出的光芒也相當微弱，把大廳中的陳設，都映得發出奇詭的影子，而且影子也隨著火光的閃動在搖動，看來更是怪異莫名。不過總算好，雖然一切令人震懼，大廳之中，除了家具陳設，並沒有什麼其他的東西在。

他循著剛才有聲音傳出之處看了看，看到那是一道關掩著的門，他連忙走過去，推開門，看到另一道樓梯，通向下面。

原振俠立時心中了然，這種舊式的房子大都有十分巨大的地庫，陳阿牛在下樓之後，自然是到地庫中去了，如果要在這屋子中建立一個實驗室的話，選擇地庫是十分正常的。

那道樓梯直通向下，在樓梯的盡頭處，是一扇門，原振俠一直走下去，來到門前，打火機燃著的時候過多，燙得他手指生疼，他熄了打火機片刻，伸手拍了拍門，沒有反應，一推門居然沒有鎖著，被他推了開來。

門推開，就著打火機的光芒，看出前面是一條短短的走廊，又有一道門在。

原振俠大聲道：「陳阿牛，你在搞什麼鬼？」

他一面說著，一面來到了那門前，一推，又將那道門也推了開來。

他一共推開了三道門，才來到了一道裝有鐵閘的門旁，鐵閘和閘後的木門，緊緊關著，顯然上著鎖，任原振俠如何用力也無法推得開。

原振俠知道在那扇門後面，就是陳阿牛的秘密所在了！

他心跳得難以控制，定了定神，才大聲道：「陳阿牛！」

他大叫了一聲，陳阿牛的聲音，陡然在他身邊響起：「你不必那麼大聲的！」

這聲音突如其來，倒將他嚇了一大跳，連忙循聲看過去，不禁頓了一下足，聲音是從一具門後的擴音器中傳出來的，他是被厲大猷的日記和推測到在這屋子中的事震驚得有點神經質了。

原振俠半轉身：「開門，讓我進來！」

這一次，原振俠沒有得到回答，只聽到門內，傳來許多難以推測是發生了什麼事而傳出的聲響。聽起來，像是有人在搬動著什麼東西，還有就是相當急湍的流水聲。

原振俠完全無法想像在裏面發生了什麼事，他不住在問著，可是裏面除了不斷傳出聲響來之外，陳阿牛像是變了聾子一樣，一點也不回答。

原振俠越來越覺得不對頭，用力搖著鐵門，想找一些什麼東西把門撬開來，他雖然找到了一些工具，可是那些工具一點也不合用，鐵門又極其堅固，他全然無法將鐵門弄開來。

足足忙了將近半個小時，原振俠無法可施，他又驚又怒，向著擴音器怒叫：「陳阿牛，你再不開門，我去叫警察來！」

這一句話，總算有點用處，擴音器中傳來了陳阿牛的喘息聲，像是過去的半個小時之中，他一直在做著什麼粗重功夫一樣，而擴音器顯然不是十分靈敏，一定要他靠近了，才能聽到他的喘息聲。

陳阿牛一面喘著氣，一面叫道：「別性急，我很快就可以做完我要做的事了！」

原振俠大聲叫：「你究竟在幹什麼？」

陳阿牛仍然在喘著氣：「我早就想做了，可是總下不了決心，直到又見到了你，我總算下定了決心，我實在非做不可！」

原振俠怔了一怔，暗忖：陳阿牛這樣說，是什麼意思？莫非那種可怕的事還未曾發生，可是想著又沒有道理，如果還未曾發生什麼可怕的事，那麼何以見了自己，就要開始做呢？

他想了一想，又道：「你先開門再說！」

陳阿牛並沒有立即回答，只是聽到他發出了一陣如同抽泣般的聲音來。

原振俠在門外急得團團轉，可是鐵門就是弄不開來，實在一點辦法也沒有。

又過了足有兩分鐘之久，才聽得陳阿牛道：「我們對話毫無困難，你為什麼要進來？」

原振俠大叫：「我要進來看看，你究竟在幹什麼？」

陳阿牛陡然笑了起來：「原醫生，你的想像力太差了，你想，我看了厲先生的日記之後，會做什麼？如果沒有我，你看了那日記之後，在日記簿下，又有著評論實驗進行方法的話，你會做什麼？」

陳阿牛的聲音，聽來十分尖利，原振俠一聽，不禁涼了半截：「你……照著厲先生的方法……做了？」

他問出了這句之後，傳來了陳阿牛的一下低嘆聲，他還沒有直接回答原振俠的問題，像是自顧自地道：

「當年，厲先生為他自己的行動，在觀念上感到了極度的震撼，我比較好些，因為我所有的知識都是純醫學的，我沒有接觸過別的學識，在我的思想觀念中，沒有人文、道德種種的束縛，所以，他不得不中止胚胎的發育，我卻可以令得……它們出世！」

原振俠連吞了三口口水，陳阿牛的話，等於已經在回答他的問題了！他終於明明白白地說，他不但做了，而且成功了！他已令得精怪出世！

天，那是什麼樣的精怪！在精怪出世之後，它們和他這個偉大的創造者，就一起生活在這幢房子之中，而如今，精怪和陳阿牛，就在那扇門裏面，在一起！

這是想想也令人戰慄的事！

原振俠感到自己的喉嚨中，發出一陣怪異的「咯咯」聲來，同時，他在擴音器中，聽到了同樣的聲音，他要用力清著喉嚨，才能出聲：「你……用什麼不同的生物來合成新的生物？」

陳阿牛的聲音聽來像是在哭：「我的一切知識，全是厲先生教的，自然……一切全是仿效他！」

原振俠陡地叫一起來：「人和青蛙！」

陳阿牛道：「正確地說，是我和牛蛙，我，是靈長類中的黃種人，牛蛙是兩棲綱蛙科，學名是RANA CATESBEIANA，你還有什麼疑問沒有？」他最後一句話，簡直是尖叫出來的。

原振俠雙手抓住了鐵門的鐵枝，他在發著抖，連帶鐵門也發出格格聲來，他鼓足了勇氣，才問出了一句話來：「它們……發育完成了？是……什麼樣子？」

原振俠鼓足了勇氣，才問出這個問題來，可是他得到的回答，卻是一陣尖利之極的笑聲。雖然是笑聲，可是聽來卻令人感到陣陣寒意。

陳阿牛足足笑了一分鐘之久，才道：「你以為我會說給你聽嗎？」

原振俠怔了一怔，沉聲道：「你不說也可以，我既然知道了有這種事發生，非但你要說，我也一定要看得見它們！」

陳阿牛靜默了一陣，就道：「不，你看不到它們，除了我之外，不會有人看到它們！」

原振俠又好氣，又是好笑：「秘密不再是秘密了，你以為只有你才能看到它們，可能嗎？」

陳阿牛的聲音，聽來像是喃喃自語：「我本來就想做，可是下不了決定，直到見了你之後，我決心把你帶到我這裏來的時候，已經下了決心，要這樣做，而且，我已經做了，只剩下最後一步——」

原振俠越聽越覺得，有一些不尋常的事發生了，他忙道：「等一等，你想做什麼？等一等，考慮一下再說，讓我進來，我們好好商量一下，如果它們的樣子不是太恐怖，那……」

陳阿牛又是一陣懾人的尖笑，打斷了原振俠的話頭，道：「樣子……當然怪異之極，在它們發育完成之前，我絕想不出……它們會是這種樣子的。但是在我看來，他們都不怎樣，他們全是我的孩子！」

原振俠不由自主地發出了一下呻吟聲來，陳阿牛和厲大猷一樣，把精怪當成了自己的孩子，這真是難以令人接受的事！

原振俠一面呻吟，一面又問：「天，你口口聲聲『它們』，一共有多少？」

陳阿牛道：「我怕實驗失敗，就儘量多培養了一些，結果，完成了胚胎發育過程的，一共有三十二個。」

原振俠倒抽了一口涼氣：「這些日子來，你就和它們生活在一起？」

原振俠一面和陳阿牛說話，一面在迅速地轉著念頭，如果可以弄開鐵閘和那道門衝進去，這時，他手中要有手榴彈的話，他會毫不猶豫地向前拋出去！

可是那道鐵門不但有鎖，而且看來還有橫栓，實在無法將之弄開來。

他還在打主意，如果用語言可以將陳阿牛的情緒穩定下來的話，那麼，陳阿牛或者肯開門出來，和自己相見的。

要使別人的情緒穩定，自然自己的情緒先要穩定，他深深地吸了一口氣：「既然你能習慣它們的樣子，別人也可以習慣，你開了門再說！」

陳阿牛嘆了一聲：「你不知道的是，它們的智力程度很高，有人的智力！」

原振俠震動了一下，如果只是生物，那還不要緊，可是生物而又具有人的智力，那事情就絕不簡單了，那是新的人種，人和蛙結合的新人種，將來也許會有人和雞的新人種，人和昆蟲的新人種……

這是世界上任何一個人類無法接受的事實！沒有人會肯承認這種新人種，當然視之為妖孽精怪，絕不容許存在於世上！

原振俠明白陳阿牛心理壓力是如何之甚了，他雖然沒有宗教、道德、文化等等觀念上的包袱，但是對於他自己在做的事、創造出來的東西，世人絕對無法接受的這一點，他卻再也明白不過！

除非他有辦法躲起來，永遠不和世人接觸，但就算他肯，他創造出來的那些有人的智力的精怪肯嗎？其中一個「特別頑皮」的就溜了出來，還曾在三樓書房的門外發出聲響，企圖打開門。

他提高了聲音：「你這樣躲起來不是辦法，你肯，它們也不肯。」

陳阿牛的聲音之中充滿了悲哀：「這一點，我早已知道了，誰說我準備永遠躲起來？我早已有了辦法，只不過未下決心而已，直到見到了你，我才下決心！」

陳阿牛已是第三次說同樣的話了，原振俠勉強笑道：「你究竟決定了什麼，為什麼見了我才下定了決心！」

陳阿牛嘆了一聲：「厲先生做過的事，我做過的事，總要有人知道的。我想來想去，去告訴什麼人好呢？我幾乎沒有熟人，別說朋友了，想來只有你一個人。」

原振俠又勉強笑了一下：「謝謝你想起了我。」

陳阿牛苦笑著：「可是，我卻一樣也提不起勇氣來找你，因為我知道，一旦把一切全告訴你，我就逼得要作出決定了。」

原振俠「喂」地一聲：「我們隔著門說話多彆扭，你把門打開好不好？」

陳阿牛突然發起怒來：「你別想了，不論你說什麼，我都不會打開門來的！」

原振俠悶哼了一聲，心中想：只要找到工具，我也打得開，現在你不肯開，就不肯開好了。

第十一部：在毀滅它們後我也毀滅自己

隔了一會兒，陳阿牛才道：

「我沒有勇氣去見你，可是卻在喝醉之後，在街上遇見你……這豈不是天意嗎？看來我拖不下去了，我曾想溜走，可是卻被你抓住，也就是那一剎那間，我下了決心，該做的事，總應該做，不能再拖下去了！」

原振俠嘆了一聲：「說了半天，你究竟想幹什麼？」

陳阿牛又隔了片刻：「和厲先生當年所做的一樣，在程度上……略有不同，但大致上是一樣的！」

原振俠陡然吃了一驚：「你……毀滅了它們？」

陳阿牛沒有回答，原振俠急促地連問了幾遍，只是聽到他粗重的喘息聲，過了一會兒，才聽得他道：「真是很難下手，尤其有幾個，是那麼……智力發展迅速，有一個……其中有一個甚至早就顯示了它頑皮的個性……」

原振俠陡然吸了一口氣：「就是在三樓書房門外，給你……帶走的那個？」

陳阿牛仍然沒有回答，只是喘息聲變成了一陣斷續的嗚咽聲。

原振俠嘆了一聲：「你已經做了，也不必太難過，還可以再培養的……」

原振俠一句話沒說完，陳阿牛已陡然尖聲罵了起來：「胡說，哪裏還有以後？哪裏還有以後？」

原振俠道：「你準備放棄了？那也好，當年厲先生逼不得已放棄，我想，他的心理狀態和你是一樣。」

陳阿牛的聲音異常苦澀：「不同，他只不過是中止了一個胚胎的發育，而我……我……」

他的聲音在劇烈地發著顫，突然，他提高了聲音：「我們的談話結束了，你有三分鐘的時間，好了，我給你五分鐘時間，儘快離開這裏！從現在起計算。」

原振俠立即答道：「好，可是我會再來，這兩道門擋不住我！」

陳阿牛陡然淒厲地笑了起來：「你以為在你離開之後，這屋子還會剩下什麼嗎？」

原振俠大吃一驚：「你……你說什麼？」

陳阿牛道：「在毀滅了它們之後，我自然必須也毀滅自己，毀滅一切，你只有四分半鐘了！校定時間的爆炸裝置，是無法改變時間的！」

原振俠真是手足無措了，他曾好幾次感到陳阿牛的行動有點不對頭，但是卻未作最壞的打算，不知道陳阿牛會採用如此激烈的行動！

他忙叫道：「你沒有權這樣做！」

陳阿牛冷冷地道：「我有權，你只有四分鐘了！」

原振俠幾乎是在嘶叫：「你該把你的創造公諸於世，這是生物學上的奇蹟！」

陳阿牛的回答是：「結果，連我也被世人當成了精怪，三分半鐘了！一百公斤烈性炸藥的威力，你也需要離開一百公尺以上！」

原振俠口乾得像是塞進了一大把滾熱的沙子一樣，但是他還是聲嘶力竭地叫著：「你至少把厲先生發明的激素合成式給我！」

陳阿牛大笑：「為什麼，我害了自己，不會再害你！」

原振俠氣息急促，爭取著每一秒鐘：「其實，那不算什麼，生物學家早就製造了新種的生物，獅和虎的混種，早已出現了，你所做的實在不算什麼，你一定有法子制止爆炸的！」

陳阿牛尖聲道：「獅虎全是貓科動物，可是那種新激素，卻可以促成任何種類的動物結合，原振俠，你不想變成灰，快點走吧，你只有兩分半鐘了！」

原振俠實在沒有法子想了，一面還在作最後的努力，希望打消陳阿牛毀滅一切，包括自己在內的行動，他叫著：「好，我走，但是你實在不必那樣做，可以慢慢計議，或者先儘量設法保持秘密！」

他在退出那條走廊之際，沒有再聽到陳阿牛說什麼，只是在擴音器中，聽到傳出來的陳阿牛所發出來的一陣極之淒厲的尖笑聲。

原振俠以極快的速度衝出了那幢房子，隨即以十分快的速度將車向前駛出去。

這時，正是天色微明時分，想起過去不到兩小時之內，在那大屋子中的經歷，原振俠真的像是再世為人一樣！在過去那短短的兩小時之中，他接觸了最神秘、最奇詭的生命秘奧，不可想像的生命的大突破，一次又一次的震驚，令得他戰慄，感到了前所未有的恐懼，感到了那樣的迷幻和不可信！但是他又確實知道，這一切都是事實。

他一直向前駛著，心中在想，陳阿牛會在最後關頭，改變行動，或許他真想那樣做，在心理上，真的不可能有人會承擔得起這樣的壓力，但陳阿牛是那樣的傑出，他或者可以咬緊牙關挺下去！

原振俠一直駛出了將近半公里，才停了車，下了車，大口喘著氣，在朦朧的晨曦之中看來，那幢巨大屋子孤零零地存在，就像是什麼不可測的怪物一樣。就在這幢屋子之中，有著人類歷史上從未發生過的事！

原振俠無法想像傳說中的精怪是怎麼形成的，但是就在那幢屋子中，卻用最科學、最現代化的方法，利用一切生物生殖的自然原則——精子與卵子的結合——而產生生命，但是卻又那麼有違於自然的原則，所產生的生命，全是精怪！

原振俠一面喘著氣，一面雜亂無章地想著，同時下了決心，至多等十分鐘，自己就回到那巨宅去，尋找可以把鐵門弄開來的工具，毫不猶豫，破門而入！

可是就在他下了這決定之際，事情就發生了！

在一開始之際，幾乎什麼聲音也沒有，只是極度猛烈的火光，閃了一閃，緊接著，在不到十分之一秒鐘的時間內，濃煙和塵霧騰空而上，一下子就將整幢巨宅全都淹沒了。

再接下來的幾秒鐘之內，才是震耳欲聾的巨響，原振俠感到自己站立之處的地面都在震動，幾乎站立不穩！他雙手緊捏著拳，一手冷汗，心中只念著一句話：終於發生了，陳阿牛並沒有改變主意，他毀滅了一切，毀滅了自己。

原振俠望著越騰越高的濃霧和煙塵，又想到：自己甚至連厲大猷的日記也未曾帶出來！

可是他立即又想到，就算把厲大猷的日記帶出來了，又有什麼用處？有誰會相信他在日記中記述的一切，還不是將之當作狂人的幻想？

原振俠呆若木雞地站著，那幢大屋子雖然是在鄉野，而且附近全然沒有屋子，但是這樣猛烈的爆炸（陳阿牛說一百公斤烈性炸藥，看來只有多，不會少），巨大的聲響，至少可以傳出五公里之外！

在大約二十分鐘之後，原振俠已經可以聽到警車的響號聲，自遠到近，傳了過來。

這時候，爆炸的聲響早已停止，濃煙也在漸漸散去，塵埃也開始回落，原振俠向前看去，那幢大屋子已經根本不再存在，被毀滅的過程之徹底，就像那地方根本不曾有過任何東西一樣！

原振俠進了車子，緩緩駛了出去，回到了住所，所做的唯一一件事，就是把小半瓶酒，嘓嘟嘓嘟一口氣全吞了下去，然後倒頭就睡。

在沉睡中，原振俠不知做了多少惡夢，當最後他夢見一個人張開口，舌頭足了一公尺長，向他捲過來之際，他才陡然坐起身，醒了過來，看看天色，已經是下午時分了。

門縫中，有著日報和晚報，原振俠搓著自己的額頭，他感到劇烈的頭痛，勉強掙扎著，先吞了兩顆頭痛藥，才取起報紙來。

晚報的頭條消息是：「空置巨宅發生神秘爆炸，分明屬人為但不知原因何在，爆炸徹底猛烈，無法斷定是否有人死亡。」

原振俠苦笑了一下，也懶得去看內容。

「空置巨宅」，沒有人知道陳阿牛偽裝出售了巨宅之後，又搬了回去，而且就在巨宅的地下室，建立了實驗室，比當年厲大猷更進一步，成功地完成了人類歷史上從未發生過的事！

原振俠把自己整個頭臉都浸在冷水中，他仍然不斷地想著：這樣的事，照人類科學的發展來看，是必然會發生的。

是不是在若干年之後，人類在觀念上便可以接受了？那要等多久！還是人類一直會認為那種被創造了出來的，有著人的智慧，可能在某種程度上智慧比人更高的生物是不能被接受的精怪！

（智慧可能比人要高！原振俠其實是毫不懷疑這一點的，陳阿牛整個實驗工作，不過歷時半年。半年，如果純粹培養人的胚胎的話，也未曾到可以出世的階段，可知這種生物，在某些方面，高人一等。正因為如此，一直是地球主宰的人，肯降低自己的地位嗎？）

原振俠緩緩地搖著頭，當他想到，他曾以為厲大猷只是在實驗室中培養胎兒之際，自己是多麼缺乏想像力！厲大猷是培養了胎兒，可是是什麼樣的胎兒！

自浴室出來，頭痛稍減，他拿起日報來，就被日報的頭條標題所吸引：

不明國籍的突擊隊，襲擊北非某國科學研究院，救出被軟禁之著名科學家，包括馮森樂博士在內。

原振俠怔了一怔，一時之間，不明白那是怎麼回事，馮森樂是被巨大的研究資金引誘去的，怎麼會被軟禁呢？

他詳細看新聞的內容，報導不是很詳盡，可能是由於當事人個個守口如瓶，不願多透露什麼的緣故，所以再能幹的記者也打聽不出什麼來，只知道一共有三十多位科學家，雖然名義是為該國的科學院在工作，但實際上，行動受著嚴格的限制。

該國統治者，有狂人之稱的卡爾斯將軍，宣稱為了國家最高機密的理由，必須限制這批科學家的行動自由。這些科學家感到自由被剝奪，雖然有極高的物質待遇，也都紛紛請求離開，但是離境的申請竟一律被駁回，而且他們和外界的聯繫已被切斷。

在這樣的情形下，通過了相當曲折的過程，以馮森樂為首的科學家，才算是和某強國的情報機構取得了聯繫，表示必須離開該國的決心。

某強國的決定是，派突擊隊員襲擊該國，救出科學家，在經過精密的部署和無懈可擊的突擊行動中，三十多名科學家一起被帶出該國。該國統治者卡爾斯將軍暴怒，但幫助科學家的某強國，究竟是何國家，也無法得知。

卡爾斯將軍在得到已獲救自由的科學家切實保證，他們只求離開，對於曾在該國展開何等工作，決不洩露之後，怒氣稍息。

但一般人均認為，卡爾斯將軍領導之恐怖活動蔓延全世界，必然曾對離境之科學家發出嚴重威脅，才使科學家保持緘默，以免惹禍上身。拯救科學家之國家，保持神秘，也多半是由於避免和狂人卡爾斯正面衝突，以免破壞微妙之國際關係云云。

原振俠在看完這一大段新聞，呆了半晌。難怪好久，馮森樂博士音訊全無，原來其中還有這樣的曲折。

不過原振俠可以肯定，曲折中的曲折，一定是馮森樂和那群科學家，在研究工作上並無成就。因為黃絹用盡方法去找陳阿牛，可是沒有找到，而且，永遠也找不到。

想起了陳阿牛毀滅一切的行動，原振俠也不得不承認，有些事真是彷彿有「天意」在的，如果那天不是在酒吧門口遇上了陳阿牛，陳阿牛是不是會有勇氣去毀滅一切？

陳阿牛決心要毀滅一切之前，又把所有經過情形告訴了他，是為了什麼？是想通過他，把曾有這樣的事發生過去告知世人？

他會把這件事告知世人嗎？原振俠緩緩搖著頭，就算有人相信，又有什麼好處？將來，這種事或許終會發生，但那是將來的事情了，讓將來的人去擔心好了，或許，將來的人根本就不擔心，誰知道！

原振俠思潮起伏，他想再到爆炸之後的廢墟去看看，還未曾出門，門鈴猛然響起，原振俠打開門，出乎意料之外的在門外的是海棠，正笑得十分甜：「我可以進來坐一會兒？」

原振俠忙道：「當然可以！」

海棠走了進來，指著攤開的報紙：「這是我們的傑作！」她指的自然是救了一批科學家的事，原振俠「啊」地一聲，很有點意外，海棠欠了欠身：「卡爾斯的狂想真是駭人聽聞，他為了要有一支絕對效忠於他的軍隊，竟然異想天開，要科學家把一種體能十分超特的猴子和人結合起來，培養出一種新的、絕對服從的人來！」

原振俠一聽，震動了一下，但立即回復了常態，不動聲色。

海棠微笑著，搖著頭：「當馮森樂博士知道自己要負責這樣的任務之際，他自然一口拒絕，說那是絕無可能的事！」

原振俠用極低的聲音，喃喃地道：「沒有想像力，是不能成為傑出科學家的！」

海棠揚了揚眉：「你說什麼？」

原振俠揮了揮手，表示自己沒有說什麼。

海棠繼續道：「可是當所有科學家拒絕後，卡爾斯將軍老羞成怒，想軟禁他們，強迫他們研究，一方面又把陳阿牛這個人找出來，希望他能研究成功！」

原振俠只是「嗯嗯」地應著。

海棠以一個十分優美的姿態，以手支頤，妙目流盼，望定了原振俠：「你是科學家，又有豐富的想像力，你認為卡爾斯的狂想有可能嗎？」

原振俠連眼皮都沒多動一下就回答：「當然不可能，怎麼可能？」

海棠緩緩搖著頭：「也不見得全不可能，獅和虎，就在人工的培植下，產生了一頭『獅虎』，一半像獅一半像虎。人和猿，不也是同類嗎？」

原振俠打了一個哈哈：「卡爾斯的想像力不夠豐富，他應該研究人和蛙的結合，那麼，這種新人可以適合兩棲作戰！」

他已決定不對任何人說起任何事來，所以才用開玩笑的口吻說著。

這時，夕陽自窗中照進來，映在海棠的臉上，泛起了一片耀目的金黃色，原振俠站了起來。

「海棠！」他第一次叫海棠的名字，「別討論這種無聊的問題了，不知道你是不是可以暫時不顧你的身分，陪我去享受一頓豐富的早餐？」

海棠還是沒有回答，他已經想起，決計不吃青蛙！

〈完〉

倪匡珍藏限量紀念版 36

原振俠傳奇之奇緣

作者：倪匡
發行人：陳曉林
出版所：風雲時代出版股份有限公司
地址：10576台北市民生東路五段178號7樓之3
電話：(02) 2756-0949
傳真：(02) 2765-3799
執行主編：朱墨菲
美術設計：許惠芳
業務總監：張瑋鳳
出版日期：2024年1月倪匡珍藏限量紀念版一刷
版權授權：倪匡
ISBN ：978-626-7369-22-7
風雲書網：http://www.eastbooks.com.tw
官方部落格：http://eastbooks.pixnet.net/blog
Facebook：http://www.facebook.com/h7560949
E-mail：h7560949@ms15.hinet.net
劃撥帳號：12043291
戶名：風雲時代出版股份有限公司

風雲發行所：33373桃園市龜山區公西村2鄰復興街304巷96號
電話：(03) 318-1378
傳真：(03) 318-1378
法律顧問：永然法律事務所 李永然律師
北辰著作權事務所 蕭雄淋律師

行政院新聞局局版台業字第3595號 營利事業統一編號22759935

國家圖書館出版品預行編目資料

原振俠傳奇之奇緣／倪匡著. -- 三版. --
臺北市：風雲時代出版股份有限公司，2023.11
面；公分　倪匡珍藏限量紀念版

ISBN 978-626-7369-22-7（平裝）

857.83　112015928